KB265459

마도사기

魔刀神器

마도신기 1

강태훈 新무협 판타지 소설

초판 1쇄 찍은 날 § 2007년 1월 15일
초판 1쇄 펴낸 날 § 2007년 1월 25일

지은이 § 강태훈
펴낸이 § 서경석

편집장 § 문혜영
편집책임 § 이재권
편집 § 최하나 · 문정흠

펴낸곳 § 도서출판 청어람
등록번호 § 제1081-1-89호
등록일자 § 1999. 5. 31
어람번호 § 제2-1105호

주소 § 경기도 부천시 원미구 심곡1동 350-1 남성B/D 3F (우) 420-011
전화 § 032-656-4452 팩스 § 032-656-4453
http://www.chungeoram.com
E-mail § eoram99@chollian.net

ⓒ 강태훈, 2007

ISBN 978-89-251-0503-1 04810
ISBN 978-89-251-0502-4 (세트)

이원강의 호
마도신기
1
강태훈
新무협 판타지 소설
FANTASTIC
ORIENTAL HEROES
魔刀神器
도서출판
청어람

목차

2006년의 시작은 저에게 굉장히 좋았습니다. 처음으로 출판계약이라는 것을 했으니까요.

2007년의 시작도 좋습니다.

1월부터 저의 두 번째 작품이 나오게 되었습니다.

첫 번째 작품은 멋모르고 썼다면, 두 번째는 그래도 조금 배운 것이 있다고 이것저것 담아보려 노력을 했습니다.

그런데 잘 쓰지도 못하는 것이 눈만 높아져서 마음에 안 들더군요. 그래서 갈아엎기도 많이 엎었습니다만, 그래도 부족한 것 같군요.

이 글을 쓰면서 마음에 들지 않아 갈아엎으면서도 지겹다는 생각없이 정말 즐겁게 썼습니다.

제 자신이 즐겁게 썼기에 큰 후회는 없지만 독자 여러분들이 읽으시기에 재미있게 느끼실지가 가장 큰 걱정입니다.

올해가 재물운이 들어오는 황금돼지해라고 합니다. 독자
여러분들 모두가 재물 복 많이 받으셨으면 합니다.

2007년의 시작하는 달에 강태훈 올림.

"네가 나를 부른 것이냐?"

청년이 중얼거렸다. 그의 시선이 닿은 곳에는 화려한 자태를 뽐내고 있는 검이 하나 놓여 있었다.

덥석.

청년이 검을 잡았다. 그의 의지로 잡은 것인지, 아니면 검에 홀려 잡은 것인지 알 수 없는 표정이었다.

"음?"

그 순간 청년은 기이한 장면을 목격했다.

현실인지 환상인지 알 수 없는, 아니, 오히려 환상에 가까운 장면이었다.

'구, 구룡?'

아홉 마리의 용. 운현을 중심으로 아홉 마리의 용이 둘러싸고 있었다.

'뭐, 뭐라는 거야?'

아홉 마리의 용 중 하나가 무어라 말을 하는 것 같았다. 하지만 운현은 하나도 들을 수가 없었다.

그 순간, 운현은 정신을 잃고 말았다.

第一章
도망

운현이 정신을 차린 곳은 비무대도 아니고 무당도 아니었다. 그냥 숲. 그나마 편평한 곳에 누워 있었다.

"큭! 뭐가 어떻게 된 거야?"

순간 머리에서부터 울리는 통증에 운현은 손으로 머리를 눌렀다.

"비무를 하다가 중간에 검에게 다가갔고……."

거기까지가 끝이었다. 그 이후부터는 기억나지 않는다. 그뿐만이랴. 자신이 무슨 이유로 비무 도중에 검이 있는 곳으로 다가갔는지조차 알 수가 없었다.

"그나저나……."

주위를 살피다 자신의 오른쪽을 내려다보니 그곳에는 고이 모셔져 있는 구룡검이 햇살을 받아 반짝이고 있었다.

"이것이 왜 내 옆에 있는 거지?"

구룡검(九龍劍). 아무나 가질 수 없는 신기(神器), 검에 어떠한 능력이 있는 것은 아니지만 사람들은 한결같이 말했다. 그것은 신기라고.

그런 소리를 들을 때면 운현은 그 이야기들이 모두 구룡검의 외형 때문일 것이라고 생각했다.

딱 보기에도 범상치 않은 구룡검의 모습. 그 모습을 본 사람이라면 누구든 그런 말을 할 것이 분명했다.

가만히 구룡검을 잡아 들어올렸다. 그리고는 검집을 잡고 그것을 힘차게 뽑았다.

채앵!

요란한 소리를 내면서 뽑히는 구룡검. 하지만 그 소리마저도 아름다운 악기 소리같이 들렸다.

"허!"

절로 탄성이 나왔다. 검집도 그렇지만 구룡검의 나신(裸身) 역시 입을 다물기 어려울 정도로 아름다웠기 때문이다.

"이를 보고 어찌 신기라 하지 않을까!"

진심에서 우러나오는 말이었다.

구룡검의 검집에는 다섯 마리의 용이 서로 얽혀 승천하는 모습이 새겨져 있었다. 금빛이 감도는 다섯 마리 용은 차마 눈을 떼기 어려울 정도로 멋진 모습이었다.

검신의 양면에는 각각 두 마리의 용이 얽히고 설켜 승천하는 모양이 새겨져 있었다.

그리고 정중앙에는 세로로 '구룡(九龍)'이라는 글자가 새겨져 있었는데, 조각된 용의 모습과 아주 잘 어울렸다.

"하… 그런데 문제는 이곳이 어디고, 왜 내가 이곳에 있으며, 구룡검이 왜 내 손에 있느냐는 것이지!"

답답한 듯 머리를 박박 긁으며 소리친 운현은 정말 기억이 나지 않는 듯한 표정을 지었다.

"일단은 일어서자. 여기에 계속 있으면 뭐 하겠어?"

운현은 그 자리에서 일어났다. 밤새 숲에 누워 있었기 때문인지 등과 엉덩이 부분이 약간 축축했기에 운현은 엉거주춤 숲을 벗어났다.

숲을 벗어난 운현은 일단 마을을 찾았다. 무당에서 거의 벗어난 적이 없었기 때문에 무당과 아무리 가까운 곳이라 하더라도 운현에게는 낯선 곳이나 다름없었다.

그렇게 한 시진 정도를 걷고 나서야 운현은 작은 마을 하나를 찾을 수 있었다.

'객점은 있겠지?'

그렇게 생각한 운현은 마을 안으로 걸어 들어갔다.

마을은 정말 작았다. 바깥쪽에서 본 것보다 조금 더 클 것이라 생각했던 것과는 달리 그것이 그냥 전부라 할 수 있었다.

"허! 이거, 객점도 없겠는데?"

정보를 얻기에는 객점만큼 좋은 곳도 없다. 객점은 여러 지역 사람들이 왕래를 하는 곳인만큼 그 규모가 아무리 작다 하더라도 온갖 정보가 들어오기 때문이다.

하지만 운현은 이 작은 마을에서 객점 찾는 것을 포기했다. 너무나도 작은 마을, 그냥 사람들이 모여 사는 집장촌에 불과했다.

"저기, 이곳이 어딥니까?"

운현은 나물 같은 것을 파는 노파에게 다가가 물었다. 하지만 나이가 너무 많아 못 알아들었는지 노파는 계속해서 나물만 손보고 있을 뿐이었다.

"할머니!"

운현은 조금 더 큰 소리를 내었다. 그제야 운현의 말을 들은 듯 노파가 고개를 들었다.

"응? 도사 양반께서 무슨 일이시우? 아! 나물 사시게?"

"그것이 아니고요, 이곳이 어디인지 알고 싶어서 그럽니다! 이곳과 가장 가까운 현이 어느 곳이지요?"

운현은 조금 큰 목소리로 노파에게 물었다. 이번에는 제대로 들었는지 고개를 끄덕인 노파가 한쪽 길을 가리켰다.

운현이 걸어 들어온 길이었다.

"저 길로 쭉 가면 죽산(竹山)이 나온다우."

"죽산이라……."

운현은 조용히 읊조렸다. 다행스럽게도 무당에서 그리 멀리 떨어진 곳이 아니었다.

"무당으로 돌아가야겠지?"

그렇게 중얼거린 운현은 죽산이 있는 쪽으로 발걸음을 옮겼다.

운현이 사라진 무당에서는 엄청난 혼란이 일었다. 비무대회의 우승자를 배출한 문파에 주어지는 구룡검. 그것을 운현이 가지고 도망친 것이었다.

물론 운현 역시 결승전에 올랐고, 상황을 보았을 때 운현의 승리가 기정사실화된 상황이라고는 하지만 비무가 채 끝나지도 않은 마당에 검을 가지고 도망친 것은 절대로 납득할 수 없는 일이었다.

무당의 장문인인 청산 진인 역시 이를 시인하였고, 운현의 결승전 상대인 조우량, 그의 문파인 화산파의 현양 진인은 불같이 화를 내고 있었다.

"이는 의도적인 것이오!"

"절대로 아니라 하지 않았소이까!"

현양의 거친 말을 청산도 거칠게 받았다. 이미 감정이 상할 대로 상한 두 사람이었다.

“홍! 벌써 이틀이 지났소! 그런데 종적도 찾지 못한다는 것이 말이 되오? 대무당이라는 곳의 힘이 그 정도밖에 안 된다는 말씀이시오? 그 아이가 구룡검을 가지고 다닐 수 있도록 수색을 설렁설렁한 것이든가, 아니면 운현이라는 아이의 실력이 종적을 찾기 힘들 정도로 뛰어나든가 둘 중 하나겠지. 어떤 경우가 되었든 무당의 구룡검에 대한 욕심은 명명백백(明明白白)하오!”

“그러는 현양 진인께서는 구룡검에 대한 욕심이 없으셔서 이렇게 불같이 화를 내고 계신 모양이오? 그렇소! 우리 무당은 구룡검에 대한 욕심이 있었소! 그것은 이 자리에 계신 모든 분이 다 그렇지 않소이까?”

청산의 말에 현양을 비롯한 다른 장문인들은 대답을 하지 못했다. 맞는 말인데 달리 무슨 말이 더 필요하랴.

“아무리 욕심이 있다고는 하지만 그런 파렴치한 계획을 꾸밀 정도로 치졸한 문파가 아니오, 우리 무당은!”

청산이 강력하게 나오자 현양도 더 이상 무어라 말을 이어가지 못하였다. 그대신 청산을 매섭게 노려볼 뿐이었다.

“나는 이만 가보도록 하겠소.”

마교 교주 방일원이 자리에서 일어났다. 이틀 동안 이곳에 있으면서 한마디도 하지 않은 그다. 그런 그가 처음으로 한다는 말이 그냥 가겠다니 다들 당황할 수밖에 없었다.

“정녕 그냥 가시려 하십니까?”

현양 진인이 청산 진인에게 보이지 않던 공손함을 담아 물었다. 적이기는 하지만 방일원은 단순히 마교뿐만이 아니라 사파 전체를 다스리는 수장. 그 정도의 대우는 당연한 것이라 할 수 있었다.

"무당의 힘으로 이틀간 찾지 못했다. 그런데 여기에 더 있어서 뭐 하지? 그리고 구룡검을 다시 찾아오면? 구룡검 쟁탈전이라도 벌일 참인가?"

방일원의 말에 다들 입을 다물었다. 구룡검을 찾아오고 나면? 그 이후 같은 것은 생각해 본 적도 없었다.

"그럼 난 가겠소."

방일원은 곧바로 밖으로 나갔다. 그리고 한 식경 후, 마교 일행이 무당을 벗어났다는 보고가 올라왔다.

아마도 오늘이 오기 전에 미리 명령을 내려놓은 것 같았다.

"무당만 믿고 있을 수는 없소이다! 우리도 나서서 찾아보겠소!"

현양 진인이 자리에서 벌떡 일어났다. 그러자 곤륜파 진산 도장 역시 자리에서 일어났다.

"그렇게 나온다면 우리 곤륜도 구룡검을 찾겠소!"

구룡검을 찾는 것이 목적이 아니다. 구룡검을 찾아 '갖는 것' 이 그들의 목적이었다.

그것을 모를 청산이 아니었다. 그렇기에 그들의 말에 더욱 더 화가 났다.

"이젠 대놓고 구룡검에 욕심을 부리시는구려!"

"엄밀히 따지면 구룡검의 주인은 현재 없는 상황이오. 구룡검이 무당의 물건이오? 그것도 아니지 않소? 예상 밖의 상황으로 인하여 지금 현재 구룡검은 주인이 없는 상황이오. 안 그렇소?"

진산 도장의 말에 청산은 얼굴을 붉힐 뿐 아무런 말도 못했다. 그들에게 절대로 구룡검을 회수하는 일에 나서지 말라고 하고 싶었지만 그런 말을 할 명분이 없었다.

"좋소! 어디 마음대로 해보시지요!"

청산의 말에 그 자리에 모인 사람들 모두가 자리에서 일어났다. 이렇게 된 이상 이곳에 더 있을 이유가 없었다.

각파의 장문인들이 나가고, 청산의 표정은 점점 더 침중하게 변해갔다.

"상황은 우리가 유리하다! 서둘러 운현을 찾아라!"

"예!"

명령을 내린 청산은 피곤한 듯 다시 의자에 앉아 몸을 뒤로 기댔다. 그의 얼굴은 무언가 결심한 듯한 표정이었다.

무당을 비롯하여 구파일방은 운현을 잡기 위해 혈안이 되었다.

어떤 문파는 장문인까지 직접 나서서 구룡검에 대한 욕심을 노골적으로 드러내 보이기까지 했다.

그런 반면에 무당에서는 그저 은자각(隱者閣)의 힘으로만 운현을 찾으려 하고 있었다.

청산의 태도에서도 처음과 다르게 급박함이 없었다.

"사형, 정말로 이렇게 그냥 계실 겁니까?!"

청현이 청산에게 소리쳤다. 아무리 운현이 검을 가지고 사라졌다고는 하지만 운현은 청산의 제자. 무당파 장문인의 자리를 물려받아야 할 몸이었다.

"사형!"

"시끄럽다! 귀 안 먹었어!"

청산의 호통에 청현은 입을 다물었다. 하지만 눈빛만큼은 '왜 운현을 찾는 데 더 적극적인 모습을 보이지 않느냐!'고 말하고 있었다.

"우리 무당이 아직까지 찾지 못한 녀석이다. 그렇다면 다른 문파들도 쉽게 찾지 못해. 그리고 이런 일을 벌였다면 그 녀석도 나름대로의 이유가 있겠지. 어디까지 갔는지는 모르겠지만 경험을 해보는 것도 나쁘지 않아."

"그런 이유로 적극적으로 나서지 않는다니요!"

청현이 이해할 수 없다는 표정으로 청산을 바라보았다. 하지만 청산은 별다른 모습을 보이지 않았다.

청현은 청산이 운현을 내칠 생각으로 그런 이야기를 하는 것이라 생각했다. 그렇지 않고서야 하나뿐인 제자를 이렇게 대할 수는 없을 것이라 생각했다.

그리고 구룡검은 또 어떠한가. 운현이 위험하다면 구룡검 역시 위험하다는 말과 같았다.

그렇다면 구룡검이 다른 문파에 넘어가도 상관이 없다는 말인가? 그런 것은 아닌 듯했다.

'그렇다면 도대체 무슨 이유입니까?

청현은 복잡한 심정을 그대로 담아 청산을 바라보았다.

청현의 생각과 청산의 생각은 완전히 달랐다.

일단 무당의 힘을 믿었다. 그렇기 때문에 무당에서 찾지 못한다면 다른 문파에서도 쉽게 찾을 수 없을 것이라는 것이 그의 생각이었다.

물론 개방의 힘을 무시할 수는 없지만 적어도 한 달 이상의 시간은 걸릴 것이라 판단했다.

또한 운현이 구룡검을 가지고 있는 한 구룡검은 무당의 것이라는 생각이었다. 물론 운현이 붙잡히지 않아야 하겠지만.

그래서 당분간은 적극적으로 나서지 않고 두고 볼 심산이었다. 어차피 운현도 강호 경험을 쌓아야 하니 이번 기회가 좋은 경험이 될 것이라 생각했다.

물론 대외적으로 무당의 이름에 흠이 생기겠지만, 모든 문파에서 구룡검을 탈취하겠다고 나선 마당에 흠집이 가는 것은 무당의 명성만이 아니었다.

그렇다면 같이 흠집이 생기는 것. 장문제자인 운현이 경험

을 쌓도록 해주는 것이 훗날을 생각하면 더 도움이 될 것이라
는 것이 청산의 판단이었다.

그것을 모르는 청현은 여전이 청산을 약간은 원망 섞인 눈
빛으로 바라보았지만 청산은 굳이 자세한 이야기를 해주지
않았다.

하지만 청산이 한 가지 모르는 점이 있었다. 그것은 바로
이번 일이 운현의 의지로 이루어진 일이 아니라는 점이었
다.

운현이 의도적으로 일을 꾸몄다면 어디론가 계속해서 도
망치고 있는 중이겠지만 운현은 정신을 차리자마자 무당으로
돌아올 생각부터 했다는 것이 문제였다.

그 때문에 운현은 지금 위험에 처해 있었다.

"헉! 헉! 제길! 뭐야!"

운현은 무당과 반대 방향으로 달리고 있었다. 표정으로 보
아 누군가에게 쫓기는 것 같았다.

슬쩍 뒤를 돌아보니 운현의 눈에 자신을 쫓는 한 무리의 사
람들이 보였다.

'젠장!'

운현이 속으로 욕을 내뱉었다. 아무리 자신이 저지른 일이
큰 죄라고는 하지만 다짜고짜 자신에게 검을 휘두를 줄은 몰
랐다.

어제의 일이다.

운현은 천천히 무당을 향해 걷고 있었다. 그간 무당산 바깥으로 거의 벗어나 본 적이 없기 때문에 운현은 주변 경치 구경이라도 할 겸 여유있게 걷고 있었다.

그러다가 한 무리의 사람들을 만났다. 곤륜파의 무인들이었다.

같은 구파의 사람들을 보았기 때문인지 운현은 그들이 굉장히 반가웠다.

비무대회 결승까지 올랐으니 자신의 얼굴을 모르는 사람은 없으리라. 운현은 너무나도 반가운 표정으로 그들에게 다가갔다.

"안녕하세요?"

운현이 밝게 인사했다. 하지만 그들의 표정은 전혀 반가운 기색이 아니었다. 아니, 반갑기는 하지만 무언가 자신에게 원한이나 척을 지고 있는 사람들 같은 표정이었다.

"왜들 그러시죠?"

운현이 슬쩍 물었다. 그에 곤륜파 사람들 중 한 명이 입을 열었다.

"그대가 무당파 운현이오?"

얼굴 표정만큼이나 차가운 목소리. 거기서 운현은 무언가 심상치 않은 것을 느꼈다.

"무슨 일이 있습니까?"

사내는 대답 없이 운현의 손에 들려 있는 구룡검을 바라보았다.

‘설마?’

운현은 곤륜파 사람들이 자신을 살기 어린 눈빛으로 바라보고 있는 것이 구룡검 때문이라는 것을 알아차렸다.

“아, 이것 때문입니까? 저도 제가 왜 그랬는지는 잘 모르겠지만 이것은 지금 무당으로 다시 가져가는 중입니다.”

“필요없다! 우리는 구룡검을 탈취하라는 명만 받았을 뿐!”

‘젠장!’

이건 분위기가 심상치 않다. 무언가 잘못된 것이 틀림없다고 생각한 운현.

“그, 그것이 무슨 말씀?”

말을 하면서도 운현은 빠져나갈 궁리를 하고 있었다. 곤륜파 사람들은 대략 스무 명 남짓. 그렇다면 자신의 힘으로 돌파하기에는 역부족이라 할 수 있었다.

“시끄럽다!”

쉬익!

사내가 외침과 동시에 검을 휘둘렀다. 깜짝 놀란 운현은 재빨리 한 발 뒤로 물러나 그 검을 피해내었다.

조금만 늦었어도 코가 베일 수 있었던 상황. 운현은 등줄기에 땀이 흐르는 것을 느꼈다.

‘뒤!’

운현은 곧바로 뒤로 돌아 달렸다. 지금은 다른 것을 생각할 때가 아니었다. 일단은 살고 봐야 했다.

그 때문에 지금 운현이 이리 고생하고 있는 것이었다.

벌써 하루가 지났건만 곤륜파 제자들은 끈덕지게 운현의 뒤를 쫓았다.

'다른 문파는?'

곤륜이 이런 식으로 나온다면 다른 문파들이라고 가만있을 리 없었다.

분명 그들 역시 구룡검을 탈취하기 위해 곤륜과 같은 모습을 보일 것이 뻔했다.

'사부!'

운현은 청산을 떠올렸다. 이런 상황이 될 때까지 청산이 아무런 행동도 하지 않았을 것이라고는 생각되지 않았다.

운현은 머리가 복잡했다.

만약 청산이 이런 상황이 되도록 그냥 놔둔 것이라면?

운현은 고개를 세차게 흔들었다.

하지만 자꾸만 마음 한구석에서 억울함이 고개를 들었다.

기억이라도 나면, 자신의 의지로 이런 일을 벌였다면 덜 억울하겠지만 운현은 기억나는 것이 하나도 없었다.

'제길!'

그렇게 또 속으로 욕을 하며 운현은 냅다 달릴 수밖에 없었다.

　"후우……!"
　운현은 으슥한 곳에 몸을 숨겼다. 이곳은 십언(十堰)의 작은 산. 가파르거나 높지는 않지만 그래도 숲이 꽤 울창한 곳이었다.
　최대한 따돌렸으니 아마도 자신을 찾는 데 적어도 두 시진 이상은 걸릴 것이다.
　그러니 한 시진 정도 푹 쉬고 다시 움직여야 했다.
　물론 그전에도 긴장을 늦춰서는 안 되겠지만.
　"후아! 도대체 어떻게 된 거야?"
　운현은 나무 위로 올라가 앉아 생각을 정리해 보기 시작했다.
　지금 자신이 이렇게 쫓기는 이유는 분명 구룡검 때문이다. 그런데 도대체 왜 곤륜파가 구룡검을 쫓는가?
　"내가 없어지고 난 다음에 무슨 이야기들이 오간 거야?"
　운현은 답답했다. 한시라도 빨리 무당으로 돌아가고 싶은데 자신만 보면 죽자 사자 달려드는 사람들 때문에 그것도 쉽지 않았다.
　"이걸 그냥 버려?"
　운현이 구룡검을 바라보며 중얼거렸다. 남들이 들으면 경을 칠 이야기를 그는 서슴없이 하고 있었다.

"아니지. 그건 좀 아까운데……. 또 사부가 뭐라 하실지도 걱정이고 말이야."

다행스럽게도 구룡검을 버리는 것을 포기한 운현이었다.

"일단은 숨기고 저들을 따돌린 다음, 혼자 다시 찾아와서 가지고 간다?"

운현은 다시 고개를 저었다. 지금의 분위기로 봐서는 자신을 쫓는 문파가 곤륜파뿐만이 아닌 듯했다. 분명 자신의 상대였던 조우량이 있는 화산파도 찾고 있을 것이고, 최강의 정보력을 가지고 있는 개방에서도 나서지 않았을 리 없었다.

그렇게 된다면 구파일방이 전부 나서서 자신을 뒤쫓고 구룡검을 탈취하려 하고 있다는 말과 같았다.

"으……."

운현은 몸을 부르르 떨었다. 구파일방. 무림에서 가장 실력이 높고 명망이 있는 열 곳이다.

그런 문파가 기를 쓰고 자신을 찾으려 한다면 자신이 아무리 날고 기어도 결국에 가서는 잡힐 수밖에 없다. 그렇다면 어떻게 해서든 잡히지 않고 무당으로 돌아가야 한다는 말이다.

"그들이 찾는 것은 내가 아니고 구룡검인데……."

다시금 구룡검을 버리고 싶은 마음이 불쑥 솟아오르는 운현이었다. 그리고 지금 당장이라도 그렇게 할 듯한 눈빛으로 구룡검을 바라보았다.

"어디가 적당할까……."

나무 위에서 몸을 일으킨 운현은 사뿐하게 땅 위로 뛰어내렸다

"저기다!"

"젠장!"

운현은 속으로 깜짝 놀랐다. 구룡검을 버릴 생각만 하다가 자신을 쫓고 있는 사람들이 있다는 것을 생각하지 못한 것이다.

물론 운현의 예상보다 빨리 쫓아오기는 했지만.

결국 운현은 구룡검을 버리려다 오히려 구룡검을 붙인 꼴이 되고 말았다.

운현은 최대한 빨리 달렸다. 중원 최고의 보법이자 경공법이라 불리는 제운종을 극성으로 펼쳐 달렸다.

그 속도는 빨랐지만 그렇다고 해서 추격을 뿌리칠 수 있는 정도는 아니었다.

곤륜파는 어찌어찌 따돌릴 수 있었다. 그들도 사람인 이상 계속해서 쉬지 않고 추격하는 것은 매우 힘든 일이었다. 하지만 이번에는 더 큰 맹수의 추격을 받게 되었다.

바로 개방이 붙은 것이다.

곤륜의 추격을 따돌리려고 생각없이 달리다 보니 자신을

발견한 거지들이 하나둘 몰려들었고, 모두가 자신을 뒤쫓기 시작한 것이다.

하지만 그들은 곤륜파처럼 대놓고 뒤쫓지 않았다. 오히려 너무 느긋하다 싶을 정도로 천천히 따라다녔다.

그렇지만 어디를 가든 운현의 눈에는 거지들이 보였다. 그리고 점점 그것이 의식되기 시작했다.

중원 어디에 가든 있는 거지, 그리고 그 거지들의 팔 할 이상이 개방 소속. 이것이 바로 개방이 가진 힘이요, 무서움이었다.

"헉! 헉!"

운현도 점점 한계에 부딪치고 있었다. 개방 거지들은 마치 자신을 사냥하듯이 어디론가 계속해서 몰아가고 있는 것 같았다.

앞으로 달리다 보면 거지들이 보이고, 그러면 또 방향을 틀고, 그 앞에는 또 여지없이 거지들이 기다리고 있고. 운현은 포위되어 간다는 것을 느낄 수 있었다.

"일단 저기로 들어가자."

운현이 발견한 것은 또다시 나타난 산이었다. 처음 숨었던 산보다는 조금 더 크고 가파랐다. 그리고 숲 역시 그 산에 못지않게 꽤나 울창했다.

운현은 일단 그 숲으로 들어갔다. 그리고는 최대한 깊숙이 들어가서 몸을 숨겼다.

"멈춰라!"

개방 거지들의 수장으로 보이는 사람이 나타나 산으로 올라가려는 거지들을 제지했다.

그리고 그의 명령은 순식간에 산을 포위하고 있는 거지들에게로 전달되었다. 실로 엄청나게 빠른 전달력이었다.

"어차피 이곳은 우리 개방이 포위했다! 그 녀석은 독 안에 든 쥐! 서두르지 말자! 조금 쉬어라!"

"예!"

거지들은 저마다 자리를 잡고 쉬기 시작했다. 거지들이야 하늘을 이불 삼고 땅을 요 삼아 살아가는 만큼 어디에든 앉고 눕고, 심지어는 잠까지 잤다.

다만 지금 이 거지들을 이끌고 있는 개방 장로 홍개(鴻丐)만은 운현이 숨어든 산을 탐욕스런 눈빛으로 바라보고 있을 뿐이었다.

아무도 따라 올라오는 기색이 없자 운현은 일단 안도의 한숨을 쉬며 휴식을 취했다. 그리고는 곧바로 가부좌를 틀고 운기조식에 들어갔다.

운기조식 중에 저들이 올라온다면 꼼짝없이 잡힐 몸이지만 어쩔 수 없었다. 너무 오랜 시간 경공을 사용한 탓에 내력은 점차 바닥을 보이고 있었다.

"후우……."

한 시진이 지나고 운현이 눈을 떴다. 조금 더 했어야 하지만 불안한 마음에 더 운기를 하지 못하고 눈을 뜬 그다.

"아직 안 올라온 것인가?"

운현이 중얼거렸다. 목소리에서는 아까의 다급함이 많이 없어져 있었다. 태극심법에 따라 운기를 함으로써 마음의 안정도 가져온 까닭이었다.

"일단 상황 파악을 좀 해야겠지?"

운현은 산의 꼭대기 쪽으로 걸어 올라갔다. 지금까지 안 올라왔다면 분명 휴식을 취하고 있는 것이리라. 그 이야기는 자신을 다 잡은 토끼로 생각하고 있다는 말과 같았다.

"으음……."

산꼭대기로 올라간 운현은 그중 가장 높은 나무 위로 올라갔다. 그리고는 산밑을 내려다보기 시작했다.

"역시 포위된 것인가?"

운현은 안력을 최대한 돋우어 산 주변을 바라보았다. 그런 운현의 눈에 산밑에서 쉬고 있는 거지들이 들어왔다.

숲에 가려 안 보이는 거지들도 있다고 가정할 때 거지들의 숫자는 어림잡아 오십 명 이상은 되는 것 같았다.

"하, 당장은 올라올 생각이 없는 것 같으니 일단은 좀 더 쉬어야겠다."

운현이 나무에서 내려오며 중얼거렸다. 하지만 그의 표정에서는 지금 이 난관을 어떻게 빠져나가 무당으로 돌아갈지 걱정이 태산이었다.

하루를 그렇게 쉰 개방이 다시 움직이기 시작했다. 아무렇게나 누워 쉬고 있던 거지들이 하나둘씩 일어나고 있었고, 별다르게 깔고 자거나 덮고 잔 것이 없는 그들이기에 따로 산에 오를 준비를 할 필요가 없었다.

하지만 그런 개방의 움직임을 방해하는 또 다른 변수가 생겼다. 바로 화산이었다.

"장로님, 화산입니다."

화산이라는 사결제자의 보고에 홍개는 눈살을 찌푸렸다. 다른 문파는 모르겠지만 솔직히 소림과 무당, 화산 이 세 곳만큼은 버거운 것이 사실이었다.

"어느 정도까지 왔더냐?"

"한 시진 정도면 도착할 것 같습니다."

"벌써? 빠르군."

홍개는 속으로 자신의 부족함을 탓했다. 운현을 몰아넣었다는 생각만 했지 운현을 찾는 다른 문파가 있다는 생각을 하지 못한 것이다.

그런 그의 실수가 지금 이 순간 화산의 접근을 허용한 것이었다.

"먼저 오를까요?"

"아니, 기다려라. 굳이 우리의 힘을 뺄 필요가 있겠느냐?"

“예?”

보고를 하던 제자는 홍개의 말이 무슨 뜻인지 몰라 어리둥절한 표정을 지으며 그를 바라보았다.

“다 알게 될 것이다. 화산이 이 근처에 다다르면 곧바로 내게 보고해라. 내가 친히 맞으러 갈 것이다.”

“알겠습니다.”

홍개의 명령을 받은 사결제자는 다시 화산의 움직임을 파악하기 위해 자리를 벗어났다.

그리고 홍개의 시선은 산속 어딘가에 있을 구룡검을 찾고 있었다.

“아니, 이게 누구십니까? 화산의 진무 도장이 아니십니까?”

“개방의 홍개께서 그리 놀라실 만한 사람이 못 되오.”

홍개와 진무가 서로를 마주 보았다. 그런 둘을 바라보는 개방 제자들과 화산의 제자들은 그 사이에서 불꽃이 튀는 것 같은 착각을 일으켰다.

“이렇게 진무 도장을 만나니 반갑기 그지없습니다. 솔직히 이 안으로 도망친 운현이라는 아이가 워낙 약삭빠르고 재빨라 우리 개방의 힘만으로는 부족하지 않을까 생각하고 있었습니다.”

“허! 다른 문파도 아니고 개방의 홍개께서 그런 말씀을 하시니 도저히 믿을 수가 없소이다. 그 누가 있어 개방과 추적의 최고봉인 홍개를 따돌릴 수 있단 말입니까?"

말투는 놀람이었지만 그 말속에서 느껴지는 것은 적의(敵意)였다.

홍개가 운현을 이리로 몰았다는 것을 모를 진무 도장이 아니었던 것이다.

"뭐, 믿으시든 안 믿으시든 우리는 그리 생각하고 있었고, 화산이 이곳으로 오고 있다는 보고에 이리 기다리고 있는 것이 아니겠습니까? 아니라면 벌써 올라가서 그 아이를 잡으려 안간힘을 쓰고 있었겠지요."

홍개의 말에 진무가 그를 뚫어져라 바라보았다. 마치 그의 눈에서 진실을 꿰뚫어 보는 기운이 발산되고 있는 것 같았다.

"꿀꺽."

홍개는 침을 삼켰다. 아무리 자신이 개방의 장로라고는 하지만 그것은 어디까지나 무공이 뛰어난 때문이라기보다는 개방의 주요 특징 중의 하나인 정보를 추적하고 수집하는 능력 때문이었다.

반면 화산의 진무 도장은 그 이름만 들어도 천하가 우러러볼 그런 고수였다. 무당의 청산과 더불어 이검(二劍)이라 불리는 화산의 진무였다.

그런 진무를 상대로 홍개는 그의 십 초 이상을 받아낼 엄두가 나질 않았다. 하지만 이 일에서 물러설 수는 없는 일. 홍개는 무리수를 두고 있었다.

"좋소. 기꺼이 힘을 보태드리리다."

"감사합니다."

진심인지 거짓인지 알 수 없는 말이 진무의 입에서 나왔고, 홍개는 주저하지 않고 그 호의를 받아들였다.

'구룡검은 우리 개방의 것이오.'

진무를 바라보며 미소를 짓는 홍개의 속마음이었다. 진무 역시 그런 홍개와 비슷한 마음으로 운현을 찾을 준비를 해나갔다.

"어떻게 빠져나가지?"

산속에 고립된 상황에서 개방의 포위망을 뚫고 도망치기란 여간 어려운 것이 아니다.

수도 많은 데다가 운현 자신이 오십 전부를 감당할 수 없는 까닭이었다. 게다가 개방 제자들을 이끄는 이가 누군지도 모르는 상황이니 자칫하면 그대로 황천행이 될 수도 있었다.

'무당에서는 왜 아무런 움직임도 없을까?'

운현은 아직까지 자신의 눈앞에 나타나지 않고 있는 무당파 제자들을 떠올렸다. 이 정도 시간이 지나고 은자각의 능력이면 충분히 자신을 찾을 수도 있는 상황이다.

그들이라면 자신의 이런 처지를 알고 도움을 줄 터. 그렇게 된다면 조금은 더 수월하게 이곳을 빠져나갈 수 있을 것이다.

"일단은 움직여 보자."

그렇게 중얼거린 운현은 조심스럽게 산 밑쪽을 향해 발걸음을 옮겼다.

"이런!"

운현은 기겁할 수밖에 없었다. 최대한 기척을 죽이고 조심스럽게 산을 내려가고 있었다. 혹시라도 개방 거지들을 만날까 걱정되었기 때문이다.

하지만 정작 만난 것은 개방 거지들이 아니었다. 그들의 옷은 깨끗했으며, 옷의 한가운데에는 매화 문양이 새겨져 있었다.

'화산!'

매화 문양을 본 순간 운현은 그대로 몸을 돌려 줄행랑을 쳤다. 개방 제자들도 감당하기 힘든 마당에 화산파까지 나섰다면 자신은 아무런 발악도 할 수 없었다.

"쫓아라!"

화산파 제자들이 운현을 쫓기 시작했다. 무작정 운현의 뒤만 쫓아오는 것이 아니라 좌우로 넓게 퍼지면서 운현을 감싸고 있었다.

'그렇게는 안 되지!'

속으로 외친 운현은 조금 더 속도를 내었다. 다행스럽게도 양쪽에서 압박이 오기 전에 운현은 앞쪽으로 나아갈 수 있었다.

그렇게 운현은 뒤도 돌아보지 않고 달렸다. 하지만 어차피 지금 있는 곳이 산속인 이상 독 안에 든 쥐나 다름없는 상황인 것이다.

"찾았군, 구룡검."

"히익!"

한참을 도망치던 운현의 앞에 나타난 것은 홍개였다. 자신을 쫓던 화산파 제자들과의 거리는 조금 벌여놓았지만 눈앞에 더 강한 적이 서 있는 것이다.

아무리 운현이 비무대회 결승까지 오를 정도의 실력이 있다고는 하지만 한 문파의 장로를 상대하기에는 아직 무리가 있었다.

무공 면에서나 경험 면에서 조금 모자라는 운현이었다.

"저기다!"

뒤쪽에서 화산파 제자들의 목소리가 들렸다. 운현은 더 이상 움직일 수가 없었다.

화산파 제자들이 문제가 아니었다. 그들은 따돌릴 수 있다 하여도 홍개를 따돌리기는 어려운 일이었다.

"머리는 좀 있는 모양이구나."

홍개가 도망치지 않는 운현을 보며 말했다. 그의 칭찬 아닌 칭찬에 운현은 씁쓸한 미소를 지을 수밖에 없었다.

어느새 운현의 뒤쪽까지 다가와 서 있는 화산파 제자들. 하지만 그들 역시 섣불리 움직일 수 없었다. 그들 역시 홍개를 보았기 때문이다.

"물러서라!"

스슥.

그때, 화산파 제자들을 물리는 목소리 하나가 들렸다. 바로 진무였다.

'젠장, 이 검 하나 때문에 유명하신 분들이 모조리 납시셨네.'

운현은 속으로 주절거렸다. 홍개도 감당하기 어려운데 그보다 더 강하다는 진무까지 나타난 것이다.

"진무 도장, 내가 먼저 찾았소. 그러니 물러서시지요."

"홍개, 내가 자네의 말을 들을 사람으로 보이시오, 이 내가?"

"으음……."

홍개가 낮은 신음성을 내뱉었다. 그의 말처럼 진무는 물러서지 않을 것이다. 이렇게 좋은 기회를 또 어디서 찾겠는가.

그렇다고 해서 홍개 자신도 물러설 수는 없는 입장이었다.

운현을 사이에 두고 대치하고 있는 홍개와 진무. 그 사이에서 운현은 죽을 맛이었다.

'나보고 어떻게 하라는 거야?!'

운현이 속으로 소리쳤다. 차라리 자신에게 달려들거나 협

박을 하는 것이 훨씬 나았다. 지금 이런 상황은 절대로 반갑지 않았다.

앞쪽에는 홍개, 뒤쪽에는 진무. 진퇴양난(進退兩難)이라는 말은 지금 이 상황을 뜻하는 것이리라.

"꼭 피를 보아야 하오?"

'피?!'

진무 도장의 말에 운현은 깜짝 놀라 숙이고 있던 고개를 번쩍 들었다. 너무 놀란 나머지 어떻게 해야 할지 궁리를 하던 그의 머리가 새하얗게 변해 버렸다.

'피를 본다고? 구파일방끼리? 이건 아니잖아!'

설마하니 상황이 이 정도까지 번질 거라고는 생각 못한 운현은 너무나 놀랐다.

구파일방 사이에는 서로가 형제라는 마음을 가지고 있었다. 그런데 피를 본다니?

"본인은 피를 보고 싶은 마음이 없소이다. 그냥 좋게 해결하면 안 되겠소?"

"좋게 해결하고 싶소? 그렇다면 조용히 구룡검을 포기하고 돌아가면 되오. 그렇게 하겠소?"

홍개가 고개를 저었다. 그리고 진무를 바라보며 입을 열었다.

"분명 우리에게 힘을 보탠다 하지 않으셨소? 이번 일은 화산이 개방에 도움을 준, 분명한 우리 개방의 일이외다."

“하하! 그 말을 믿었는가? 아닐 텐데?”

대답이 없는 홍개. 진무의 말이 사실이기 때문이었다. 하지만 그래도 혹시나 하여 말을 꺼내본 것이었다.

“한 입을 가지고 두말을 하다니, 화산의 장로로서 하실 행동이 아니외다. 뒤에 서 있는 화산파 제자들 보기 부끄럽지 않으시오?”

“하나도 부끄럽지… 이놈!”

말을 하던 진무가 호통을 내질렀다. 운현이 둘이 싸우는 틈을 타서 도망치려 하였기 때문이다.

“이런!”

눈치를 보며 슬머시 몇 걸음 떼던 운현은 뒤돌아 냅다 달렸다. 빠른 속도. 하지만 진무는 그보다 더 빨랐다.

쉬익!

“헉!”

순식간에 운현의 앞을 막아서는 진무. 그리고 운현을 향해서 손을 뻗었다.

진무의 빠른 손을 보며 눈을 질끈 감은 운현은 ‘이제 끝이구나!’ 생각되었다.

“어딜!”

위기에서 운현을 구한 것은 홍개의 손이었다. 진무의 손에 쉽게 구룡검이 들어가는 것을 볼 수 없었던 홍개가 진무 도장의 손을 막은 것이었다.

‘이때다!’

홍개와 진무가 얽혀 잠시 주춤한 사이, 운현은 다시 다른 방향으로 달리기 시작했다.

“쫓아라! 절대로 놓쳐서는 안 된다!”

“우리가 먼저 잡아야 한다!”

진무가 먼저 소리쳤고, 홍개가 뒤를 이어 소리쳤다. 그에 화산파 제자들과 개방 제자들이 거의 동시에 운현의 뒤를 쫓기 시작했다.

운현은 슬쩍 뒤를 돌아보았다. 아직까지 둘이 서로 티격태격하고 있는 모양인지 자신의 뒤를 따르는 사람 중 홍개와 진무의 얼굴은 보이지 않았다.

‘그 둘이 없다면……’

운현은 심한 압박감에서 벗어난 느낌이었다. 어느덧 죽어 있던 자신감이 무럭무럭 솟아났다.

“하나도 무섭지 않아!”

앞만 보고 달리던 운현이 갑자기 몸을 틀어 검을 휘둘렀다.

개방과 화산파 제자들과의 거리가 조금 있었음에도 불구하고 운현의 검은 힘차게 휘둘러졌다.

“흥! 그래 봤……!”

운현의 행동이 헛짓거리라 생각했던 화산파 제자 한 명은 순간 말을 잇지 못했다.

대신 기겁을 하며 그대로 몸을 숙였다.

"크악!"

뒤에서 들려오는 비명 소리. 몸을 숙였던 화산파 제자는 물론이고 다른 제자들과 개방 거지들도 놀란 눈으로 운현을 바라보았다.

검기는 아니었다. 하지만 무언가가 날아왔고, 그것에 맞은 화산파 제자가 뒤로 나자빠져 나무 기둥에 부딪쳤다.

"검풍(劍風)?"

하지만 검풍이라고 하기에는 그 위력이 너무나 강했다. 일반적으로 검풍이라 하면 보통 사람들이 느끼는 강풍 정도의 세기.

그것에 맞았다고 해서 저렇게 뒤로 밀려 넘어질 정도는 아니었다.

씨익!

미소를 지어 보인 운현이 도망가지 않고 오히려 화산파와 개방 제자들 사이로 뛰어들었다.

전혀 예상 밖의 움직임에 놀란 화산파 제자들과 개방 제자들은 순간적으로 머뭇거렸으며, 운현의 움직임에 대한 반응이 조금 늦어졌다.

퍽!

"으악!"

퍼억!

"끄악!"

운현이 검집째 구룡검을 휘둘렀다. 같은 구파일방의 일원이기에 목숨에 지장이 없도록 하기 위함이었다.

하지만 아무리 검집째라고는 하지만 그 위력이 죽은 것은 아니기에 적어도 팔다리 하나씩은 부러지는 부상을 입을 수밖에 없었다.

그렇게 운현이 순식간에 한 명의 화산파 제자와 두 명의 개방 제자를 제압하고 나서야 그들은 운현을 마주 공격해 들어가기 시작했다.

그러자 운현은 곧바로 몸을 돌려 다시 도망치기 시작했다. 화산파 제자들과 개방 제자들은 다시금 혼란스러워질 수밖에 없었다.

그렇게 운현은 도망치다가 갑자기 공격하고 다시 도망치는 일을 계속 반복했다.

홍개와 진무의 싸움은 금방 끝났다. 애초에 진무의 상대가 될 수 없는 홍개인만큼 한 식경 정도의 시간을 끌었다는 것만으로도 대단한 것이라 할 수 있었다.

"개방도 구룡검을 얻으려 했던 것 아니었던가?"

진무가 짜증 섞인 목소리로 물었다. 그에 홍개가 고개를 끄덕였고, 가뜩이나 찌푸려진 진무의 인상이 더욱더 볼품없이 찌그러졌다.

“내가 못 가질 것 같으면 다른 사람도 못 갖게 하겠다는 것인가?”

“그래야 후일을 도모할 수 있지 않겠소?”

“개방의 홍개가 많이 컸군.”

울컥!

홍개로서는 어떤 말도 할 수 없었다. 나이로 따져도 자신이 조금 더 어리고, 무공 실력으로도 자신이 몇 수 아래라 할 수 있었다.

“아무래도 더 이상 지체할 수 없을 것 같군.”

휘릭!

더 이상 봐주지 않겠다는 식으로 말한 진무가 손을 한 번 휘둘렀다.

“……!”

그의 손에서 뻗어 나온 한줄기 경력에 홍개는 긴장하며 몸을 날렸다.

퍼엉!

홍개가 서 있던 자리가 움푹 파이고 흙이 튀었다. 무시무시한 일격에 홍개는 등 뒤로 식은땀이 흐르는 것을 느꼈다.

“가만히 맞았어도 죽지는 않았을 일격이었는데 말이야.”

진무가 안타깝다는 어투로 말했다. 하지만 그의 표정은 전혀 그렇지 않았다.

“같은 구파일방끼리 이래도 되는 것이오?”

안 죽었을 것이라 했지만 그것은 어디까지나 진무 자신의 기준에서 한 말이고, 홍개 자신의 기준으로 보았을 때에는 반송장이 될 수 있을 정도의 위력이었다.

"아무튼 이제 좀 쓰러져 주게."

파밧!

"헛!"

순식간에 홍개의 앞에 나타나는 진무. 개방에서 경공 하나만큼은 최고라고 불리는 홍개보다도 훨씬 더 뛰어난 몸놀림이었다.

펙!

"끄윽!"

많은 내력이 실린 일격은 아니었지만 워낙 근거리에서 맞은 일격이었고, 맞은 곳이 정확하게 복부 한복판이었기에 홍개는 숨이 턱 막히는 것을 느끼며 그대로 주저앉았다.

"그럼… 가볼까?"

중얼거린 진무의 신형이 다시 사라졌다.

운현은 숨을 고르고 있었다. 자신이 쓰러뜨린 화산파 제자와 개방 제자들의 수를 합치면 대략 스무 명 정도. 아직 남아 있는 사람이 더 많았다.

하지만 다행스러운 점이라면 운현이 보인 실력에 개방 제자들과 화산파 제자들이 쉽게 달려들 생각을 하지 못하고 있다는 것이었다.

"일단은 다행인데… 그 둘은?"

운현은 홍개와 진무를 떠올렸다. 아직까지 둘 중 한 명도 나타나지 않고 있다는 것은 둘의 대치가 생각보다 길었다는 말이다.

하지만 이 이상 나타나지 않을 것이라 기대하기는 어려웠다. 풍문으로 들은 홍개와 진무의 실력 차이라면 분명 나타나는 것은 진무 도장일 것이었다.

"어찌 빠져나가야 하지?"

"구룡검만 내놓으면 된다."

"히익!"

운현은 기겁을 하며 뒤를 돌아보았다. 그 자리에 진무가 서 있었다.

'어, 언제?'

비록 후지기수들끼리 실력을 다투는 대회이기는 하지만 그 대회의 결승까지 오른 운현인만큼 그 실력은 꽤 높다 할 수 있었다.

하지만 그런 운현의 실력으로도 진무가 바로 자신의 뒤에 나타날 때까지 아무 기척도 느끼지 못한 것이다.

"저, 절대 안 됩니다! 이것은 무당으로 가져가야 합니다!"

"무당으로 가져간다? 그것이 무당의 것이었던가?"

"그, 그건!"

물론 무당의 것은 아니다. 하지만 자의가 되었든 타의가 되었든 자신이 무당에서 가지고 나온 것이니 운현에게는 그것을 무당에 가져다주어야 할 의무가 있었다.

"이미 합의를 본 상태이다. 구룡검은 찾는 사람이 임자야."

진무의 말에 운현은 침을 삼켰다. 찾는 사람이 임자. 그것은 죽고 죽이는 싸움을 해서라도 얻을 수 있다는 말과 같았다.

"어찌 되었든 저는 이것을 무당으로 가져가야 합니다."

두려움이 너무 크기 때문일까? 오히려 운현이 차분해진 모습으로 말했다.

'이 녀석……'

진무의 눈에 이채가 스몄다. 물론 자신이 무당의 제자를 죽이거나 하지는 않겠지만 지금의 상황이라면 그 누구든지 죽음에 대한 공포를 느끼기 마련이다.

그 공포를 이기느냐 이기지 못하느냐 하는 데에서도 그 그릇을 파악할 수 있는데, 운현의 경우에는 전자에 가깝다 할 수 있었다.

'음?!'

스슥!

"……!"

갑자기 진무가 뒤로 물러섰고, 운현은 의아한 눈빛으로 그를 바라보았다.

하지만 그것도 잠시, 운현은 그가 왜 뒤로 물러섰는지 알
수 있었다.

운현과 진무 사이에 착지하는 한 무리의 사람들. 운현이 아
닌 진무를 바라보고 선 것으로 보아 운현에게 적의가 있는 사
람들은 아니었다.

"누구? 아……!"

운현은 그들이 누구인지 알 수 있었다. 무당의 정보 기관이
자 은밀한 업무를 담당하는, 항상 가면을 쓰고 일을 하는 은
자각의 사람들이었다.

"장문제자 운현, 괜찮은가? 구룡검은?"

은자각 사람 중 한 명이 운현에게 물었다. 그에 그들을 멍
하게 바라보고 있던 운현은 고개를 끄덕이며 구룡검을 들어
보였다.

"다행이군. 도망쳐라. 여기는 우리가 맡는다."

끄덕.

고개를 끄덕인 운현은 뒷걸음질로 물러섰다. 그러다가 뒤
로 돌더니 냅다 달리기 시작했다.

"어디로 도망가는 것이냐?!"

진무가 소리치며 운현의 뒤를 쫓기 위해 움직였다. 눈앞에
있는 은자각 무사들은 안중에도 없는 것 같았다.

피슈욱!

파라락!

　그 순간 무언가 날카로운 것이 진무를 향해 날아갔고, 살짝 공중에 떠 있던 진무는 공중에서 몸을 회전시키며 바닥에 착지했다.

　"운현은 우리 무당의 사람. 쉽게 쫓지는 못할 것입니다. 그리고 우리 은자각의 무사들을 무시하지 마시지요. 진무 도장의 입장에서는 한낱 조무래기처럼 보일지 모르나 우리도 힘을 합치면 능히 상대할 수 있습니다."

　"음……."

　진무는 은자각 무사들의 몸에서 풍겨 나오는 기도에 낮은 침음성을 냈다. 확실히 개개인의 기도는 자신에 비할 바가 못 되었지만, 그 기운들이 합쳐지니 결코 무시할 수 없었다.

　결국 진무는 운현의 뒤를 쫓는 것을 포기하였다.

第二章
야욕

　　운현이 구룡검을 가지고 사라진 이후 중원무림은 큰 혼란에 빠져들고 있었다.

　　구파일방이 대놓고 서로가 구룡검을 갖겠다고 운현을 찾아 나섰으며, 그 과정에서 충돌도 서슴치 않았다.

　　아직까지 피를 볼 정도로 심한 충돌은 없었지만 자칫하다가는 정파의 분열까지도 걱정해야 할 정도로 심각했다.

　　"뭐라?!"

　　청산은 청현의 보고에 엄청나게 놀라고 있었다. 그런 청산의 태도에 청현이 조심스럽게 다시 입을 열었다.

“운현의 종적이 벌써 곤륜과 개방, 화산에게 포착되었고, 은자각 무사들이 운현을 찾았을 때에는 화산의 진무 도장에게 구룡검을 빼앗길 위험에 처해 있었다고 합니다.”

처음 청현의 말을 듣고 깜짝 놀라 자리에서 벌떡 일어섰던 청산은 머리를 짚으며 그대로 다시 의자에 앉고 말았다.

은자각 무사들의 눈을 피해 사라질 정도라면 다른 문파에서도 찾는 것이 쉽지 않을 것이라 생각했거늘, 설마 이렇게 쉽게 종적을 드러낼 줄은 몰랐던 것이다.

아니, 어찌 보면 애초에 운현에게 강호 경험을 쌓게 해주겠다고 적극적으로 나서지 않은 것부터가 잘못이라 할 수 있었다.

“그래서 어떻게 되었는가? 운현은? 구룡검은?”

“일단 올라온 보고에 의하면 무사히 빠져나갔다 들었습니다. 은자각 무사들은 진무의 앞길을 막느라 운현이 어디로 갔는지까지는 아직 파악하지 못한 모양입니다.”

“하……!”

일단 운현이 무사히 빠져나갔다는 말에 안도의 한숨을 쉬는 청산이었다. 만약 운현에게 무슨 일이 생긴다면 자신은 그것을 감당하기 어려울 것 같았다.

“지금부터 무당의 모든 힘을 다 쏟아 부어 운현을 찾아라! 운현의 신변 확보와 구룡검의 유무를 반드시 확인하라!”

“예!”

청산의 명을 받은 청현이 서둘러 밖으로 나갔다. 이제 무당은 운현과 구룡검을 중심으로 모든 것이 돌아갈 것이다.

'내가 늘그막에 제자 놈에게 몹쓸 짓을 했구나!'

청산은 뼈저리게 후회하고 있었다. 운현이 무사하니 다행이지만 이번 일은 평생을 두고 운현에게 미안해해야 할 것이다.

'이놈아! 무사히만 돌아와라!'

솔직히 구룡검보다 운현이 더 걱정되는 청산이었다. 장문인의 자리에 있는 입장이다 보니 구룡검과 운현 둘 다 포기하기 어려웠지만 이제는 구룡검은 포기할 수도 있을 것 같았다.

그렇게 청산은 걱정스런 표정을 지으며 운현을 생각하고 있었다.

운현은 산에서 간신히 빠져나왔지만 워낙 산속을 헤매고 다녔기에 어디가 어디인지 알 수가 없었다.

근처에는 인가도 없었고, 지나다니는 사람도 없어 어디로 가야 무당으로 가는 길인지 도통 알 수가 없었다.

거기에 뒤쪽에서는 누가 쫓아올지 모르는 상황이니 서둘러 그 자리를 벗어나기는 해야 했다.

"에이! 몰라!"

그렇게 소리친 운현은 어느 한 방향을 정하고 냅다 달렸다.

아직까지 자신의 뒤를 쫓아오는 사람은 없었지만 그래도 불안한지라 처음부터 경공을 사용하여 최대한 빠른 속도로 달렸다.

하지만 운현이 간 방향은 무당으로 가는 길이 아니라 화산의 안방이라 할 수 있는 섬서성으로 향하는 길이었다.

그것도 모르고 운현은 제발 그 길이 무당으로 향하는 길이기를 간절히 바라면서 전속력으로 달렸다.

"엥?"

운현은 황당했다. 정신없이 달려온 곳. 그곳은 바로 호북성에서 섬서성으로 넘어가는 관문이었다.

"뭐야! 그럼 난 호랑이 소굴로 향하고 있던 것인가?"

섬서성하면 딱 떠오르는 문파는 화산이다. 물론 종남파도 있기는 하지만 화산파에 비하면 그 무게감이 떨어지는 것은 확실했다.

게다가 현재 화산에는 진무 도장이라는 확실한 고수가 있기 때문에 사람들이 느끼는 화산의 무게감은 감히 종남이 덤벼들기 어려웠다.

"어떻게 하지?"

관문을 앞에 두고 운현은 고민에 잠겼다. 무당의 터전이라 할 수 있는 호북에서도 화산과 개방의 추격을 받았다. 하물며 섬서에서는 말할 것도 없었다.

목숨은 부지할 수 있을지 몰라도 구룡검의 소유는 장담할
수 없었다.

"어쩔 수 없지. 뒤쪽으로 가서 잡히나 앞으로 가서 잡히나
똑같은 거지."

운현은 더 이상의 망설임없이 섬서성으로 들어갔다.

구파일방이 모두 운현과 구룡검을 찾으려고 혈안이 되어
있는 이때, 마교만은 아무런 움직임이 없었다.

구파일방은 그런 마교의 모습에 도대체 무슨 생각을 하고
있는 것인지 몰라 약간의 걱정은 되었지만 당장 마교가 구룡
검 쟁탈전에 뛰어들지 않았다는 사실 하나만으로도 만족하는
모습을 보였다.

그렇게 마교는 구룡검에 관심이 없는 것처럼 보였다. 대외
적으로는.

마교 교주 방일원이 주로 업무를 보는 대전.

대전 의자에 삐딱하게 앉은 방일원이 자신의 앞에 머리를
조아리고 있는 곡해성(曲害成)을 바라보고 있었다.

얼굴 표정에는 어떠한 감정도 드러나 있지 않았지만 은연
중에 풍기는 그의 분위기는 굉장한 위압감을 주었다.

"일이 틀어졌군."

"죄송합니다."

무슨 일일까. 곡해성이 더욱더 고개를 조아리며 용서를 구

하고 있었다. 얼굴이 거의 바닥에 닿은 상태라 얼굴 표정을 볼 수는 없었지만 상황으로 보아 굉장히 긴장하고 있는 듯했다.

"애초에 구룡검 따위에 의지하는 것이 아니었다."

"죄송합니다."

방일원의 입에서 구룡검이라는 단어가 나왔다. 그리고 곡해성을 탓하는 말투와 다시 한 번 용서를 구하는 곡해성.

마교 역시 구룡검을 노리고 있었던 것이다.

"어차피 마교천하(魔敎天下)에 구룡검이 꼭 필요한 것도 아니었다. 안 그런가?"

"그렇습니다. 죄송합니다."

사실 운현이 구룡검을 들고 사라질 것이라고는 아무도 예상하지 못했다. 그런 것을 어찌 곡해성을 탓할 수 있을까.

하지만 방일원은 곡해성을 탓하는 듯 말하고 있고, 곡해성은 계속해서 용서를 구하고 있었다.

"이제부터 구룡검 따위는 생각하지 않는다. 오로지 마교천하만 생각하도록. 알겠나?"

"알겠습니다. 그리하도록 하겠습니다."

"나가보라."

방일원의 말이 끝나기가 무섭게 곡해성이 자리에서 일어났다. 하지만 여전히 허리를 숙이고 있는 상태.

마치 신하가 황제 앞에서 취하는 듯한 자세를 곡해성이 하고 있었다.

　그것이 전혀 어색하지 않은 듯 방일원은 당연하게 받아들이고 있었다.

　대전을 나온 곡해성의 얼굴은 놀랍게도 무표정했다. 그런 방일원의 분위기와 말투, 기운이라면 그 어느 누구도 긴장하지 않을 리 없건만 곡해성은 땀 한 방울 흘린 흔적이 없었다.

　"가자."

　곡해성이 대전 밖에서 기다리고 있던 수하를 데리고 자신의 방으로 향했다.

　쾅!

　"이런, 찢어 죽일 놈!"

　자신의 거처로 돌아온 곡해성은 진노하여 소리쳤다. 대전에 있을 때와는 완전히 다른 그의 모습이었지만 같은 방에 있는 수하는 전혀 겁먹은 표정이 아니었다.

　"감히 내 계획을 물거품으로 만들어?"

　곡해성은 이를 악문 채 씹어뱉듯이 읊조렸다. 그 와중에도 수하는 아무런 움직임 없이 가만히 서 있을 뿐이었다.

　"지금 즉시 나가서 전달하라! 이제부터 구룡검은 이선으로 미뤄놓는다! 최우선 과제는 마교천하다! 알겠나?!"

　"예."

겉으로 들리는 목소리는 없었지만 대신 곡해성의 귀로 전음성이 들렸다. 곡해성의 수하는 벙어리인 듯했다.

"나가봐라."

곡해성의 말에 작게 고개를 숙여 보인 그는 밖으로 나갔다. 수하가 나간 뒤로도 곡해성은 분이 풀리지 않는지 계속해서 거처의 집기들을 혹사시켰다.

"더 이상은 안 나타나려나……."

운현이 섬서성에 들어선 지 나흘이 지났다. 처음 섬서성에 들어설 때와 달리 화산과 종남의 추격은 오히려 호북성에서 보다 덜했다.

무슨 일 때문인지는 알 수 없었지만 운현이 움직이기에 훨씬 더 좋아진 것만은 분명했다.

하지만 이해하기가 쉽지 않은 지금의 상황에서 운현은 오히려 예전보다 더욱더 신경을 곤두세우며 어디론가 향하고 있었다.

육체적으로는 편해졌지만 정신적으로는 더욱더 피곤해진 운현이었다.

그 때문인지 운현의 모습은 많이 야위어 있었다.

운현은 어느 한곳에 오래 머물지 않았다. 잠도 편하게 객점에서 자지 못하고 대부분 노숙을 했다. 그래서인지 지금의 모습이 더욱더 초췌해져 있었다.

그렇게 걷고 달려 운현이 방향을 잡은 곳은 감숙성 쪽이었다. 애초에 호북성의 무당으로 가려고 했으나 이왕 무당에서 나와 섬서성까지 온 것, 무당 감숙지부에서 일하는 청명을 찾아가 볼 생각이었던 것이다.

어릴 때부터 자신을 잘 이해해 주고 좋아해 주었던 그라면 안심하고 찾아갈 수 있을 것 같았다.

물론 그곳까지 가는 동안 많은 위험이 닥칠지도 몰랐지만 운현은 최대한 조심하고 자신의 실력에 대한 어느 정도 자신감으로 감숙까지 가려고 하는 것이었다.

솔직히 지난번과 같이 홍개나 진무 도장 같은 사람들이 나타나지 않는 이상 운현이 불리한 것은 머릿수밖에 없었다.

'이런, 입이 방정이지.'

운현은 자신의 입을 탓했다. 중얼거림과 동시에 한 무리의 사람들이 자신을 향해 걸어오고 있는 것이 보였다.

나름대로 정체를 들키지 않으려고 문파의 옷이 아닌 일반인의 복장이지만 뚜렷하게 느껴지는 그들의 기운을 운현은 쉽게 알 수가 있었다.

'어딘가? 화산? 종남? 차라리 종남이 더 나은데……. 아니지. 일단은 튀고 보자.'

천천히 걷던 운현은 걸음을 멈추었다. 그리고는 자신을 지나쳐 앞으로 걸어나가고 있는 사람들 사이에 자연스럽게 묻혔다.

"어, 어디로 간 것이냐?! 찾아라!"

순식간에 사라진 운현. 그에 운현을 발견하고 다가오던 무사들은 순간 당황하여 허둥거리며 운현의 모습을 찾기 시작했다.

하지만 많은 사람들 사이에 묻혀 있는 운현을 찾기란 쉬운 일이 아니었다.

그렇게 운현은 섬서성에서의 첫 위기를 쉽게 모면할 수 있었다.

"벌써 나를 찾기 시작했다, 이거지?"

운현은 속도를 높여 감숙성을 향해 달리고 있었다. 섬서성에서 가장 무서운 것은 화산이지만 종남 또한 그리 만만한 곳이 아니며, 중원 전체 어디에도 있는 개방 역시 무서운 곳이라 할 수 있었다.

"무당에서는 뭐 하고 있을까?"

호북성에서 은자각 무사들을 만난 이후로 운현은 한 번도 무당파 제자들을 만나보지 못했다.

다른 문파들은 기를 쓰고 자신을 찾으려 하고 구룡검을 빼앗으려 하는데 무당에서는 별다른 움직임이 없는 것 같아 조금은 서운한 마음도 들었다.

'사부… 삐친 겁니까?'

청산을 떠올렸다. 항상 잘해주었던 청산이지만 가끔은 자신을 궁지에 몰아넣기도 했던 그다.

이번 일 역시 혹시라도 그런 의도가 아닐까 하는 생각도 드는 운현이었다.

"어라? 앞?"

운현의 눈에 멀리서 자신을 향해 달려오는 한 무리의 사람들이 보였다. 이번에는 문파의 복장을 하고 있었는데, 표식을 보아하니 종남의 것이었다.

"종남에서는 누가 나오셨으려나?"

운현은 점점 가까워지는 종남파 제자들을 바라보았다. 하지만 종남파 제자들 사이에서 그 어떤 중년인이나 노인의 모습은 찾을 수 없었다.

즉, 장로 이상의 사람은 오지 않았다는 말과 같았다.

"나를 무시하나? 개방과 화산에서는 그래도 홍개와 진무 도장이 친히 모습을 보였는데 말이야."

충분히 좋아해야 할 상황임에도 운현은 투정 아닌 투정을 부렸다. 그 정도로 약간은 여유가 생긴 운현이었다.

"무당파 운현이오?"

"그렇소!"

"구룡검을 내놓으시오!"

다짜고짜 구룡검부터 내놓으라는 종남파 제자. 운현은 속으로 교육을 잘못 받은 사람이라며 혀를 찼다.

"무슨 권한으로 구룡검을 내놓으라 하시오?"

“그, 그것이!”

권한 같은 것을 알 턱이 없었다. 그저 위의 명령대로 구룡검을 빼앗으러 온 그들일 뿐이었다.

“그런 것도 없으면서 지금 나에게 구룡검을 내놓으라 하시었소? 차라리 그냥 말없이 빼앗아보시든가!”

“익! 빼앗아라!”

그 말과 동시에 종남파 제자들이 일제히 운현을 향해 달려들었다.

위급한 상황임에도 운현의 표정에는 여유가 있었다.

딱 보기에도 종남파 제자들의 실력이 화산파나 개방의 제자들보다 떨어진다는 걸 알 수 있었다.

화산파 제자들과 개방 제자들은 치밀하게 운현을 몰고 최대한 도망갈 틈을 주지 않기 위해 촘촘하게 에워싸고 달려들었다.

산속이라는 지형적 이점이 없었다면 빠져나오기 힘들었으리라.

하지만 종남파 제자들은 오로지 정면이었다.

간혹 측면으로 달려드는 제자도 몇 명이 있었지만 그 수가 많지 않아 그쪽으로 수월하게 빠져나올 수 있었다.

종남파 제자들은 운현의 몸놀림에 어안이 벙벙했다.

이 정도로 많은 인원이 한꺼번에 달려드는데 너무나도 여유롭고 빠른 몸놀림으로 자신들을 피한 것이다.

그들은 운현이 화산과 개방의 추격도 뿌리쳤다는 사실을 모르고 있었다.

이것이 종남이 구파에 속하기는 하지만 그보다 더 높은 자리로 올라가지 못하는 한 가지 이유이기도 했다.

"이봐, 당신들! 너무 성의가 없는 것 아니야? 그래도 화산에서는 진무 도장이, 개방에서는 홍개가 왔었단 말이야! 알아?"

그 말에 종남파 제자들은 놀란 눈으로 운현을 바라보았다. 그 정도로 눈앞에 있는 운현이 대단하다고는 생각지 못했기 때문이다.

"어디, 빼앗고 싶으면 쫓아와 봐!"

운현은 속도를 높여 달렸다. 그에 곧바로 종남파 제자들 역시 운현의 뒤를 따라 달렸다. 하지만 운현과의 거리는 점점 더 벌어지기만 할 뿐이었다.

이것은 위기도 아니었다. 종남파 제자들을 여유롭게 따돌린 운현은 감숙성으로의 발걸음을 빨리 했다.

정확히 어느 정도 시간이 걸릴지는 알 수 없었지만 대충 들은 바에 의하면 하루 정도 거리만 가면 될 것 같았다.

하지만 위기는 또 찾아왔다.

화산파 제자들이 자신의 앞을 가로막은 것이다.

"아니, 이게 누구신가?"

운현의 앞을 가로막은 사람은 다름 아닌 운현의 결승전 상대인 조우량이었다.

"여기서 보는군."

운현이 조우량을 바라보며 말했다. 그리고 조우량의 뒤에 서 있는 화산파 제자들의 모습도 슬쩍 바라보았다.

얼핏 보기에도 서른 명이 넘는 인원. 꽤나 많은 인원이었다.

운현은 걱정이 앞섰다. 솔직히 운현의 지금 심정은 종남파 제자들 서른 명보다도 화산파 제자 열 명이 더 두려웠다.

그 정도로 화산과 종남의 차이는 컸다.

"내 결승전을 망치고 구룡검까지 가지고 도망치다니! 절대로 용서할 수 없다!"

운현은 기가 막혔다. 모든 것을 자신의 기준으로 말하는 조우량이었다.

"이봐, 뭘 착각하고 있는 모양인데, 그 결승전은 내 시합이기도 했고, 구룡검 일은 내가 그러고 싶어서 그런 것이 아니란 말이야."

웅성웅성!

운현의 말에 조우량을 제외한 화산파 제자들이 웅성거리기 시작했다. 운현은 그들이 왜 그런 반응을 브이는지 몰라 어리둥절한 표정을 지었다.

"배후가 누구냐?!"

"뭐?"

운현은 황당했다. 갑자기 배후라니?

"이건 또 무슨 뚱딴지 같은 소리야? 배후라니?"

운현의 말에 다시금 머리가 혼란스러워지는 화산파 제자들과 조우량이었다.

"네 입으로 말하지 않았느냐! 네가 그러고 싶어서 그런 것이 아니라고!"

"아, 그걸 그렇게 받아들였어?"

운현은 어이가 없다는 듯이 조우량을 바라보았다. 그리고는 다시 입을 열었다.

"내가 한 말은 나도 내가 왜 그랬는지 기억에 없다는 말이야. 나도 궁금하다고, 내가 왜 그랬는지."

"흥! 그것을 믿을 것 같더냐! 어디, 잡아서 족치면 불겠지! 잡아라!"

그 말과 함께 화산파 제자들이 운현에게 달려들었다. 그에 운현 역시 앞으로 마주 달려나갔다.

화산파 제자들이 본격적으로 진용을 갖추기 전에 그들을 흐트러뜨리기 위함이었다.

그런 운현의 생각은 적중했다. 순식간에 운현을 둘러싸고 위협을 가해 오던 화산파 제자들은 오히려 운현이 공격적으로 나오자 순간 당황하여 제대로 정비를 갖추지 못했다.

확실히 젊은 제자들인만큼 아직까지 경험이 부족했다.

"어서 대열을 정비해라!"

조우량이 소리쳤다. 하지만 그것은 말처럼 쉽게 되는 것이 아니었다.

하물며 호북성 산속에서와 같이 구룡검을 검집째 휘두르며 달려드는 운현의 기세에 더욱더 쉽지가 않았다.

빠각!

"으악!"

첫 번째 희생자가 나왔다. 이번에 역시 화산파 제자 한 명의 팔이 역으로 꺾여 있었다. 부러진 것이다.

"한동안 고생 좀 할 거야."

운현은 화산파 제자를 바라보며 중얼거렸다. 하지만 그 와중에도 화산파 제자들은 더욱더 거세게 운현을 압박해 갔다.

자신들의 눈앞에서 동문이 부상을 당했으니 강연한 일이었다.

"어이쿠!"

운현이 소리를 지르며 화산파 제자 한 명의 공격을 피해내었다. 약간은 과장된 몸짓과 소리에 화산파 제자들의 눈빛이 더욱더 흉흉하게 빛났다.

그에 운현은 지금까지의 여유롭던 모습과는 달리 내심 긴장되기 시작했다.

"그런데 너는 안 오냐?"

운현이 한쪽에 서서 자신을 바라보고 있는 조우량에게 말했다. 화산파의 장문제자 정도 되는 사람이 다른 제자들에게는 싸우라 시켜놓고 자신은 지켜만 보고 있는 것이 별로 마음에 들지 않았기 때문이다.

"시끄럽다! 뭣들 하는 것이냐! 어서 공격해라!"

운현이 잠시 조우량에게 말을 하는 사이 어느 정도 대열을 정비한 화산파 제자들이 다시 운현에게 달려들었다.

확실히 아까와는 달리 안정적이고, 서로 간의 움직임이 유기적으로 잘 맞물리는 등 운현의 입장에서는 조금 까다로운 상황이 되었다.

하지만 운현은 미소를 지었다.

호북성에서 처음으로 곤륜파를 만난 이후 지금까지 계속 도망치고 추격을 당하면서 어느 정도 자신감도 붙었고, 자신의 실력에 대해서 보다 정확하게 인지할 수 있는 기회가 되었기 때문이다.

부웅!

화산파 제자들 역시 운현이 같은 구파의 일원이기 때문인지 내력을 담지 않고 공격해 왔다.

한 번의 공격을 피해낸 운현은 가장 가까이 있는 화산파 제자에게 다가가 붙었다.

순식간에 운현이 거리를 좁혀오자 화산파 제자는 당황하여 아무렇게나 검을 휘둘렀다.

정확하게 공격해도 운현이 맞을까 말까 한데 아무렇게나 휘두른 검이라면 더욱 어림도 없었다.

구룡검을 들어 그 검을 막은 운현은 화산파 제자의 옆구리에 주먹을 꽂아 넣었다.

퍼억!

"크헉!"

숨 넘어가는 소리와 함께 화산파 제자 한 명이 더 주저앉았다. 그와 동시에 다른 제자가 운현의 등을 노리고 달려들었다.

정파의 입장에서 등을 공격하는 것은 비겁한 일이라 할 수 있지만 운현은 그런 것을 따지지 않았다.

지금과 같은 상황이라면 그럴 수도 있겠다 싶었기 때문이다.

그렇다고 기분이 나쁘지 않은 것은 아니었다. 그러다 보니 저절로 운현의 손속이 매서워졌다.

빠각!

또다시 무언가 부러지는 소리. 운현의 등으로 검을 내려치던 화산파 제자의 팔을 구룡검을 휘둘러 부러뜨려 버린 것이다.

두 명의 화산파 제자를 처치한 운현은 다시 다른 제자들을 향해 몸을 돌렸다.

그런 운현을 보며 조우량은 질렸다는 듯 고개를 저었다.

“이젠 어쩔래? 너 하나만 남았다.”

화산파 제자들은 모두 바닥에 누워 있었다. 다들 어디가 부러지거나 금이 가서 굉장히 고통스러워하는 모습이었다.

하지만 그렇다고 해서 운현의 상태 또한 멀쩡한 것은 아니었다.

운현 역시 몇 군데 맞은 곳이 있어 왼쪽 팔꿈치 부근과 옆구리, 그리고 오른쪽 허벅지에 통증이 있었다.

그러나 그런 것을 전혀 내색하지 않고 아무렇지도 않은 표정으로 조우량을 바라보는 운현이었다.

조우량은 혀를 내두를 수밖에 없었다. 운현이 몇 번 맞는 것을 분명 자신도 보았다. 그리고 그 일격들이 결코 약하지 않다는 것도 알 수 있었다.

조우량 역시도 비무대회 결승에 오를 정도로 실력 하나는 뛰어난 사람이었다.

하지만 운현만큼의 배포나 담이 없었다. 그것이 지금의 운현과 조우량의 차이라 할 수 있었다.

“흥! 허세를 부리는 것이냐!”

조우량이 기세 좋게 소리쳤다. 하지만 그의 눈에는 불안감이 가득했다.

그것을 알아챈 운현이 미소를 지었다. 그런 운현의 미소가 지금 조우량에게는 그 어떤 사악한 미소보다도 더 무섭게 느껴졌다.

"허세? 어디 한번 당해볼래?"

"뭐, 뭐야?!"

운현이 조우량에게 달려들었다. 조우량 역시 달려드는 운현을 공격해 갔지만 이미 분위기 자체는 운현에게 넘어간 지 오래였다.

결국 조우량은 운현과 몇 합 섞지도 못하고 그대로 바닥에 주저앉고 말았다.

조우량까지 쓰러진 것을 확인한 운현은 곧바로 몸을 날려 감숙성을 향해 달렸다.

"어떻게 되었는가?"

"지시는 다 내려놓았습니다. 이제 명령만 내리시면 됩니다."

"그래? 좋군. 지체할 것 없다. 지금 즉시 시작하라."

"알겠습니다. 그리하도록 하겠습니다."

곡해성이 방일원의 명을 받고 대전에서 빠져나갔다.

대전에 홀로 남은 방일원의 표정이 무표정에서 점차 바뀌어가고 있었다.

처음에는 미소가 지어지더니 그 다음에는 치아가 약간 보일 정도로 웃었고, 나중에 가서는 앙천대소(仰天大笑)를 터뜨렸다.

"하하하하! 이제 드디어 마교천하를 볼 수 있겠구나!"

자신의 아버지가 이루지 못한 마교천하의 한(恨). 그것을 풀려는 방일원의 소원이 시작되는 순간이었다.

조우량까지 이긴 덕분일까? 화산파 제자들의 추격은 더 이상 없었다. 그것도 그럴 것이, 화산파 제자들 서른 명 이상을 운현이 어디 한 곳씩 부러뜨려 놓았으니 쉽게 추격할 수도 없을 것이다.

괜히 실력이 안 되는 제자들을 시켜 운현의 뒤를 쫓게 했다가는 몸 성한 사람이 없게 될지도 모르는 상황이었다.

개방 제자들 역시 쉽게 운현에게 다가오지 못하고 있었다. 일단 섬서성에서의 화산파 영향력이 워낙 크기에 개방이 큰 힘을 못 쓰는 이유도 있었고, 운현의 목적지가 감숙성이라는 것을 알고 있기 때문이기도 했다.

감숙성이라면 뚜렷이 세력을 보이는 문파는 없었지만 각 문파의 지부가 있는 곳이었다.

그곳이라면 개방도 어느 정도 힘을 낼 수 있는 상황이었고, 섬서성보다는 운현을 잡을 수 있는 기회가 커질 수 있었다.

화산파 감숙지부는 비상에 걸려 있었다. 화산파 본산에서 운현이 감숙성으로 향하고 있다는 소식이 전달되었기 때문이다.

그와 함께 반드시 운현을 생포하고 구룡검을 빼앗으라는 명이 하달되었다.

하지만 화산파의 안방인 섬서성도 두 발로 걸어나온 운현인데, 일개 지부에서 그런 운현을 잡는 것은 결코 쉬운 일이 아니었다.

그 때문에 감숙지부장인 구자서는 요 며칠 동안 잠도 제대로 자지 못하고 있었다.

쾅!

"사부! 큰일 났습니다!"

구자서의 제자인 오기구가 문을 거칠게 열고 들어왔다. 그에 안 그래도 신경이 날카롭던 구자서가 인상을 구기며 오기구를 바라보았다.

"무슨 일이냐?! 운현이라도 나타났다더냐?!"

"그 정도가 아닙니다!"

"뭐?"

지금 상황에서 가장 큰일이라면 운현과 구룡검에 관한 일일 터. 도대체 오기구의 말이 무슨 말인지 알아들을 수가 없는 구자서였다.

"자세히 말해보아라!"

"마교가… 마교가……!"

"어서!"

“마교가 소림의 속가찰(俗家刹)인 무량사(無量寺)를 공격했습니다!”

“뭐라!”

이것은 구룡검보다도 훨씬 더 큰 사건이었다. 갑자기 마교가 소림을 공격한다?

속가찰이라 함은 소림의 지부 격인 절을 말한다. 소림과 유기적인 관계를 맺으면서 소림의 무승들이 정기적으로 방문하여 수련을 돕고, 여러 가지를 전달하는 그런 사찰이었다.

무량사는 그중에서도 감숙 지역의 속가찰이었다.

감숙 지역에서 무량사라 함은 곧 소림을 뜻하는 곳. 따라서 무량사의 감숙성에서의 영향력은 꽤나 컸다.

그런 무량사를 공격했다는 것은 소림에 대한 정면 도전이고, 나아가 정파무림에 대한 정면 도전과도 같은 것이었다.

“무량사에서 가장 가까운 곳이 어디지?”

“예?”

“무량사에서 가장 가까운 지부 말이야! 어느 문파의 것이냐고!”

그제야 구자서의 말을 알아들은 오기구는 잠시 생각하더니 상기된 표정으로 대답했다.

“저, 저희 화산입니다!”

“서둘러 준비하라! 적들이 올 것이다!”

“알겠습니다!”

떨리는 목소리로 대답한 오기구는 서둘러 밖으로 나갔다.

“빌어먹을!”

운현과 구룡검, 거기에 마교까지. 왠지 모르게 죽을 때가 가까워 온 것 같다는 생각을 하는 구자서였다.

파죽지세(破竹之勢).

지금 마교의 모습을 두고 만들어진 말 같았다. 마교 감숙지부에서 시작된 그들의 움직임은 무량사를 꺾고, 그 기세를 한층 더하고 있었다.

그런 그들이 화산파 감숙지부로 향하고 있다는 소식을 들으니 화산파 감숙지부에 속해 있는 화산파 제자들은 잔뜩 긴장할 수밖에 없었다.

일단 소림의 속가찰인 무량사를 꺾었다는 사실에서 화산파 제자들은 일단 기가 죽었다.

감숙에서 무량사는 소림과 마찬가지. 그런 무량사를 꺾은 그들을 화산이 감당할 수 있겠느냐는 것이 그들의 생각이었다.

하지만 어쩌겠는가. 적은 오고 있고, 그들은 오는 적을 막아야 할 의무가 있는 것을.

“모두 들어라!”

구자서가 감숙지부의 제자들을 모두 모아놓고 크게 외쳤다. 그에 대략 서른 명이 조금 넘는 인원의 제자들이 그를 바라보았다.

"알다시피 지금 마교가 중원 정복을 노리고 있다! 무량사를 공격한 것에서 그 의도가 명확하게 드러났다! 이제 그들이 노리는 것은 우리 화산! 그들을 무찔러 우리의 힘을 보여주자!"

"와!"

함성 소리가 나오기는 했지만 그 소리에서 활기를 찾아보기란 어려웠다.

이미 죽어 있는 목소리.

그들에게는 의지와 자신감이 이미 결여되어 있었다.

그런 그들을 보며 구자서는 씁쓸한 미소를 지었다. 이것은 자신이 자라온 화산의 모습과는 거리가 있는 것이었다.

"적들은 어디까지 왔느냐?"

"대략 반 시진 정도면 도착할 것 같습니다."

"그래?"

오기구의 보고를 들은 구자서는 고개를 끄덕였다. 그런 그의 얼굴에는 긴장과 두려움이 묻어 있었다.

"적들이 가까이 있다! 우리는 무슨 수를 써서라도 적을 막아야 한다! 분명 본산에서 지원이 올 것이다!"

화산파 제자들은 바보가 아니었다. 섬서성 화산파 본산과 감숙성 화산파 지부 사이의 거리는 대략 칠 일 정도.

하물며 가장 가까이에 있는 화산파 속가제자의 장원도 하루 정도의 거리에 떨어져 있다. 그곳에서 지원군이 온다 하여도 이미 늦은 시간이나 다름없었다.

그런 것을 알고 있음에도 불구하고 화산파 제자들은 그것에 희망을 걸 수밖에 없었다.

"나가자!"

구자서가 먼저 감숙지부 밖으로 나갔다. 조금 있으면 적이 올 터, 안에서 맞기보다는 밖에서 맞으려는 그의 의도였다.

화산파 감숙지부를 향해 빠르지도, 그렇다고 해서 너무 느리지도 않은 속도로 진격하는 한 무리가 있었다.

바로 마교였다.

그런 마교를 이끄는 사람은 한 노인이었다. 얼굴에는 주름이 가득해 나이가 많아 보였지만 의외로 흰머리는 적어 보는 사람으로 하여금 고개를 갸웃거리게 만들었다.

그는 그저 평범한 노인처럼 보였으며, 그가 무공을 익혔다는 것을 알 수 있는 것은 그의 허리춤에 있는 검과 마교 무사들과 함께 있다는 사실뿐이었다.

척!

가장 선두에서 진격하던 노인이 손을 들었다. 그러자 그 뒤를 따르던 마교 무사들이 절도있게 멈추어 섰다.

노인은 정면을 노려보았다. 기실 그의 정면에는 아무것도 없었지만 그의 표정이나 눈빛을 보고 있자면 꼭 그 앞에 무언가가 있는 것만 같은 착각을 일으키게 했다.

잠시 후, 앞쪽에서 사람의 모습이 보이기 시작했다. 화산파 감숙지부의 사람들이었다.

챙!

촤앙!

화산파 감숙지부 사람들의 모습이 보이자 마교 무사들은 저마다 무기를 꺼내 들었다. 적이 나타난 것이다.

하지만 노인만은 그저 뒷짐을 진 채로 정면만을 응시할 뿐이었다.

아까의 그 날카로운 눈빛은 온데간데없고, 그저 평범한 노인의 평범한 시선만이 그 자리에 있을 뿐이었다.

"너희들이 마교의 악도들이냐!"

구자서가 소리쳤다. 그에 노인이 천천히 입을 열었다.

"말이 짧군. 내가 더 오래 살았는데 말이야."

"뭐라! 너희 같은 악도들에게 높여줄 말은 없다!"

"감히 화산파 따위가 내 앞길을 막겠다는 것인가?"

그 누가 있어서 화산을 '따위' 라고 하겠는가. 오직 이 노인만이 할 수 있는 것이었다.

그가 존대를 하는 유일한 사람은 교주 방일원뿐. 그 외의 다른 사람이나 문파는 그에게 있어서 하찮은 존재일 뿐이었다.

"따위? 네놈의 실력이 얼마나 뛰어난지 모르겠지만 네깟 놈이 그렇게 부를 정도로 약한 문파가 아니다! 쳐라!"

　화산파 제자들이 일제히 앞으로 달려나갔다. 아까의 긴장감은 없어 보였다. 그도 그럴 것이, 눈앞에서 사문이 무시당하는데 어찌 화가 나지 않겠는가.

　그런 화산파 제자들을 노인은 가소롭다는 눈빛으로 바라보았다. 그리고는 뒤쪽을 살짝 바라보았다.

　파밧!

　그의 시선에 마교 무사들 역시 화산파 제자들을 상대하기 위해 앞으로 달려나갔다.

　채챙!

　퍼버벅!

　"큭!"

　"우아아앗!"

　저마다의 기합 소리와 비명 소리, 병장기 부딪치는 소리가 난무하기 시작했다.

　그 싸움에 끼어들지 않은 사람은 오직 마교의 노인 한 사람뿐이었다.

　"흥! 고작 수하들 뒤에 숨어 있는 겁쟁이였던가!"

　구자서가 마교 무사 둘을 단숨에 베어버리고는 노인을 향해 소리쳤다.

　도발이었지만 노인은 눈 하나 깜짝하지 않고 전장만 지켜보고 있을 뿐이었다.

　마교 무사들 사이에 이렇다 할 고수가 없는 상황에서 구자서와 오기구의 활약은 빛을 발하고 있었다.

시간이 흐를수록 그 둘의 손에 죽는 마교 무사들의 숫자가 많아졌으며 흐름 역시도 점차 화산 쪽으로 넘어가기 시작했다.

팍!

그 순간 노인이 땅을 박찼다.

강하게 박찬 것은 아니었지만 그의 신형은 거의 일 장 가까이 치솟아 전장 한가운데로 날아갔다.

실로 대단한 경공이 아니라 할 수 없었다.

전장한 가운데에 떨어진 노인은 순식간에 검을 빼 들고 몇 번 휘둘렀다.

마치 실전 전에 연습을 하듯이 가볍게 휘두른 것이었다.

하지만 그 위력은 절대로 가볍지 않았다.

서걱! 서거걱! 서걱!

"끄아악!"

"크악!"

무언가 잘려 나가는 소리가 연달아 들렸다. 그리고 이어지는 비명 소리.

화산파 무사 세 명 중 한 명은 목이, 다른 두 명은 팔이 잘려 나갔다.

푸슈슈!

분수처럼 터져 나오는 피. 그것을 고스란히 맞으며 노인은 미소를 지었다.

움찔!

그런 그의 모습에 화산파 제자들은 등골이 오싹함을 느꼈다.

아까까지만 해도 전혀 악할 것 같지 않고 평범하게 생긴 그의 모습이 지금은 이 세상에서 가장 무서운 악귀(惡鬼)처럼 변해 버린 것이다.

"이야압!"

채앵!

노인에게 달려든 것은 구자서였다. 방금 전의 한 수로 노인이 자신보다 더 강하다는 것은 알고 있었지만 이 자리에서 그나마 노인을 상대할 수 있는 사람은 자신밖에 없음을 알았다.

일단 노인에게 달려든 구자서는 쉴 틈을 주지 않고 노인을 몰아쳤고, 공방은 계속되었다.

구자서는 노인의 상대가 되지 못했다.

구자서 본인은 전심전력으로 노인을 상대하고 있었지만 상대는 너무나도 편하게 구자서의 공격을 막아내고 있었다.

별다른 힘을 들이는 것 같지도 않은데 구자서는 노인의 방어를 뚫을 수가 없었다.

"헉! 헉!"

"벌써 지친 것인가? 싱겁군."

노인이 중얼거렸다. 그에 거친 숨을 쉬며 그를 바라보던 구자서가 물었다.

"도대체 그대의 정체가 무엇이오?"

"내 정체? 빨리도 물어보는군."

"마교 감숙지부에 당신처럼 강한 사람이 있다는 말은 들어 보지 못했소."

"그렇겠지. 이곳에 온 지도 얼마 되지 않았으니까."

"아무리 그렇다고 한들 아무런 보고도 받지 못했소."

"보고? 하! 내가 그런 보고가 올라가도록 가만히 보고 있었을 것 같은가?"

"역시."

구자서는 그제야 그간 이상하게 생각했던 모든 것들이 일목요연하게 정리되었다.

전혀 보고를 들은 바 없는 마교의 움직임. 아무리 그들이 갑작스럽게 움직였다고는 하지만, 무량사를 물리칠 때까지 아무런 정보도 없었다는 것은 문제가 있었다.

"그대는 누구요?"

"나? 내 이름은 오귀문이라고 하네."

"……!"

이름을 듣는 순간 구자서는 그대로 몸이 굳어버렸다. 오귀문. 너무나도 유명한 이름이었다.

마교 제일장로 오귀문.

실력도 고강하며 손속에 인정이 없는 사람으로 알려져 있었다.

오만하기는 하늘을 찌르지만 오직 한 사람, 교주 방일원에게만은 깍듯한 인물이었다.

그런 그에게 구자서가 덤볐다는 것은 말 그대로 나방이 불을 향해 날아든 것과 같은 일이었다.

오귀문도 장로이고 구자서도 장로이지만 그 실력은 천지 차이라 할 수 있었다.

물론 구자서가 본산의 장로였다면 이야기가 달라졌겠지만, 아쉽게도 구자서는 지부장로(支部長老)였다.

화산파는 본산장로(本山長老)와 지부장로로 나뉘어져 있었다.

그것을 나누는 기준은 순전히 무공의 고저(高低)였다.

무공이 고강하다면 본산장로가 되는 것이고, 낮다면 지부장로가 되는 것이었다.

그러니 지부장로인 구자서가 마교의 제일장로인 오귀문을 상대한다는 것은 애초에 계란으로 바위를 치는 격이었다.

"내가 감히 마교 제일장로에게 덤빈다는 것이 무모하다는 것은 알지만, 그래도 이대로 물러설 수는 없소이다."

구자서가 자신의 검 자루를 꽉 쥐었다. 절대로 물러서지 않겠다는 의지의 표명이었다.

"화산파 제자들은 무슨 수를 써서라도 도망쳐라! 어서!"

구자서가 소리쳤다. 그에 마교 무사들과 싸움을 하고 있던 화산파 제자들은 순간적으로 멈칫했지만 자신들을 바라보는 구자서의 표정에서 느낀 바가 있었다.

그에 이를 악문 화산파 제자들은 마교 무사들의 거친 공격을 받아내면서 조금씩 뒤로 물러서기 시작했고, 이내 그들의 공격을 뿌리친 화산파 제자들은 하나둘 뒤로 돌아 달리기 시작했다.

"쫓지 마라!"

오귀문이 손을 들어 쫓아가려는 마교 무사들을 제지했다.

"너는 왜 안 가느냐?"

"사부가 남았는데 그 제자가 어찌 도망치겠습니까?"

오귀문의 물음에 구자서와 함께 남은 오기구가 대답했다.

"멍청한 놈! 어서 도망쳐라!"

"그럴 수는 없습니다!"

"눈물겹군. 그렇다면 둘 다 죽어라."

오귀문이 자신의 검에 검기를 만들어내며 천천히 다가섰다. 그에 구자서와 오기구는 하던 말을 멈추고 그를 바라보았다.

어느새 그들의 얼굴에는 죽음이라는 그림자가 드리워지고 있었다.

섬서성을 벗어나 감숙성으로 들어선 운현은 사람들에게 길을 물었다.

무당파 감숙지부로 가려면 정서(定西)로 가야 했는데, 초행이라 운현은 길을 알 수가 없었다.

"사숙은 뭐 하고 계시려나?"

운현은 앞으로 만나게 될 사숙의 얼굴을 떠올리며 중얼거렸다. 생각만 해도 기분이 좋아지는 운현이었다.

"어디 한번 가보자. 그런데 추격은 더 이상 없는 건가?"

섬서성에서 마지막으로 조우량을 비롯한 화산파 제자들을 뿌리친 이후부터 한 번도 다른 문파의 추격을 받지 않았다.

무슨 이유인지는 모르겠지만 운현의 입장에서는 다행스러운 일이라 할 수 있었다.

'혹시 사부가?'

운현은 청산을 떠올렸다. 사부라면 자신의 목적지가 어디인지 쉽게 알 수 있을 것이고, 알게 모르게 도움을 주고 있을지도 몰랐다.

'돌아가면 감사하다는 말씀을 드려야지.'

자세한 상황을 모르는 운현으로서는 그 생각이 한계였다. 운현은 무당 감숙지부를 향해 힘차게 걸음을 옮겼다.

예상대로 구자서와 오기구는 오귀문의 검에 목숨을 잃었다.

단 삼 초. 구자서와 오기구가 합격을 했음에도 불구하고 그 둘은 오귀문의 삼 초를 받아내지 못하고 목숨을 잃었다.

그 말은 합격이 아니라 일 대 일의 싸움이었다면 일 초 만에 패했을 것이라는 말과 같았다.

어떻게 보면 구자서와 오기구의 실력이 낮다 할 수도 있겠지만, 사실 오귀문의 실력이 괴물과 같을 정도로 고강한 때문이었다.

"서두르자! 다음은 무당이다! 지원군은?"

"얼마 지나지 않아 합류할 것입니다!"

"그래? 그렇다면 두세 명 남겨 연락을 취하도록 하고, 나머지는 먼저 무당으로 향한다! 지원군이 오면 즉시 무당으로 오라!"

"예!"

그 말과 함께 오귀문을 선두로 한 마교 무리들은 무당 감숙지부로 향했다.

무량사와 화산과의 싸움에서 마교 역시 피해를 입었다. 하지만 그들의 행보는 전혀 거침이 없었다.

잠시 쉬는 것도 없었고, 분명 피해가 있음에도 불구하고 인원수는 줄어들지 않았다.

그것은 전부 마교 총단에서의 지원 덕분이었다.

마교 총단에서는 보고가 올라오지 않아도 계속해서 감숙지부에 병력을 지원하고 있었고, 이미 계획된 순서대로 움직이는 것이기에 감숙지부에 도착한 지원군은 그 경로에 맞추어 대열에 합류하였다.

그 때문에 오귀문을 위시한 마교 일행은 각 문파의 지부를 방문할 때마다 상승의 전력으로 임할 수 있었던 것이다.

이러한 사실만 보아도 마교에서 얼마나 오랜 시간 마교천하를 위해 준비해 왔는지 알 수 있었다.

그리고 이번 그들의 목적지는 공교롭게도 운현이 향하고

있는 무당파 감숙지부였다.

무당파 감숙지부는 이미 모든 사태를 파악하고 준비를 마친 상태였다. 마교가 무량사와 화산 지부를 처리했다는 소식은 그들을 긴장 상태로 만들기에 충분했다.

“감숙지부의 제자들은 들으라!”

“예!”

감숙지부의 지부장을 맡고 있는 청명(淸明)은 제자들을 모아놓고 소리쳤다.

화산파 제자들과는 달리 무당파의 제자들은 전혀 두려워하는 기색이 없었다.

오히려 사악한 마교 무리들을 처단하고 정의를 바로 세우겠다는 마음가짐이 무럭무럭 피어오르고 있었다.

“마교가 우리를 노리고 오고 있다! 가만히 있어서야 되겠는가!”

“아닙니다!”

“어떻게 해야 하는가?!”

“무당의 힘을 보여주어야 합니다!”

한 제자가 힘차게 소리쳤다. 그에 청명은 미소를 지었다. 지금과 같은 상황에서 그와 같은 말은 너무나도 큰 힘이 되었다.

“그래, 우리 무당의 힘을 보여주어야 한다! 저들이 감히 우리의 형제들인 소림과 화산을 건드렸다! 그리고 우리까지 넘보고 있다! 우리는 대무당파의 제자들로서 사악한 마교 무리를 잠재우고 정의를 바로 세워야 할 의무를 가지고 있다! 나가자! 적들에게 무당의 힘을 보여주자!"

"와—!"

터져 나오는 함성. 천지가 떠나갈 듯했다.

그런 제자들의 모습을 보며 청명은 씁쓸한 미소를 지었다.

이기기 힘들 것이다. 어쩌면 죽음을 면치 못할지도 모른다.

그것을 제자들 역시 모르지는 않을 것이다. 당연히 두려울 것이고 걱정도 될 것이다.

그럼에도 그들은 겉으로 내색하지 않고 이렇게 당당함을 보여주고 있었다.

그런 그들에게 청명은 고마우면서도 미안한 마음이 들었다.

"가자!"

청명이 앞장서서 지부의 문을 나섰다. 그리고 그 뒤를 무당파 제자들이 따라나섰다.

멀리 나갈 필요도 없었다. 벌써 마교 무리들이 지척에 다가왔다는 보고를 들었기 때문이다.

"정파 놈들은 생각이 없는 것인가? 서로 죽여달라고 나와 있군 그래."

오귀문이 감숙지부 밖으로 나와 도열해 있는 무당파 제자들을 무심한 눈빛으로 바라보며 중얼거렸다.

"안에 있든 밖에 있든 죽는 것은 마찬가지 아니오?"

"아는가? 하지만 안에 들어가서 문을 꼭 걸어 잠그고 있었다면 단 일각이라도 더 살았을 테지."

"흥! 우리는 대무당의 제자들이오! 그렇게 목숨에 연연하지 않소!"

청명이 소리쳤다. 그의 눈빛에는 적의와 함께 살기가 담겨 있었다.

"눈빛이 매섭군. 그래 봤자 소림이든 화산이든 무당이든 다 똑같아. 우리의 앞을 막는다면 그건 곧 죽음이다. 무당 따위가 우리의 앞길을 막아도 소용없다는 말이지. 개죽음만이 있을 뿐이다."

울컥!

청명은 분노에 치를 떨었다. 그리고 그것은 비단 청명뿐만이 아니었다. 이 자리에 있는 무당파 제자들 전부 다 같은 마음이었다.

"무당파 제자들이여!"

"예!"

"지금 눈앞에 있는 적이 우리 사문을 깔보고 욕보였다! 가만히 있어야겠는가!"

"절대로 안 됩니다!"

"가자!"

청명의 외침과 함께 무당파 제자들의 몸에서 살기와 투지가 피어올랐다.

"음……."

무량사와 화산에서는 느껴보지 못한 기운에 오귀문은 낮은 침음성을 흘렸다.

'무당은 무당인가?'

"가자."

오귀문이 앞장섰다. 무량사에서도 화산파 지부에서도 오귀문은 언제나 뒤에 있었다.

하지만 지금은 앞장을 섰다.

그런 그의 모습에 뒤쪽에 서 있던 마교 무사들은 약간은 놀란 표정으로 그를 바라보았지만 이내 그의 뒤를 따라 앞으로 나갔다.

그에 맞서 청명을 비롯한 무당파 제자들 역시 앞으로 나아갔다.

그리고 곧 그 두 집단은 충돌했다.

"음……."

운현은 아까부터 이상한 표정을 짓고 있었다.

왠지 모르게 계속해서 불길한 예감이 들었다. 하지만 그 불길한 예감의 근원을 알지 못해 답답해하는 운현이었다.

"뭘까……."

중얼거려 봤자 해결되는 것은 아무것도 없었다. 오히려 운현의 답답함과 불길함은 계속 커지기만 할 뿐이었다.

그렇게 한 식경 정도 걸었을까? 갈림길이 나왔다.

운현이 걷고 있는 길이 나눠지는 것이 아니라 운현이 걷고 있는 길과 다른 길이 만나는 지점이었다.

그곳에 다다르자 운현의 불길함이 더욱더 커졌다.

마치 아직 보이지 않은 다른 길에서 누군가 튀어나올 것만 같았다.

'누구지? 화산? 개방? 무당? 아니면 다른 문파?'

이곳은 감숙성. 딱히 어떤 한 문파가 강한 영향력을 행사하는 곳이 아닌 만큼 어느 곳에서도 자신을 잡기 위해 나타날 수 있었다.

운현은 자신도 모르게 구룡검의 손잡이로 손을 가져갔다.

손바닥에서 땀이 흘렀다.

"아!"

두 길이 모이는 지점까지 왔지만 다른 길에서는 아무도 모습을 드러내지 않았다.

여행객 한 명도 보이지 않았다.

오직 길 위에는 운현만 있을 뿐이었다.

운현은 고개를 돌렸다. 그리고 두 길이 모여 하나의 길로 만들어진 관도의 끝을 바라보았다.

아직 보이는 것은 없었지만 운현은 자신의 불길함이 다른 하나의 길이 아닌, 그 길의 끝에서 기인한 것이라는 사실을 알 수 있었다.

'무슨 일일까.'

운현의 심장이 거칠게 요동치기 시작했다. 너무 빠르게 뛰어 마치 터져 버릴 것만 같았다.

"후우… 후우……!"

운현은 심호흡을 했다. 그렇게라도 하지 않으면 견딜 수가 없을 것 같았다.

'왜 이러지? 도대체 무슨 일이야?'

운현은 길의 끝을 바라보았다. 그리고는 서둘러 그쪽으로 발길을 돌렸다.

길을 걷는 운현의 발걸음은 점차 빨라지고 있었다.

"아!"

운현이 가고자 했던 길의 끝. 그곳에는 무당파 감숙지부가 있었다. 하지만 그 모습은 전혀 운현이 기대했던 모습이 아니었다.

건물들은 불타고 있었고, 그 앞에는 시체들이 아무렇게나 널브러져 있었다.

"우웩!"

시체는 물론이고 이렇게 참혹한 장면은 처음 보는 운현은 결국 구토를 하고 말았다.

참혹한 장면, 그리고 역한 냄새 등은 운현이 감당하기에는 무리가 있었다.

"욱! 우욱!"

더 이상 올라오는 것은 없었다. 하지만 헛구역질은 계속되었다.

"쿨럭!"

"아?"

그렇게 계속 헛구역질을 하던 운현의 귓가에 분명 기침 소리 같은 것이 들렸다.

그에 운현은 억지로 헛구역질을 멈추고는 헛구역질로 인하여 당기는 뱃가죽을 부여잡고 주변을 둘러보았다.

"쿨럭!"

"아!"

운현은 누군가를 발견했다. 얼굴부터 온몸 전체에 피칠을 하고 있어 처음에는 누구인지 못 알아봤지만 틀림없이 운현이 아는 얼굴이었다.

"사, 사숙!"

운현이 그리로 달려갔다. 기침 소리의 주인공은 다름 아닌 청명이었다.

"사숙!"

"운현……."

청명에게 다가간 운현은 조심스럽게 그의 손을 잡았다. 힘이 하나도 없고 차가운 그의 손. 마치 죽은 자의 그것을 잡은 것 같았다.

“살아서… 행… 구룡검… 꼭… 무당… 쿨럭!”

띄엄띄엄 말을 하던 청명의 입에서 또다시 피가 올라왔다. 그런 청명의 모습에 운현은 벌써 눈물을 흘리고 있었다.

“말씀하지 마세요!”

운현이 소리쳤다. 더 말을 한다면 이대로 청명이 죽어버릴 것만 같았기 때문이다.

하지만 그런 운현의 마음을 모르는지 청명은 계속해서 말을 이었다.

“몸… 조심… 라…….”

“사숙… 흑!”

운현의 눈물이 청명의 얼굴 위로 떨어졌다. 그 눈물로 피가 조금 씻겨 나가는가 했지만 다시금 입에서 흘러나온 피가 그 자리를 대신했다.

“이…… 떠나…….”

“사숙!”

결국 말을 제대로 잇지 못하고 청명은 숨을 거두었다. 운현은 믿지 못하겠다는 듯 잠시 그를 바라보다가 그의 심장에 귀를 가져다 댔다.

피가 잔뜩 묻어 있었지만 전혀 상관하지 않았다.

뛰지 않았다. 청명의 심장은 더 이상 뛰지 않았다.

이번에는 코로 얼굴을 가져가는 운현. 따뜻한 바람도, 차가운 바람도 나오지 않았다.

"흑… 흑… 으아아아아아아!"

운현은 청명을 붙들고 통곡했다.

언제나 자신을 만나면 살갑게 대해주던 청명.

자신의 어린 제자가 주화입마에 걸려 목숨을 잃은 이후로 제자를 들이지 않았던 그다.

그 때문에 더욱더 자신에게 잘 대해주었는지도 몰랐다.

그리고 운현 역시 그런 청명을 청산만큼이나 잘 따랐다.

그런 사숙이 지금 자신의 품에서 숨을 거둔 것이다.

"아아아아… 사숙… 끄으… 으아아아!"

운현은 미친 사람처럼 울부짖었다. 자신의 품속에 있는 청명을 어찌해야 할지 판단이 서질 않았다.

이미 운현의 머릿속은 공황 상태였으며, 이성적인 사고는 절대로 할 수 없는 상황이었다.

운현은 주변을 두리번거렸다. 그런 운현의 눈에 죽은 시체들이 들어왔다.

대부분이 무당파의 제자들. 그 가운데에서 낯선 무복을 입은 시체가 눈에 들어왔다.

정신이 반 정도 나간 상태에서도 그것은 구분할 수 있었는지 운현이 그리로 다가갔다.

걷지도 못했다. 엉금엉금 기어서 다가갔다.

이미 운현의 얼굴은 눈물과 콧물로 범벅이 되어 있었으며,

온몸은 청명의 피로 붉게 물들어 있었다.

운현은 그 시체의 옷에서 한 글자를 볼 수 있었다.

마(魔)라고 적힌 시체의 옷. 그것을 본 운현은 자리에서 벌떡 일어났다.

그리고는 바닥에 내려놓았던 구룡검을 움켜쥐고 어디론가를 향해 달렸다. 여전히 멍한 표정으로.

어디로 향하고 있는 것인지는 모르겠지만 운현이 거치는 곳은 각 문파의 지부였다.

운현의 상태로 보아 그곳에 볼일이 있어서 간 것은 아닌 것 같았다. 설사 볼일이 있었다 하여도 운현의 목적은 이뤄질 수 없었다.

각 문파의 지부들 역시 무당처럼 이미 다 폐허가 된 상태였기 때문이다.

즐비한 시체들, 역한 냄새, 바닥을 흥건히 적시고 있는 핏물과 그로 인하여 생긴 혈무(血霧).

그것을 보고 지나치면서 운현은 조금씩 정신을 차리고 있었다. 그리고 이런 일을 벌인 상대에 대한 분노 역시 또렷해지는 정신만큼이나 무럭무럭 자라고 있었다.

한참을 달린 운현은 어느 한 건물 앞에 섰다. 다른 곳은 다 무너졌지만 멀쩡한 이곳. 그 건물의 현판에 또렷하게 한 글자가 새겨져 있었다.

마(魔).

운현이 달려 도착한 곳은 마교의 감숙지부였던 것이다.

"이곳인가?"

운현의 목소리가 전에 없이 차가웠다. 사숙과 동문들의 죽음을 목도하고, 같은 정파인 다른 문파 제자들의 시체를 보며 쌓인 분노가 그렇게 나타난 것이었다.

"응? 웬 놈이냐!"

무슨 볼일이 있었는지 마교 지부 안에서 한 사람이 나왔다. 무복을 입고 있는 것으로 보아 마교의 무사로 보였다.

"이곳이 마교 지부인가?"

"오호라! 도복에 그려진 문양을 보아 하니 무당파의 잔챙이로구나! 죽고 싶어 제 발로 찾아온 것이냐! 이봐!"

운현의 물음에는 대답하지 않고 무사가 안쪽을 향해 소리쳤다. 그에 동료들로 보이는 무사 몇 명이 밖으로 나왔다.

"뭐야? 무슨 일인데?"

"저놈, 무당파 놈이다. 죽으려고 찾아왔어."

"그래? 안 그래도 심심하던 차에 잘됐군. 죽여줘야겠어."

그 말에 운현은 더욱더 부아가 치밀었다. 자신을 죽이겠다는 말보다는 심심해서 사람을 죽이겠다고 하는 그들의 태도 때문이었다.

촤앙!

"으악!"

순식간에 구룡검이 뽑히고, 정면에 서 있는 마교 무사를 향해 세 번을 휘둘러졌다.

너무나도 갑작스런 상황에 마교 무사는 제대로 대처하지 못하고 비명을 질렀다.

촤악!

마교 무사의 앞섶이 갈라졌다. 정확하게 옷만 베고 살은 베지 않았다.

꼼짝없이 죽은 것이라 생각했던 마교 무사는 그대로 바닥에 주저앉았다. 그리고는 그대로 멍한 표정을 지었다.

"들어가서 알려라. 여기 구룡검이 있다고."

마교의 이번 일은 구룡검을 차지하기 위해서 벌인 일이라 생각하는 운현이었다. 운현의 말에 마교 무사들은 벌벌 떨면서 지부 안으로 들어갔다.

잠시 후, 안에서 한 노인이 나왔다. 오귀문이었다.

"구룡검이라고?"

"그렇다. 구룡검이 여기 있다."

운현이 구룡검을 들어올리며 말했다. 그 모습에 오귀문은 인상을 찌푸렸다.

"정파 나부랭이들은 앞에서는 있는 대로 바른 척을 하면서 말은 항상 짧군. 그렇게 가르치던가?"

“사숙을 죽이고 형제들을 죽인 그대에게 나이가 많고, 선배라 하여 존대를 해야 할까?”

“그런가?”

“그대들이 찾던 구룡검이 여기 있다.”

“우리가 찾아? 하! 우리가 찾은 것이 아니고 그대가 가져다 준 것이 아닌가?”

오귀문의 말에서 운현은 조금 이상한 것을 느꼈다.

“이번 일은 구룡검을 얻기 위해서 그대들이 벌인 일이 아니었나?”

“구룡검을 찾기 위해서 이런 일을? 네놈 같은 애송이가 들고 다니는 구룡검을 찾는 데에 이런 일까지 벌일 것 같은가? 조용히 처리해도 된다, 그런 것은.”

“그럼?”

“우리의 목적은 어디까지나 마교천하에 있다.”

“마교천하!”

운현은 너무나 놀라 말을 잇지 못했다. 설마하니 마교가 그런 것을 생각하고 움직일 것이라고는 전혀 생각지도 못했다.

“뭐, 처음에는 구룡검을 얻은 다음에 마교천하를 이루려 했지. 하지만 네놈이 그것을 들고 사라져 버리는 바람에 계획이 약간 틀어졌지. 뭐, 상관없다. 여기서 네놈을 죽여 버리고 구룡검까지 얻으면 되니까.”

오귀문의 말에 운현은 아무런 말도 할 수 없었다.

이상하게도 두려움은 없었다. 그리고 뛰던 가슴도 진정이
되어 차분해졌다.

'이놈……'

그런 운현의 상태를 오귀문은 한눈에 알아보았다. 이런 상
황에서 침착할 수 있는 사람은 몇 되지 않았다.

'될 놈이다. 죽여야 해.'

"모두 물러서라! 내가 직접 상대한다!"

오귀문의 말에 마교 무사들은 뒤로 물러서면서도 의아함
을 감추지 못했다.

무당파 감숙지부에서 오귀문이 앞장선 것은 어느 정도 이
해할 수 있었다. 하지만 운현과 같은 애송이를 상대하는 데
오귀문이 직접 나선다는 것은 쉽게 납득할 수 없는 일이었다.

하지만 오귀문의 진지한 표정에 그들은 아무런 말도 하지
못하고 그냥 물러섰다.

"후우!"

운현이 심호흡을 했다. 그리고 왼손에는 구룡검의 검집을,
그리고 오른손에는 구룡검을 들었다.

"마교 장로인 나 오귀문의 손에 죽는 것을 영광으로 알라."

상대의 정체를 안 운현은 깜짝 놀랐다. 느껴지는 기도에서
자신보다 몇 수는 강한 고수라는 것은 알 수 있었지만 그 악
명 높은 오귀문이라는 것은 전혀 예상하지 못했던 까닭이다.

"오라!"

"하압!"

운현이 움직였다. 태극혜검(太極慧劍)이었다.

운현의 검이 부드러운 곡선을 그리며 오귀문의 가슴팍을 노렸다.

스슥! 챙!

반보 우로 움직이면서 검을 휘두른 오귀문.

운현의 검이 튕겨져 나갔다.

스윽!

그와 동시에 앞으로 전진하는 오귀문. 실로 절묘한 순간에 이뤄진 움직임이었다.

검이 튕겨진 운현은 그 반동을 이용하여 몸을 옆으로 움직였다.

오귀문의 검이 공격해 올 것을 예상해서였다.

하지만 오귀문은 공격하지 않고 다시 뒤로 물러섰다.

그리고는 운현을 가만히 바라보았다.

'덤벼봐라!'

오귀문의 눈이 말하고 있었다.

이를 악문 운현은 다시 몸을 일으키고는 탄력을 이용하여 몸을 앞으로 튕겼다.

순식간에 검의 반경 안으로 들어온 오귀문.

운현은 강한 기운을 담아 구룡검을 앞으로 뻗었다.

쏴아악!

공기를 가르는 소리를 내며 구룡검이 날아들었다.

방금 전에 보였던 한 수와는 격이 달랐다.

하지만 이번에도 오귀문의 반응은 간결했다.

스슥, 슥!

이 보 후퇴 뒤에 반보 전진.

이 보 후퇴를 하면서 운현의 검을 피해내고, 운현의 검이 회수됨과 동시에 반보 전진하여 운현을 그의 반경 안으로 끌어들였다.

"헛!"

절묘한 움직임에 헛바람을 들이킨 운현은 있는 힘을 다해 뒤로 물러섰다.

하지만 이번에도 오귀문은 운현을 공격하지 않았다.

'다시 오라.'

그의 눈이 말하고 있었다.

이제 복수를 떠나 운현은 오기가 치밀어 올랐다.

지이잉!

운현이 내력을 끌어올려 구룡검에 집중했다.

일반적인 청강검에는 주입할 수 없는 많은 양의 내력이 구룡검에 주입되었다.

"꿀꺽."

오귀문은 자신도 모르게 침을 삼켰다. 이 정도의 내력이라면 단순히 피하기만 해서는 막을 수 없다.

"차앗!"

운현이 힘찬 기합과 함께 검을 휘둘렀다.

검이 움직인 자리를 구룡검에 주입된 내력이 따라 흘렀고, 그것은 마치 아름다운 파도와도 같은 모습을 그리고 있었다.

우우웅!

순간적으로 오귀문의 검이 낮게 울음을 터뜨렸다.

검명(劍鳴).

아무나 할 수 없는, 어지간한 경지로는 결코 보일 수 없는 것이었다.

쿠와왕!

"크악!"

폭발음과 동시에 들린 비명 소리. 목소리가 조금 가는 것으로 보아 운현의 것이 틀림없었다.

잠시 둘의 시야를 가렸던 흙먼지가 가라앉고 드러난 운현의 모습은 처참했다.

몸을 감싸고 있던 옷은 누더기가 되어 있었고, 곳곳에 깊은 상처가 생겼으며, 코와 잎에서는 피가 흘러내리고 있었다.

제대로 서기도 힘든지 검에 의지하여 겨우겨우 몸을 지탱하고 있었다.

'심각하다!'

운현은 정신을 놓치지 않기 위해 안간힘을 썼다.

겉으로 보이는 외상 역시 엄청나게 심각한 수준이었지만,

내상 역시 외상에 뒤지지 않았다.

입에서 흘러나오는 핏물을 뱉을 때마다 작은 조각들이 느껴지는 것으로 보아 장기가 심하게 손상된 듯했다.

"끈질기군. 아직까지 버티고 있다니."

처참한 운현의 모습과는 반대로 외상도 내상도 입지 않은 것처럼 보이는 오귀문이었다.

"크흑!"

결국 운현은 쓰러졌다. 검에 지탱하고 있었지만 그것마저도 힘든 지경이었다.

터벅터벅.

오귀문이 운현에게 다가왔다. 그리고는 그를 내려다보았다.

"너 역시 죽어간 수많은 정파 놈들과 함께 저승으로 가겠구나."

오귀문의 말에 운현은 아무런 대꾸도 할 수가 없었다. 온몸에 힘이 하나도 없었다.

"이것이 곡 군사가 말하던 구룡검인가?"

오귀문이 운현의 손에 들린 구룡검을 바라보며 중얼거렸다. 어떻게 해서든 일어나 보려는 운현은 몸에 힘이 들어가지 않음을 깨닫고는 절망에 빠져들었다.

'사부… 먼저 갑니다……. 사숙… 곧 따라가요…….'

죽음에 임박했기 때문일까? 운현은 그간 있었던 일들이 모두 떠올랐다. 죽기 전에 과거의 추억이 떠오른다는 말이 맞는 것 같았다.

"이 검은 내가 가져가지."

구룡검을 향해 허리를 숙이는 오귀문과 운현의 눈이 마주쳤다.

운현은 오귀문의 눈에서 탐욕을 읽을 수 있었다.

그 때문인지 운현은 구룡검을 절대로 그에게 넘겨주어서는 안 된다는 생각이 강하게 들었다.

하지만 어쩌겠는가. 운현 자신에게는 주먹을 쥘 힘조차도 없는 것을…….

"구룡검에서 손을 떼시게나."

"누구냐?!"

오귀문이 신경질적으로 소리쳤다.

낯선 목소리, 그리고 이토록 가까이 다가올 때까지 그의 기척을 알아채지 못했다. 고수였다.

아무렇지도 않은 척하고 있었지만 오귀문은 긴장하고 있었다.

"남의 물건을 그렇게 탐내서야 되겠는가?"

'누구?'

운현은 점점 흐려지는 정신을 최대한 수습하며 목소리의 주인공을 보려 애썼다. 하지만 그런 운현의 노력이 무상하게도 운현의 의식은 멀어져만 갔다.

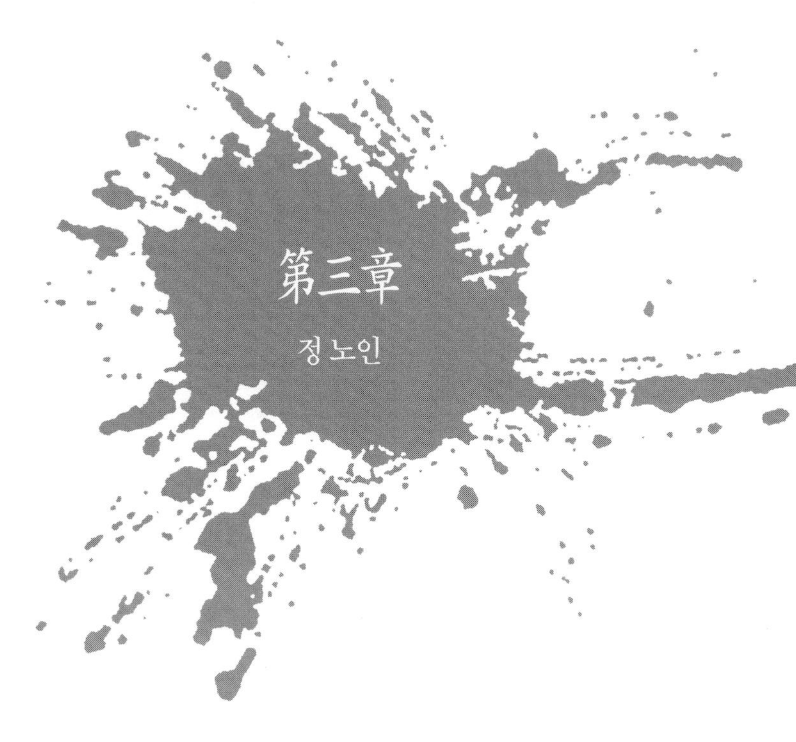
第三章
정 노인

짹짹!

새가 지저귀는 소리가 들렸다. 하늘은 맑았고, 하늘에 떠 있는 해는 뜨겁게 지상으로 햇볕을 내려보내고 있었다.

"으음."

운현은 침상에 누워 있었다. 온몸은 붕대로 친친 감겨져 있었고, 심각했던 내상이 완전히 가라앉은 것은 아닌지 안색이 창백했다.

그렇게 한 시진이 더 지난 후 운현은 눈을 떴다.

그리고 그 상태로 잠시 천장을 올려다보았다.

'살아 있다?'

자신이 죽었다면 지금 자신의 눈에 보여야 할 것은 나무로 된 천장이 아니라 푸른 하늘이어야 할 것이다.

"산 것인가?"

운현이 중얼거렸다. 그렇게 멍하게 있던 운현은 그때의 상황을 떠올렸다.

'그 사람과의 싸움에서 엄청난 내상을 입고… 쓰러진 다음에……!'

"구룡검! 크아악!"

그때의 상황을 되짚어보다 구룡검에 생각이 미치자 몸을 벌떡 일으키려다 엄청난 고통에 비명을 지르고 말았다. 약간 움찔거린 것에 불과하지만 엄청난 고통이 전신을 옭죄었다.

"쯧쯧쯧! 벌써 움직이려 하는가?"

'이 목소리는?'

정신을 잃기 전에 마지막으로 들었던 목소리와 같았다.

운현은 그나마 자유롭게 움직일 수 있는 고개를 옆으로 돌려 목소리의 주인공을 바라보았다.

"누구십니까?"

"나? 자네의 목숨을 구해준 사람이지."

"그러십니까? 감사합니다."

운현은 인상을 찡그리며 고개를 살짝 움직였다. 고개만 살짝 움직였음에도 몸에 힘이 들어가면서 통증이 느껴졌기 때문이다.

“아닐세. 자네의 상태는 심각하다네. 내상도 아직 낫지 않았고, 외상도 치료하려면 꽤 오랜 시간이 걸릴 것일세. 걸레가 되기 일보 직전이었어.”

“그랬군요. 혹시 그곳에서 검 하나 못 보셨습니까?”

운현이 노인에게 물었다. 노인이 보기에 운현은 자신의 몸 상태보다 검의 행방에 더 관심이 있어 보였다.

“구룡검을 말함인가?”

“예, 구룡검……?!”

구룡검의 모양새에 대해서 설명하려던 운현은 노인의 입에서 구룡검이라는 말이 나오자 놀란 표정으로 그를 바라보았다.

“왜 그리 놀라는가?”

“구룡검을 어찌 아십니까?”

“세상에 구룡검을 모르는 사람도 있던가?”

하긴 그렇다.

구룡검은 이미 세상에 널리 알려진 보검이요, 신검이다. 노인이 구룡검을 아는 것은 전혀 이상한 일이 아니었다.

“걱정 말게. 구룡검은 잘 있네. 빼앗기지 않았어.”

“아! 다행이군요!”

빼앗기지 않았다는 노인의 말에 운현은 안도의 한숨을 내쉬었다.

“잠깐.”

안도의 한숨을 내쉬던 운현은 문득 떠오른 생각에 놀란 눈으로 노인을 바라보았다.

분명 마지막에 기억하는 상황은 상대가 구룡검에 손을 뻗는 것까지였다.

그런데 상대가 구룡검을 가지고 있지 않고 노인이 가지고 있다는 말은 노인이 그를 막았다는 말이다.

자신이 몸으로 겪어본 바로는 그자는 엄청나게 강한 사람이었다. 어쩌면 자신의 사부인 청산 진인보다도 더 강할지도 모른다고 생각했다.

그렇다면 그자의 손에서 자신을 구하고 구룡검까지 가져온 노인은?

“도대체 누구십니까?”

“나? 아까 말하지 않았나. 자네를 구한 사람이라고.”

노인의 대답에 운현은 빤히 그를 바라보았다. 운현이 기대한 대답은 그것이 아니었다.

“허허허! 그런 눈으로 보지 말게. 일단 몸부터 추스려야지, 다른 것이 중요한 것이 아니라네. 시간이 지나면 자연히 다 알게 될 것이야. 허허허!”

허허 웃으며 밖으로 나가는 노인. 그 노인의 뒷모습을 운현은 궁금증이 가득한 눈빛으로 바라만 볼 수밖에 없었다.

운현의 외상과 내상은 굉장히 심각한 수준이었다. 한두 달의 요양 가지고는 완벽하게 치료될 수 없을 정도였다.

운현은 미칠 지경이었다. 며칠 전까지만 해도 자신이 가고 싶은 곳은 어디든 갈 수 있는 몸이었다.

그런데 지금은 가고 싶어도, 몸을 움직이고 싶어도 정신을 잃을 정도의 고통이 엄습했기에 아무것도 할 수가 없었다.

"젠장!"

운현이 할 수 있는 것이라고는 그저 이렇게 '젠장!' 이라고 외치며 누워 있는 일뿐이었다.

'통증은 많이 가라앉았지만 내상이 완벽하게 나은 것은 아니다.'

자신의 몸에 대해서 스스로 내린 진단이었다.

처음 눈을 떴을 때에 비해서 고통이 많이 줄어들기는 했지만, 그렇다고 해서 완벽하게 나은 것은 아니었다.

'진기가 내 뜻대로 움직이지 않는다.'

분명 하단전에서 내기가 느껴진다. 전만큼은 아니지만 조금씩 내력이 돌아오고 있었다.

문제는 그것이 운현의 뜻대로 움직이지 않고 있다는 것에 있었다.

물론 스스로 천천히 온몸을 돌면서 내상을 치유하고 있었지만 그 속도가 엄청나게 더뎠다.

운기 한 번으로 치유될 수도 있는 것이 며칠이 지나야 겨우

치유가 되는 상황이니 운현으로서는 답답할 만도 했다.

'게다가… 이 기운은 도대체 무엇이란 말인가!'

운현은 극히 소량이기는 하지만 자신의 내력 이외의 낯선 다른 기운이 있는 것을 느낄 수 있었다.

하지만 묘하게도 어색하지 않고 잘 어울리는 기운이었다.

꼬르르륵.

"훗! 이 와중에도 배가 고픈 것을 보니 살아 있긴 한가 보구나."

배에서 들려오는 밥 달라는 소리에 운현은 피식 웃었다.

사실 내상 때문에 물만 조금 마셔도 통증이 있는 상황인데 배는 계속해서 고파왔다.

게다가 눈을 뜨고 이틀 동안 아무것도 먹지 못했기에 틈만 나면 배가 고파왔다.

드르륵.

'오셨군.'

운현이 배고픔을 느낄 때면 언제나 나타나는 노인이었다. 움직이지 못하는 운현을 위해서 약간의 죽을 만들어와 먹여주곤 했다.

먹으면 통증이 오는 운현을 위해서 노인은 아주 조금씩 천천히 먹여주었다.

"응?"

고개를 문 쪽으로 돌린 운현은 놀란 표정을 지었다. 죽을 가지고 들어온 이는 노인이 아니라 낯선 여인이었다.

노인 말고 다른 사람이 들어왔다는 사실도 놀라운데, 그 여인의 미모가 운현을 두 번 놀라게 만들었다.

천하일미(天下一美), 중원 최고의 미녀 등 아름다운 여인을 나타내는 모든 수식어가 따라붙어도 부족하다고 느낄 정도의 미모를 자랑하는 여인이었다.

두근!

운현은 가슴이 뛰는 것을 느꼈다.

물론 무당파의 속가제자 중에도 여인은 많다. 하지만 대부분이 무가의 여식이기에 얼굴은 평범한 수준이었다.

그나마 그중에서도 아름답다고 생각되는 여인이 있었지만, 그들을 보고 가슴이 뛰거나 한 적은 없었다.

그런데 지금 눈앞에 보이는 여인은 그런 자신의 가슴을 두근거리게 만들 정도로 아름다웠다.

"안녕하세요?"

"아, 안녕하세요?"

'오~! 이 얼마나 아름다운 옥음인가!'

그녀의 목소리를 들은 운현은 속으로 크게 감탄했다. 외모뿐만이 아니라 그 목소리까지 굉장히 좋았다.

천상의 옥음이라는 말은 이런 목소리를 두고 하는 말일 것이다.

그 이후로 운현은 식사 시간만을 기다리며 생활했다.

그런 기대감이 생기다 보니 몸이 호전되는 속도도 조금씩 빨라진 것 같았다.

처음에는 팔다리도 움직이기가 힘들었으나 지금은 어느 정도 상체도 일으킬 수 있었다.

게다가 느리지만 내상도 치유되고 있었기에 운현은 더욱더 기분이 좋았다.

하지만 그것으로 끝이었다.

친해져 보려 대화도 시도해 보았지만 그녀의 반응은 언제나 짧았다.

서로가 묻고 대답하는, 말을 주고받는 식이 되어야 대화가 가능한데, 운현이 묻고 여인이 짧게 대답하면 대화는 거기서 그냥 끝이었다.

"하~!"

그런 그녀를 생각하면서 운현은 한숨을 쉬었다. 어떻게 해야 할지 길이 보이지 않았다.

덜컥!

"아!"

갑자기 문이 열리고 들어온 사람은 노인이었다. 자신의 식사를 노인이 아닌 아름다운 여인이 담당하고 나서부터는 붕대를 다시 감을 때에만 모습을 보이던 그다.

"몸은 좀 어떤가?"

“많이 좋아졌습니다. 감사합니다.”

“아닐세. 내가 한 것이야 몸에 붕대 감아준 것밖에 더 있는가? 다 스스로가 치유한 것이지.”

죽다 살아났기 때문일까? 운현의 분위기가 바뀌어 있었다. 천방지축으로 날뛰고 무모하며, 다듬어지지 않은 원석 같은 느낌의 운현이 지금은 많이 부드러워져 있었다.

잠시 침묵이 흘렀다. 지금껏 그런 적이 없었는데 오늘은 왠지 어색함이 느껴졌다.

“아, 그 여인은 누굽니까?”

“누구?”

“저에게 식사를 가져다주는 여인 말입니다.”

“아, 그 아이? 허허, 내 손녀딸이라네.”

“아, 손녀딸이군요. 응? 손녀딸?”

운현은 놀란 듯 노인을 바라보았다. 손녀딸이라면 혈육이라는 소리인데 달라도 너무 달랐다.

비록 한 대가 걸러졌다고는 하지만 이렇게 차이가 날 수는 없었다.

노인의 손녀는 선녀라고 해도 믿을 만큼 아름다웠지만, 노인은 그저 시골의 평범한 노인네의 모습에 지나지 않았다.

“뭘 그리 놀라는가?”

“아닙니다. 그나저나, 이제 어르신의 정체를 알려주시지요.”

“내 정체라…….”

운현의 물음에 노인이 잠시 머뭇거렸다. 왠지 자신의 정체를 밝히기 꺼려하는 것 같기도 했다.

“밝히기 어려우면 그냥 밝히지 않으셔도 됩니다.”

“아닐세. 어차피 밝혀도 모를 이름이네. 그냥 정 노인이라 부르게.”

“예.”

자신을 정 노인이라 소개한 노인이 다시 입을 열었다.

“난 자네가 지니고 있던 구룡검과 관련이 있는 사람일세.”

“그렇습니까?”

“놀라지 않는군.”

의외로 담담한 모습을 보이는 운현을 보고 노인이 의외라는 표정을 지었다.

“생각을 해보았습니다. 제가 정신을 잃기 전에 마지막으로 들은 말은 구룡검을 가져가려는 그자의 움직임을 막는 말이었습니다. 그리고 저를 구해주셨다는 말은 구룡검과 어느 정도 관련이 있다는 말과 같지요.”

“자네는 똑똑하군.”

“이 정도는 조금만 생각해 보아도 누구나 다 알 수 있는 것입니다.”

“그 생각이라는 것을 하는 것이 어렵지. 아무나 할 수 있는 것은 아니야.”

“감사합니다.”

운현이 고개를 살짝 숙였다. 아직 몸까지 다 움직이기에는 무리가 있었기 때문이다.

“자네에게 나에 대해서 말을 하기 전에 일단 구룡검에 대해서 이야기해야 할 것 같네. 구룡검의 비밀에 대해서.”

“예?! 구룡검의 비밀이라고요?”

“그렇다네. 모르고 있었을 것이야. 구룡검의 비밀에 대해서 알고 있는 사람은 이 세상에 나까지 단 아홉 명뿐이라네.”

“그렇군요.”

운현의 표정이 상기되었다. 구룡검의 비밀. 그런 것이 있을 것이라고는 생각도 못하고 있었다.

“가지고 들어오너라.”

정 노인의 말이 끝나기가 무섭게 문이 열리고, 그의 손녀딸이 구룡검을 가지고 들어왔다.

엄청난 보물이라도 되는 듯 조심스런 움직임이었다.

“고맙구나.”

정 노인의 인사에 고개만 살짝 숙여 보이고 밖으로 나가는 그녀였다.

“이것을 보게.”

밖으로 나가는 손녀딸에게 시선이 고정되어 있는 운현을 정 노인이 불렀다.

스릉.

“아!”

구룡검이 검집에서 빠져나오자 운현은 탄성을 질렀다.

언제 보아도 아름다운 검신이었다.

“이것이 구룡검의 비밀이라네.”

말과 함께 정 노인은 검집과 검에 새겨진 용의 눈을 하나씩 꾹 눌렀다.

탁! 탁! 탁! 탁!

그와 함께 잠겨 있던 무언가가 풀어지는 것 같은 소리가 연속적으로 들렸다.

“이, 이것은?”

운현은 눈을 동그랗게 뜨고 구룡검과 검집을 바라보았다.

새겨져 있던 아홉 마리 용의 머리가 열리자 그 밑에 작은 공간들이 있었다.

그중 한 공간에는 동그랗게 말린 작은 종이 하나가 놓여 있었다.

“원래 이 아홉 공간은 전부 이런 종이로 채워져 있어야 정상일세. 구룡검은 검의 용도로 만들었다기보다는 이 종이들을 보관하기 위한 함(函)의 용도로 만들어진 것이지.”

운현은 놀라움에 말을 잇지 못했다.

“이와 같은 종이에 적혀 있는 것은 바로 구룡의 무공이라네. 아니, 정확하게 말하면 구룡지기(九龍之氣)를 익힐 수 있는 구결이 적혀 있지.”

“구룡지기라고요?”

“그렇네. 구룡지기의 구결이 적혀 있지.”

운현은 아무 말도 못하고 그저 고개만 끄덕였다.

그저 보검이요, 신검이라고만 생각했던 구룡검이 그런 비밀을 가지고 있다는 사실이 너무나도 놀라웠다.

“그렇다면 구룡은 무엇이고, 구룡의 무공은 어떠한 것입니까?”

한번 궁금하면 즉시 알아야 직성이 풀리는 운현이기에 곧바로 물었다.

하지만 정 노인은 운현이 처음 눈을 뜨고 노인의 정체를 물었을 때와 마찬가지로 여유로운 웃음을 지었다.

“허허허! 조금 더 기다리게. 몸이 완전히 낫고 정상적으로 움직일 수 있게 되면 그때 가서 알려주겠네.”

“예에? 그러지 말고 지금 알려주십시오!”

운현의 말에도 정 노인은 바로 몸을 돌려 방을 나섰다.

닫히는 문을 바라보며 운현은 안타까운 표정만 지을 뿐이었다.

그렇게 한 달이 지났다. 운현의 상태는 많이 좋아져 있었다.

처음에는 한두 달의 요양으로는 낫지 않을 것처럼 보이던 외상과 내상은 거의 다 나아 있었다.

외상은 무슨 약을 썼는지는 모르겠지만 정 노인이 발라준 약 덕분인 것 같았고, 내상은 태극심법의 뛰어난 효능 덕분이었다.

그렇게 운현이 정 노인의 집에서 한 달 이상 요양을 하고 있는 사이, 중원무림은 엄청난 혼란에 휩싸여 있었다.

마교가 감숙성과 청해성, 사천성의 모든 정파 지부를 꺾은 다음, 공식적으로 마교천하(魔敎天下)를 발표했다.

육십 년 전 정사대전이 어느 한쪽의 일방적인 승리가 아닌 서로 간의 합의로 끝난 만큼 이번에는 반드시 마교천하를 이뤄내겠다는 것이 마교 측의 입장이었다.

그간 마교의 공격이 구룡검 때문에 벌어진 것이라고 생각하고 있던 구파일방의 장문인들은 커다란 충격에 휩싸일 수밖에 없었다.

일단 감숙성과 청해성, 사천성으로 최소한의 인원을 보내 놓고 인근에 있는 속가제자들에게 도움을 요청해 놓은 상황이지만 상황이 이렇게 된 만큼 인원 보충이 더 필요했다.

구파일방에는 각각 비상령이 내려졌다.

장문인부터 시작하여 말단 제자까지 전부 다 긴장 상태에 있었으며, 잠시도 쉴 수가 없었다.

이는 무당 역시 마찬가지였다.

장문인인 청산은 며칠 밤을 잠도 제대로 자지 못하고 골머리를 썩고 있었다.

덜컥!

"장문인!"

청현 도장이 급하게 문을 열고 들어왔다.

그 역시도 신경을 많이 썼는지 얼굴이 많이 핼쑥해져 있었다.

"무슨 일이냐?! 네가 그렇게 호들갑을 떨지 않아도 충분히 힘들다!"

"지금 그런 말을 하실 때가 아닙니다! 현이… 현이 그 녀석이!"

청현의 입에서 운현의 이름이 나오자 청산의 눈이 번쩍 뜨였다.

마교가 다시 중원의 패권을 노리면서 가장 먼저 찾은 것이 운현이었다.

제발 감숙이나 청해, 사천에는 없었기를 바라면서…….

구룡검을 가지고 돌아다녀도 상관없으니 제발 아무런 일이 없기를 바라면서…….

그런 마음으로 운현의 소식을 기다리고 있던 청산이다.

"찾았느냐?!"

찾았느냐고 묻기는 했지만 청현의 표정에서 청산은 뭔가 심상치 않음을 느꼈다.

설마……?

"운현이 감숙성에서 행방불명되었습니다."

“뭐라?! 감숙성에서?!”

행방불명이 되었다는 말을 하는 것을 보면 운현의 흔적을 찾긴 찾았다는 말이다. 그런데 하필이면 감숙성이라니…….

“살아 있는 것이냐?!”

“잘… 모르겠습니다.”

“뭐라?!”

청산이 대노하여 소리쳤다. 생사조차도 알 수 없다니!

“어디서 알아낸 것이냐?! 우리 무당에서 알아낸 것이냐?!”

“아닙니다. 개방에서 전해온 소식입니다. 그때 당시 개방에 있던 방도 중 가장 먼저 깨어난 사람이 그랬답니다. 개방에 왔었다고.”

“그래서? 그것 가지고 행방불명이 되었는지 어떻게 아느냐?!”

“당연히 조사를 했습니다. 그런데… 마교 지부 앞에서 그 흔적이 끊겼습니다. 어떤 일이 있었는지는, 가까이 접근하는 것이 어렵기 때문에 정확하게는 모르겠습니다만…….”

“마교 감숙지부에 있던 사람이 누구지?”

“예?”

“마교 감숙지부의 책임자 말이다. 누구였지?”

“마교 제일장로 오귀문입니다.”

청산 진인은 고개를 떨어뜨렸다. 만약, 만약 운현이 오귀문과 충돌을 일으켰다면…….

청산 진인은 고개를 세차게 흔들었다.

"아직 확실하게 드러난 것은 없으니 찾게. 아니, 생사만이라도 확인하게. 반드시 그렇게 해야 해."

"알겠습니다."

지금 돌아가는 상황은 그렇게 하기 힘든 상황이다. 마교와의 싸움에 대비하여 인원을 편성하고 배치하는 것만으로도 벅차다.

하지만 청산의 마음을 알기에 청현은 차마 거절하지 못하고 자소궁을 나섰다.

"그 녀석들, 또 불평을 하겠구먼."

청현은 은자각(隱者閣)으로 향하면서 중얼거렸다.

'미안하구나. 미안하구나…….'

한순간의 잘못된 판단으로 제자를 생명이 위험한 지경까지 만들었으니 지금 청산의 가슴에서는 피눈물이 흐르고 있었다.

침상에 누워 있는 운현의 표정은 편안해 보였다.

열려 있는 창문으로 산들바람이 불어와 운현이 덮고 있는 얇은 이불을 살짝 들추었다.

이럴 수가?

하의는 입고 있었지만 상의는 벗은 채였는데, 온몸에 틈새 하나 없이 감겨 있던 붕대는 온데간데없었다.

“으음…….”

바람이 깨운 것일까? 운현이 눈을 떴다.

눈을 뜬 그는 미소를 짓고 있었다. 정말 오랜만에 편안하게 잠을 잔 것 같았다.

며칠 전부터 상처로 인한 통증이 점차 줄어들더니 어젯밤과 오늘 아침에는 통증 없이 정말 편안하게 휴식을 취할 수 있었다.

물론 온몸에는 지워지지 않는 흉터가 가득했지만, 그것은 어디까지나 육체의 상처일 뿐 정신적으로는 별다른 충격을 주지 못했다.

“일어났나?”

문을 열고 들어오는 정 노인. 이번에도 역시 굉장히 오랜만이다.

“이렇게 모습을 드러내신 것을 보니 제 물음에 대한 답을 해주러 오신 모양이군요.”

“잘 아는군.”

“이번에는 잘라먹지 말고 전부 다 알려주십시오.”

“안 그래도 그럴 생각이네.”

순순히 다 말해주겠다고 하는 정 노인을 운현은 약간 당황스런 눈길로 바라보았다.

자신이 그렇게 말은 했지만 그냥 웃고 말 줄 알았던 그다.

“일단 구룡에 대해서 알려주지.”

정 노인이 운현의 침상 옆에 있는 의자에 앉으며 말했다.

침을 한 번 삼킨 운현은 고개를 끄덕이며 정 노인을 바라보았다.

"구룡이라는 것은 황룡(黃龍), 적룡(赤龍), 청룡(靑龍), 백룡(白龍), 흑룡(黑龍), 토룡(土龍), 응룡(應龍), 교룡(蛟龍), 금룡(金龍)의 아홉 마리 용을 뜻함일세."

"간단하군요."

"허허, 뭐, 별다른 것이 있을 줄 알았는가?"

"솔직히 그렇습니다. 그럼 구룡의 무공은 무엇입니까?"

"말 그대로일세. 구룡은 각각의 특징이 있지. 가령 황룡은 구룡의 중심에 위치한 용으로서 모든 용을 이끄는 수장이지. 포용과 부드러움을 상징하지만 용맹하고 강하기로 따지면 적룡보다 더하고, 차갑고 냉철할 때에는 청룡보다 더하다네. 이런 특징을 담은 무공이지. 정확히 말하면 무공이라기보다는 기운이라 표현하는 것이 좋겠네."

"그렇군요. 구룡지기(九龍之氣)라……. 한 번도 들어본 적이 없습니다."

운현이 약간 인상을 찡그리면서 말했다. 그러자 정 노인이 웃음을 터뜨렸다.

"허허허! 내가 말하지 않았던가? 구룡검의 비밀을 아는 사람은 아홉 명뿐이라고. 당연히 구룡지기에 대해서 아는 사람도 그 아홉 명뿐이라네. 그러니 모르는 것이 당연한 것이야."

끄덕.

운현이 고개를 끄덕였다. 그러자 정 노인이 계속해서 말을 이었다.

"구룡과 그에 따른 무공이 있다는 것은 그 무공을 익힌 사람도 있다는 말일세. 나까지 포함하여 모두 아홉 명이 있지."

"어르신은 어떤 용입니까?"

"난 황룡일세."

"그렇다면 나머지 여덟 명의 대장이 되시는 겁니까?"

정 노인은 고개를 저었다.

운현은 의아한 표정으로 그를 바라보았다.

황룡은 구룡의 수장이라 하였다. 그렇다면 황룡의 기운을 익힌 정 노인이 다른 이들의 수장이 되어야 하는 것 아닌가?

"자네가 생각하는 것이 무엇인지 잘 알고 있네. 하지만 내가 그들의 수장이라면 지금과 같은 상황이 벌어지지 않았겠지."

"지금과 같은 상황이 무엇입니까? 혹 마교의 중원일통(中元一統)을 말씀하시는 것입니까?"

이번에도 정 노인은 고개를 저었다. 도대체 무엇인가. 운현은 궁금증을 참을 수가 없었다.

"그것이 아닐세. 중원무림은 마교의 발호로 인하여 혼란에 빠져 있지만 그것은 어디까지나 표면적인 것일 뿐, 내가 말하는 것은 그것이 아닐세. 그것과는 무관한 다른 일이야."

"예? 그것이 무엇입니까?"

운현이 침상에서 몸을 일으켰다. 통증은 없었지만 그동안 누워만 있었기에 몸이 뻐근했다.

"아직까지는 몰라도 되네."

"알려주십시오. 알려주시기로 하지 않으셨습니까?"

정 노인은 운현을 가만히 바라보았다.

맑고 투명한 눈, 그리고 그 눈에 의(義)와 협(俠)이 담겨져 있다.

"하아……!"

정 노인이 할 수 없다는 듯 한숨을 쉬었다. 그 소리에 운현의 표정이 약간 밝아졌다.

"아까 이야기했듯이 구룡을 대표하는 아홉 명의 사람이 있네. 그리고 그들 각각은 구룡지기 하나씩을 익히고 있지. 그 구룡지기 하나의 힘만 해도 엄청나다네."

운현은 고개를 끄덕였다. 자신의 온몸에 이러한 흉터를 만든 오귀문에게서 자신을 구해내었으니까.

"사실 우리 아홉 명은 중원의 사람이 아니라네. 동방에서 왔지. 처음으로 이곳 중원에 넘어오고 아는 사람이라곤 우리 아홉 명밖에는 없었기에 서로를 의지하며 생활했지. 별 문제 없었어, 그때까지는."

정 노인의 표정에 슬픔이 깃들기 시작했다. 무슨 일일까. 운현은 정 노인에 대한 안쓰러움과 궁금증이 동시에 생겼다.

"그런데 우리 사이가 갈라지게 된 결정적인 이유가 있다네."

"갈라졌습니까?"

"그렇다네."

"무슨 이유로……?"

"금선도(金羨刀) 때문일세."

"금선도……. 금을 탐내는 도?"

"아니, 정확하게는 '금처럼 탐내는 도' 라는 뜻이네."

금처럼 탐내는 도. 도대체 어떤 도이기에 금과 같이 탐을 낸단 말인가?

"금선도는 보도(寶刀)일세. 그리고 귀도(鬼刀)이껸서 마도(魔刀)이기도 하지."

"보도이면서 마도라……."

"그렇다네. 금선도는 한 번 보면 그것에서 시선을 떼기 어렵다네. 모양이 특별하게 아름다운 것은 아니지만, 그 도에서 흘러나오는 기운은 보는 이로 하여금 그렇게 만들지. 그리고 결국에는 그것을 차지하고 싶은 탐욕을 불러일으키고, 같은 목적을 가진 사람들끼리 피를 보게 만든다네."

운현은 몸서리를 쳤다. 경험이 있기 때문이다.

구룡검. 방금 들은 금선도만큼 그런 기운은 흘러나오지 않지만 단순히 신검이고 보검이라는 이유로 구파 간에 싸움이 있었다.

"그 금선도가 문제였다네. 나와 적룡, 청룡은 금선도가 세상에 나가는 것을 반대했어. 그것은 너무나도 위험한 물건이고, 세상에 모습을 드러낸다면 온 세상이 피로 물들 것이 뻔했지. 하지만 나머지 여섯 명은 아니었다."

"꿀꺽."

운현은 침을 삼켰다. 금선도가 세상에 모습을 드러낸다면?

상상하기도 싫을 정도로 엄청난 혈겁이 일어날 것이다.

서로 간에 죽고 죽이는 싸움.

그것이 설사 가족이라 할지라도 멈출 수 없을 것이다.

"결국 싸움이 벌어졌지. 주먹다짐까지는 아니었지만 엄청난 설전이 오고 갔어. 그러다가 나와 청룡, 적룡을 제외한 나머지 여섯은 떠났다네. 금선도를 찾겠다고. 그래서 세상에 내놓겠다고."

"그들은 도대체 왜 그러는 것이죠?"

운현이 물었다. 이해할 수가 없었다. 금선도가 세상에 나오면 엄청난 일이 벌어진다는 것을 그들이 모를 리 없다.

그런데도 굳이 금선도를 세상에 드러내고 싶은 이유를 알수가 없었다.

"변한 것이야."

"변하다니요?"

"중원에 처음 발을 디뎠을 때에는 순수하게 서로를 생각하고 생명을 생각하며 자신들의 힘에 대한 믿음이 있었지. 하지만 중원에 와서 엄청난 고통이 있었네."

"엄청난 고통이라 하심은……."

운현은 대충 알 수 있을 것 같았다.

중원 사람들은 기본적으로 자신들이 중심이라는 생각이 강하고, 세상의 중심에 있는 사람이라 생각한다.

그만큼 자존심 역시 강하다.

그런데 낯선 동방의 사람들이 왔으니 깔보고 무시했을 것이고…….

"자네가 생각하는 것이 맞네. 우리는 엄청난 핍박을 받았어. 하지만 우리는 힘을 드러낼 수 없었네. 우리의 힘은 너무나 강했고, 함부로 보일 수 없는 것이었으니까. 그러나 그것은 그들의 마음에 중원에 대한 증오를 키울 뿐이었지."

운현은 고개를 끄덕였다.

단순한 이유였다. 자신들에게 고통을 주고 핍박을 한 중원에 대한 복수.

"그런데 왜 아직 금선도가 세상에 나오지 않은 겁니까? 보아하니 시간이 꽤 흐른 것 같은데."

"아직까지 금선도를 찾지 못한 게지."

"예? 금선도는 그들에게 있는 것이 아닙니까?"

정 노인은 고개를 저었다.

"금선도는 어딘가에 숨겨져 있다네. 무서운 물건이니 쉽게 찾을 수 없는 곳에 있을 것이고."

"그렇군요."

운현이 고개를 끄덕였다.

괜히 이야기해 달라고 한 것 같았다. 이야기를 다 듣고 나니 마음이 너무나 무거웠다.

그리고 두려웠다.

아직은 일어나지 않았지만 분명 일어날 일이다.

지금 사람들은 마교가 다시 일을 벌인 살겁만으로도 충분히 힘들고 두려울 것이다.

그런데 그것보다도 더 힘든 고난이 닥쳐올 것이다.

수많은 무인이 피를 흘릴 것이고, 강호와 상관없는 일반 사람들 역시 재수없이 목숨을 잃거나 크나큰 고통을 받을 것이다.

그런 그들의 비명과 고통이 느껴지는 것만 같았다.

"괜찮은가?"

정 노인의 손이 운현의 어깨에 닿았다.

그 덕분인지 운현은 정신이 맑아지면서 차분해지는 것을 느꼈다.

"감사합니다."

"아닐세."

"그동안 감사했습니다. 저는 이만 사문으로 돌아가 봐야 할 것 같습니다. 이런 사실을 알려야지요."

운현이 침상에서 일어났다. 오랜 시간 걷지 못하겠지만 쉬엄쉬엄 가면 충분히 무당까지 갈 수 있을 것이다.

“자네에게 부탁이 있네.”

정 노인이 운현을 붙잡았다. 그의 표정을 보아하니 어렵게 말을 꺼낸 것 같았다.

“무엇입니까?”

“자네가 그들을 막아주게.”

“예?”

운현이 놀란 표정으로 그를 바라보았다.

자신은 오귀문에게 처참한 꼴을 당한 사람이다.

그리고 정 노인은 그런 오귀문에게서 자신을 구출해 온 사람이고.

그런데 그런 사람이 어찌 자신에게 그들을 막아달라고 하는가?

자신에게 무슨 힘이 있다고?

“저에게는 그럴 힘이 없습니다.”

“알고 있네. 하지만 그 힘을 가질 수는 있네.”

“제가 본 파의 무공을 대성한다 한들 그들을 막을 수 있을지가 의문입니다. 어찌 그 정도의 힘을 가질 수 있다 하십니까?”

“가능하네. 구룡지기라면.”

“……!”

운현이 다시 한 번 놀라며 그를 바라보았다.

노인은 지금 자신에게 구룡지기를 익히라 말하고 있다.

“죄송하지만 저는 무당의 사람입니다. 속가제자이기는 하지만 사문이 있는 몸으로서 다른 무공을 익힐 수는 없습니다.”

“하아……!”

정 노인이 한숨을 쉬었다. 이미 예상했던 일. 새삼스러울 것이 없었다.

“자네 몸속에 낯선 기운이 있지?”

“예, 그렇습니다. 그것도 여쭈어보려 했는데 깜빡했군요. 무슨 기운이죠?”

“구룡지기 중 내가 익힌 황룡기라네.”

“……!”

설마하니 황룡기일 줄은 몰랐다. 아마도 자신을 살리는 과정에서 스며든 것 같았다.

“자네에게는 이미 선택의 여지가 없네.”

“예?”

“그 황룡기, 아마 예전보다 조금 더 늘어났을걸?”

“예, 그렇습니다만…….”

“그대로 놔두면 탈이 날 것일세.”

“무슨 말씀이십니까? 자세히 말씀해 주십시오!”

“주화입마에 걸릴 것이네.”

“……!” .

운현은 너무 놀랐다. 아주 적은 양이다. 늘어났다고는 하지만 아주 미세한 정도. 이것 때문에 주화입마에 걸릴 것이라고는 전혀 생각지 못했다.

하지만 정 노인의 진지한 표정을 보니 거짓이라 생각하기도 어려웠다.

"결국 구룡지기를 익혀야만 된다는 말씀입니까?"

"그렇다네."

정 노인이 고개를 끄덕였다. 그에 운현의 표정이 암울하게 변하였다.

"조금… 생각할 시간을 주십시오."

"고맙네."

무엇이 고맙다는 것일까? 고려해 보겠다는 것이? 아니면 이미 승낙으로 받아들인 것일까?

운현이 다시 침상에 앉고, 정 노인은 밖으로 나갔다.

그렇게 침상에 앉은 채로 운현은 생각에 잠겼다.

정 노인에게서 구룡검과 금선도에 대한 이야기를 들은 이후로 운현은 그저 생각만 하고 있었다.

정 노인의 손녀가 식사를 가지고 와도 그녀에게 눈길 한번 주지 않았다.

오로지 정 노인과 나누었던 대화에 대해서만 생각할 뿐이었다.

“자네가 그들을 막아주었으면 하네.”

정 노인의 그 말이 운현의 머릿속에서 떠나질 않는다. 억지로 잊어보려는 노력도 했지만 잊히지 않고 오히려 더욱 또렷하게 생각났다.

금선도가 세상에 나온다면 분명 엄청난 일이 벌어질 것이다.

게다가 나머지 여섯 노인도 금선도를 세상에 던져 놓고 가만히 보고만 있지는 않을 것이다.

벌떡!

갑자기 운현이 자리에서 일어났다. 정 노인과의 대화 이후 처음으로 자리를 뜨는 것이었다.

운현은 밖으로 나갔다.

“아―!”

이곳에 온 이후로 처음 밖으로 나오는 운현이었다.

그동안 이곳이 어떻게 생겼는지 무척 궁금했지만 몸을 움직일 수가 없어 몸이 다 나으면 밖으로 나가보겠다고 마음먹고 있다가 정 노인과의 대화 이후 잠시 잊고 있었다.

“처음인가?”

“그렇습니다.”

어느새 곁으로 다가온 정 노인의 물음에 운현이 눈앞에 보이는 모습에 시선을 고정하고 대답했다.

“어떤가?”

“대단하군요.”

그도 그럴 것이, 이곳은 지하인 것 같았다. 그런데 자신이 쉬고 있던 거처의 앞에 엄청나게 거대한 광장이 하나 있었다.

‘무당파의 반 정도 되려나?’

무당파도 엄청나게 큰 규모였다. 대문파이고, 사람이 많으니 당연한 것이었다.

그런 무당파의 반 정도는 되어 보일 정도로 광장의 넓이는 엄청났다.

“지하인가요?”

“아닐세. 산의 중앙일세.”

“예?”

운현이 이해하지 못한 듯한 표정으로 되물었다.

“말 그대로일세. 산의 ‘속’ 에 만들어진 곳이지.”

“그 말은 산을 뚫고 만든 것이라는 말씀입니까?”

“그렇지.”

운현은 입을 쫙 벌렸다. 그런 것이 가능하다는 말인가?

무당파는 무당산에 있기에 산을 깎고 그 산에 건물을 짓는 것은 이해할 수 있었다.

무당파뿐만 아니라 일반 사람들도 산에서 생활하곤 하니까.

그런데 이렇게 산을 뚫은 다음 건물을 짓고 공터를 만들 수 있을 것이라는 생각은 한번도 해본 적이 없었다.

“이런 것이 가능합니까? 아니, 그보다 안 무너집니까?”

"직접 보고 있으니 가능한 일일 것이고, 내가 이곳에 정착하기 전부터 만들어져 있던 곳이니 안 무너질 것일세."

정 노인의 말에 운현은 더욱더 놀란 표정을 지었다.

정 노인이 이곳에 오기 전에 만들어졌다면 모르긴 해도 엄청나게 오래된 곳일 것이다.

그런데 이토록 무너지지 않고 오랜 세월을 버틸 수 있다는 사실에 운현은 놀라움을 금치 못했다.

"그런데 무슨 바람이 불어서 나왔는가? 생각은 정리가 된 것인가?"

정 노인이 약간은 기대감에 부푼 목소리로 물었다.

"한 가지 여쭤볼 것이 있어서 나왔습니다."

"뭔가?"

"왜 저죠?"

"음?"

"왜 저를 선택하셨냐는 말입니다."

운현의 말에 정 노인은 말없이 그저 앞만 바라보았다. 무언가 생각하는 듯.

운현도 재촉하지 않고 그를 물끄러미 바라보았다.

"자네는 운명이라는 것을 믿는가?"

"운명 말입니까?"

"그래, 운명."

그런 것에 대해서는 한 번도 생각해 본 적이 없기에 운현은 잠시 고민에 빠졌다.

하지만 애초부터 대답을 들으려고 한 질문이 아닌 듯 정 노인은 다음 말을 이었다.

"자네가 믿건 안 믿건 상관없네. 운명이니까."

"그것으로 설명이 된다고 생각하십니까? 그저 제가 구룡검을 가지고 있었기 때문에 그런 것 아닙니까?"

"그럴지도 모르지."

너무나도 쉽게 인정하는 정 노인. 운현은 왠지 허탈한 기분이 들었다.

"하지만 구룡검은 아무 때나 울지 않는다네."

"예?"

무슨 소리인지 도통 알 수가 없었다.

"못 들어봤을 것이야. 구룡지기를 가지고 있는 사람만이 느낄 수 있는 것이니. 아마 다른 녀석들도 느꼈을 것이야. 구룡검이 울고 있다는 사실을."

"……!"

"그렇지 않고서야 내가 어찌 자네를 찾을 수 있었겠는가? 구룡검이 울고 있기에 자네를 찾을 수 있었던 것일세."

"구룡검이……."

운현은 아무런 말도 할 수 없었다. 그렇다면 구룡검이 자신을 선택했다는 말인가?

"검명(劍鳴)이 아니야. 그것은 검성(劍聲)이라고 하지. 검성이 들리는 때는 '금선을 취하고 세상의 혼란을 막을 구룡의 주인 된 자'가 나타났을 때뿐이지."

'이것이 운명인가……'

한 번도 운명 같은 것에 대해서 생각해 본 적이 없었다. 운명을 믿고 안 믿고 하는 것도 생각해 본 적이 없었다.

그런데 처음으로 인식된 운명이라는 것이 너무나도 커다란 짐을 자신에게 지우려 하고 있다.

"아마 다른 녀석들도 알았겠지. 구룡의 주인이 나타났다는 사실을. 이제 본격적으로 금선도를 찾으려 할 것이다. 구룡의 주인은 금선도의 기운을 억제할 수 있는 자, 그가 나타난다면 모든 일이 수포로 돌아갈 수도 있다."

'구룡의 주인……. 내가……'

"조금만 더 시간을 주십시오."

운현이 혼란스러운지 이마를 짚으며 말했다.

정 노인은 덤덤하게 고개를 끄덕였다. 언제 금선도가 세상에 나올지 모르는 상황에서 너무나도 태연자약한 모습이었다.

"운명은……"

거처로 발걸음을 옮기던 운현은 등 뒤에서 들려온 정 노인의 목소리에 발걸음을 멈출 수밖에 없었다.

"거스를 수 없는 것이라네."

저벅저벅.

운현이 다시 발걸음을 옮겼다.

그런 운현의 등을 정 노인은 알 수 없는 표정으로 바라보고
있었다.

第四章
황룡지기

닷새가 더 흘렀다. 그 닷새 동안 운현은 그전과 마찬가지로 생각만 하고 있었다.

벌떡.

운현이 닷새 전과 마찬가지로 자리에서 벌떡 일어섰다.

그리고는 밖을 향해 걸어나갔다.

끼이익!

요란스러운 소리와 함께 문이 열리고 운현이 모습을 드러내었다. 무언가 결심한 듯 굳은 표정.

눈앞에 보이는 광장 그 어디에서도 정 노인의 모습은 찾을 수가 없었다.

다만 광장 중앙에서 수련을 하고 있는 정 노인의 손녀딸만이 보일 뿐이었다.

'무슨 수련인가.'

운현은 조심스럽게 다가갔다.

사실 이렇게 탁 트인 광장에서 수련을 하고 있다는 사실부터가 누군가에게 보여도 상관없다는 말일 수도 있지만, 중원에서는 다른 사람의 수련하는 모습을 함부로 보는 것은 예의에 어긋나는 행동이기 때문이었다.

"험! 험!"

운현은 헛기침을 했다. 한 번도 이런 상황을 맞아본 적이 없는 그로서는 어색하기만 했다.

운현의 헛기침을 들었을까. 그녀가 움직임을 멈추고 운현을 바라보았다.

"아!"

운현은 탄성을 질렀다. 아니, 지를 수밖에 없었다.

아름다운 얼굴에 땀이 흐르니 그 모습이 더욱더 아름다워 보였기 때문이다.

"할아버님께서는 어디 가셨습니까?"

"마을에 가셨습니다."

"언제쯤 오실까요?"

"잘 모르겠습니다."

짧은 대답. 항상 이런 식이었다.

하지만 운현은 이번만큼은 그냥 못 넘어가겠다는 듯 굳은 의지가 담긴 표정을 지었다.

"잠깐만요."

다시 수련을 하려는 그녀를 제지한 운현이 어색한 표정으로 그녀를 바라보았다.

자신을 부른 운현이 무언가 말을 할 듯하면서도 하지 않자 그녀는 이상한 눈으로 운현을 바라보았다.

"에… 그러니까… 이름이 뭐죠? 이곳에 온 지도 꽤 되었는데 아직 이름도 모르네요."

운현이 그녀의 이름을 물었다. 이곳에 온 지 한 달이 넘어 두 달이 되어가는데 아직까지 그녀의 이름도 모르고 있었다.

"정미현입니다."

'정미현……. 이름도 예쁘구나.'

"고마워요. 저는 운현이라고 합니다. 성이 운이고……."

"알고 있습니다."

말을 자르는 정미현. 대화를 하기 싫은 것일까? 운현의 표정이 약간 울상으로 바뀌었다.

"몸은… 괜찮으신가요?"

그렇게 울상을 짓고 있을 때, 그런 운현의 표정을 쫙 펴지게 만드는 말이 들렸다.

운현의 몸 상태를 묻는 정미현의 말이었다.

“예? 아, 예! 괜찮습니다!”

‘그녀가 나를 걱정해 주고 있어!’

운현은 눈물이 다 날 지경이었다. 운현의 눈에는 정미현, 그녀가 하늘의 선녀처럼 보이기 시작했다.

“결심이 선 것 같은데? 이렇게 나와 있는 것을 보니.”

이런 분위기를 확 깨는 정 노인의 목소리. 환하게 웃고 있던 운현의 얼굴이 살짝 굳었다.

“오셨군요.”

‘왜 하필이면……’

결정적인 순간에 나타난 정 노인으로 인해 운현은 약간 인상을 찌푸렸다.

“안으로 들어가서 이야기하는 것이 좋겠지?”

“그렇게 하지요.”

정 노인이 앞장섰고, 그 뒤를 운현이 따랐다.

그를 따라 안으로 들어가는 운현의 표정은 그리 밝지만은 않았다.

“자, 이야기를 해보게.”

안에 들어와 앉은 정 노인은 운현의 대답을 재촉했다. 다른 때와는 달리 조금 서두르는 것 같았다.

“익히겠습니다, 황룡지기를.”

“그렇게 하겠는가?”

정 노인은 속으로 굉장히 기뻐했지만 겉으로는 전혀 드러내지 않았다.

"예."

"결심하게 된 동기를 물어도 되겠는가?"

"돌아가신 사숙의 모습이 떠오르더군요."

"사숙?"

"예, 마교의 습격으로 돌아가셨습니다. 저에게 정말 잘해 주시던 분이죠. 더 이상 사숙처럼 제 주변에 있는 사람이 죽어가는 모습을 볼 수 없습니다."

"음……."

지인의 죽음은 그것을 경험한 사람으로 하여금 두 가지 반응을 가져온다.

첫 번째는 그 충격으로 정신에 이상이 생기는 경우이고, 두 번째는 죽음을 목도하고 그것으로부터 어떤 결심을 하거나 깨달음을 얻는 경우이다.

운현의 경우에는 두 번째 경우라 할 수 있었다.

"고맙네."

정 노인의 말에 운현은 고개를 저었다.

"저에게 고마워하실 필요 없습니다. 따지고 보면 저 좋자고 하는 일이나 마찬가지이니까요. 게다가 익히지 않으면 죽는 것 아닙니까?"

"죽는 것은 아니지. 주화입마일 뿐이야."

“무인에게 주화입마로 무공을 상실하게 되는 것은 죽음과 다를 바 없습니다.”

“그런가? 허허허.”

정 노인이 평소와 다름없이 웃었다. 그럴 정도로 마음이 편안해졌다는 이야기.

“그럼 수련은 천천히 시작하도록 하지.”

“예.”

정 노인이 자리에서 일어났다. 운현도 따라서 자리에서 일어났다.

그리고 둘은 거처 밖으로 나갔다.

탁 트인 광장을 보니 답답한 것이 뻥 뚫리는 것 같았다.

정 노인은 드디어 혈겁을 막을 수 있는 사람을 찾았다는 사실에 속이 뚫리는 것 같았고, 운현은 사숙의 죽음에 대한 짐을 어느 정도 덜어버릴 수 있게 되어 속이 뚫리는 것 같았다.

어디선가 한줄기 바람이 불어와 나란히 서 있는 둘의 머리카락을 흩날리고 있었다.

운현의 황룡지기 수련은 이틀 후부터 시작되었다.

몸을 추스른 지 얼마 되지 않았기에 조금 더 기력을 회복할 시간을 준 것이었다.

정 노인이 전해준 것은 단 네 구절이었다.

한 권 분량의 심법과 검공들에 익숙해 있던 운현은 단 네 구절에 쉽게 적응하지 못했다.

"이거 너무 짧은 것 아닙니까?"

"짧으면 어떻고 길면 어떤가? 단 한 구절이라도 그 무공을 완벽하게 나타낼 수 있으면 그만이네."

"그렇기는 하군요."

대답은 했지만 운현으로서는 막막함이 앞섰다.

지금 당장 자신의 하단전에 있는 기운도 마음대로 움직이지 못하는 상황에서 황룡지기를 익혀야 하니 더욱 그랬다.

"하단전에 있는 기운은 신경 쓰지 말게. 그것을 버리라는 것이 아니야. 황룡지기는 모든 것을 포용하는 기운이네. 하단전의 내공도 황룡지기를 익히면 자연스럽게 해결될 것이야."

"하지만 하단전은 이미 가득 차 있는 상황입니다. 그런데 어떻게 황룡지기를 익힐 수 있는 것이죠?"

"하단전이 안 된다면 이곳이 있지 않은가?"

정 노인이 운현의 명치를 살짝 찍으며 말했다.

중단전.

정 노인이 말하는 곳은 중단전이었다. 하단전이 안 된다면 황룡지기를 중단전에 생기가 하면 되는 것이다.

"어르신도 중단전에 황룡지기가 자리 잡고 있습니까?"

"아니, 나는 하단전일세."

"크헉!"

운현이 황당하다는 표정을 지었다.

정 노인은 하단전에 황룡지기를 자리 잡게 만들어놓고 자신에게는 중단전에 만들라니.

"실험입니까?"

"아닐세. 나에게 황룡지기를 전수해 주셨던 분은 중단전에 황룡지기를 가지고 계셨네."

"아, 그렇습니까?"

"그렇다네."

"그나마 다행이군요. 그런데 그냥 이렇게 앉아서 운기만 하면 됩니까? 구결을 외우면서?"

"자네, 처음 심법을 배울 때에도 그렇게 배우지 않았던가?"

"그렇기는 합니다만… 조금 다른 무언가가 있을 것으로 생각했습니다. 중원의 것도 아니고, 세상에 단 한 번도 모습을 드러낸 적이 없는 신비한 것이니까요."

"그런 기대감도 가질 만하지."

운현은 고개를 끄덕였다. 하지만 얼굴 표정은 그다지 좋지 않았다.

"막막한가?"

"솔직히 그렇습니다. 처음 심법을 익힐 때와 같은 심정입니다."

"편하게 생각하게. 처음 심법을 익힐 때의 마음을 생각해. 그런 마음가짐이면 되네. 어려운 것이 아니야. 마음먹기에 따라서 굉장히 쉽게 생길 수도 있고, 엄청나게 오랜 시간이 걸릴 수도 있네. 하지만 절대 조급하게 생각해서는 안 돼.”

“명심하겠습니다.”

운현의 표정은 처음 무당에 들어가 심법의 배울 때의 그것으로 돌아가 있었다.

순수한 표정, 그리고 꼭 익히고야 말겠다는 열망.

그런 것이 고스란히 드러나는 얼굴이었다.

운현은 곧바로 가부좌를 틀고 눈을 감았다. 그리고는 초심 그대로를 간직한 채 운기에 들어갔다.

그런 운현을 보며 정 노인은 미소를 지었다.

그리고 정미현 역시 그런 운현을 바라보고 있었다.

하루… 이틀… 이곳에서의 생활도 지나가고 있었다.

꽤 오랜 시간 이곳에 있었기 때문인지 이젠 생활하는 데 있어서 전혀 불편함이 없었다.

처음에는 답답함도 느꼈고, 바깥이 어떻게 돌아가는지도 궁금했지만 일단 황룡지기를 익히기로 한 이상 그것에만 신경 쓰기로 마음먹은 운현이었다.

그렇게 보름이 지났다.

오늘도 운현은 광장의 정중앙에 가부좌를 틀고 앉아 명상을 하고 있었다.

내상의 후유증으로 아직까지 내공이 마음대로 움직이지

않고 있었고, 황룡지기 역시 만들어질 기미가 보이지 않았기에 운기라고 하기보다는 명상을 하고 있다는 말이 옳았다.

아직까지 황룡지기가 만들어질 기미가 보이지 않고 있지만, 운현은 전혀 조급한 마음이 없었다.

오히려 명상을 하면 할수록 차분해지고 편안해지는 것이 매우 좋은 느낌을 가져다주었다.

황룡은 모든 것을 포용하고, 모든 것의 중심이다. 황룡은 강하고 날카로우며, 차분하고 냉철하다.

구결을 풀어보자면 이런 내용이었다.

정 노인이 처음 이야기해 주었던 황룡의 특징과 같은 내용이었다.

처음에는 이것을 외우면서 운기를 하면 과연 황룡지기가 생길 것인지에 대한 강한 의구심을 가졌지만, 지금은 그런 생각도 버린 상태였다.

'할 수 있다!'

오로지 이 생각뿐이었다.

"황룡은 모든 것을 포용한다."

눈을 뜬 운현이 중얼거렸다. 첫 번째 구결, 가장 중요한 것은 포용이었다.

포용(包容).

어떠한 것을 그릇에 담듯 감싼다는 말이다.

'무당에서 배운 태극과 비슷한 점이 있는 것 같다.'

태극(太極)은 음과 양으로 분열되기 이전의 혼돈이나 음양 화합을 가리키는 말이다.

세상 만물은 모두 음과 양으로 나눌 수 있다. 만물은 음과 양이 결합하여 만들어진다.

태극이라는 것이 음과 양이 갈라지기 이전의 것인만큼 커다란 의미로 보면 음과 양을 포용하는 것이라 할 수 있다.

음양이 만물의 근원이 되는 것이라 할 수 있으니 태극은 곧 모든 것을 포용하는 것과 같다고 할 수 있었다.

그런 생각을 하자 조금은 무언가 풀리는 느낌을 받는 운현이었다.

그의 입가에 저절로 미소가 지어졌다.

새로운 실마리를 얻은 것에 대한 기쁨이었다.

그 다음은 중심(中心).

물론 이것은 구룡 중에서 황룡이 그 중심에 선다는 의미일 수도 있지만 운현은 달리 생각했다.

황룡은 포용을 상징하는 존재이고, 그것이 곧 태극과 관련이 있다 생각하니 모든 것의 중심이라는 말이 약간은 이해가 갔다.

'모든 것을 포용하는 존재는 어느 한쪽에 치우침이 없다. 중심에 자리를 잡고 서서 그 주변을 구성하고 있는, 그 주변

을 맴돌고 있는 모든 것을 지켜보고 보듬어주어야 하는 것이다.’

운현은 점차 무의식 속으로 빠져들기 시작했다.

아니, 정확히 말하면 자신의 머릿속에서 벌어지고 있는 태극과 음양 화합에 빠져들고 있다 할 수 있었다.

쏴아아!

광장 안에서 작은 바람이 일었다.

물론 어디서 불어오는 것인지는 모르겠지만 조금씩 바람이 불고 있다는 것은 알고 있는 사실이었다.

하등 이상할 것이 없는 바람.

하지만 그 바람이 점차 이상하게 변해갔다.

처음에는 그저 머리카락 몇 올 흩날릴 정도로 불던 바람이 점점 거세지기 시작했다.

광장 한쪽에서 수련하고 있던 정미현은 그런 변화를 느끼고는 수련을 멈추고 운현을 바라보았다.

“무언가 깨달아가는 모양이다.”

“그런 것 같아요.”

어느새 정 노인도 거처에서 나와 그녀의 옆에 서 있었다.

점차 거세진 바람은 운현의 주위로 빠르게 돌기 시작했다.

“음…….”

“흐윽!”

어느새 정 노인과 정미현은 눈조차도 제대로 뜨기가 힘들었다.

운현의 주변을 돌고 있는 거센 바람도 운현이 앉아 있는 자리에는 불지 않았다.

운현이 앉아 있는 곳을 중심으로 일 장 반경에는 바람 한 점 불지 않았다.

그런데 한 가지 이상한 점이 있었다. 운현으로부터 반경 일 장 바깥의 바람이 왼쪽으로 돌고 있었다.

그리고 그 바깥으로 약간의 공간을 두고 바람이 더 돌고 있었는데, 그것은 반대 방향인 오른쪽으로 돌고 있었다.

물도 그렇고 공기도 그렇고, 중심 부위에서 왼쪽으로 돌면 바깥쪽까지 왼쪽으로 돌아야 정상이다.

그런데 그 사이에 아무리 약간의 공간이 있다 한들 완벽하게 다른 방향으로 돈다는 것은 이해할 수 없는 광경이었다.

그런 모습을 정미현은 신기한 눈으로 바라보고 있었고, 정 노인은 별로 놀랍지 않다는 듯이 덤덤한 눈빛이었다.

"음(陰)과 양(陽)은 서로 다른 성질을 가진 것이지만 그것이 하나가 됨으로써 세상 만물이 생성된다. 그런 음과 양을 모두 포용할 수 있는 존재는 음과 양이 갈라져 나오는 근본인 태극(太極)뿐이다. 그런 태극의 존재는 모든 것의 중심에 있는 바, 세상 만물의 중심이라 할 수 있다."

정 노인의 입에서 도사들이나 읊을 법한 이야기가 흘러나왔다.

그런 정 노인을 정미현은 의아한 표정으로 바라보았다.

운현 주변으로 불고 있는 바람 때문에 한 번 놀라고, 정 노인 때문에 또 한 번 놀라는 그녀였다.

잠시 후, 운현의 주변에 불던 광풍이 점차 사그라졌다.

그때 운현이 눈을 떴다.

천천히 떠지는 그의 눈에서 한줄기 현광(賢光)이 흘러나왔다.

"후우—!"

운현은 깊은 심호흡을 했다.

운현 자신도 느낄 수 있었다. 자신의 중단전에 무언가 자리 잡은 낯선 기운을.

아니, 낯선 것 같으면서도 낯익은 그런 묘한 분위기를 풍기는 기운이었다.

"이것이 황룡지기(黃龍之氣)인가?"

"그렇네. 그것이 황룡지기일세."

운현의 곁으로 다가온 정 노인이 대답했다.

그는 이미 운현의 몸속에 자리 잡은 황룡지기를 알고 있는 것 같았다.

"이것이 다는 아니겠지요?"

"그렇다네. 이제 시작이지."

운현은 고개를 끄덕였다.

새로운 무언가를 익혔다면 기뻐야 정상이지만, 이번에는 왠지 모르게 성취감 같은 것이 느껴지지를 않았다.

"네 개의 구결 중 두 가지를 이해하고 풀어내었군."

정 노인의 말에 운현이 고개를 끄덕였다.

황룡은 모든 것을 포용하고, 모든 것의 중심에 있다.

운현이 풀어낸 구절은 네 개의 구절 중 이 두 가지로, 이는 도가의 가르침과 일맥상통하는 것으로써 무당파를 사문으로 둔 운현에게 있어서 조금은 유리한 면이 있다고 할 수 있었다.

"그래도 수고했네. 생각보다 굉장히 빠른 성취야. 조만간 출기(出氣)의 단계까지 갈 수 있겠어."

"출기의 단계?"

운현의 물음에 정 노인은 고개를 끄덕였다.

"일단은 나머지 두 개의 구절을 풀어내게. 그 네 개의 구절을 완벽하게 풀어내었을 때 비로소 출기의 단계에 이를 수 있을 것이야."

운현은 그 출기의 단계라는 것에 대해서 궁금했지만 일단은 참았다.

정 노인이 이런 식으로 한 발 물러나면 절대로 알려주지 않는다는 것을 잘 알고 있었고, 나중에 가서 알게 된다면 정말 그럴 것이라는 것도 잘 알고 있기 때문이었다.

풀썩!

“어?!”

앉아 있던 운현이 그대로 뒤로 넘어갔다.

갑작스런 상황에 지금껏 표정의 변화가 거의 없던 정미현이 비명을 질렀다.

“잠이 든 것이야. 황룡지기를 온전히 받아들이기에는 아직 이 아이의 몸이 완벽하지 않다. 그래서 그런 것이다.”

그제야 작게 안도의 한숨을 쉬는 정미현이었다. 그리고는 그런 자신을 알아차리고는 흠칫 놀랐다.

운현과는 별다른 대화도 나눠보지 않았고, 그저 같은 공간에 있었다는 것 그 이상도 이하도 아니었지만 유달리 신경이 쓰이는 그녀였다.

정 노인은 운현을 안아 들고는 천천히 모옥 안으로 걸어갔다.

그런 그의 뒤를 정미현이 따랐다.

운현은 꼬박 하루를 잤다.

아직 몸이 정상적인 기력을 되찾지 못한 상태에서 황룡지기를 익히기 위해 많은 심력(心力)을 소모했기 때문이다.

눈을 뜬 운현은 자신의 중단전에 자리 잡은 황룡기를 느꼈다.

아직은 적은 양이었지만 또렷하게 그 존재감을 드러내고 있었다.

“으음.”

운현이 자리에서 일어났다.

하루를 꼬박 누워 있었기 때문인지 엉덩이부터 등까지 뼈근했다.

끼이익.

“아, 일어났군.”

“예. 얼마나 잔 것이죠?”

“오래는 아니네. 그저 하루 정도 잤네. 솔직히 더 있다가 깨어날 줄 알았는데 말이야.”

“훗, 그 정도로 허약하지 않습니다.”

“그런가?”

운현이 미소를 지으며 말하자, 정 도인도 따라 미소를 지었다.

“그래, 황룡지기를 익힌 소감이 어떤가?”

“아직 완벽한 것이 아니라 하지 않으셨습니까?”

“첫 발을 내디딘 소감 말일세.”

“음…….”

운현은 황룡지기를 느껴보았다.

중단전에 자리 잡은 황룡기 덩어리는 그 크기는 작았지만 거대한 기운을 품고 있었다.

“얼떨떨합니다.”

“단순히 그것뿐인가? 뭔가 기쁘다던가 하지 않고?”

“이상하게 그런 마음은 들지 않는군요. 황룡기를 모두 익힌 다음에는 어떨지 모르겠습니다만……”

“자네는 욕심이 많군.”

“예?”

“아닐세. 그저 무언가를 익히면 더 높은 곳을 향하는 자네의 자세가 좋아 보인다네.”

“감사합니다.”

운현이 고개를 숙였다.

“황룡기를 천천히 움직여 보게. 그러면 놀라운 사실 하나를 발견할 수 있을 것이야.”

미소를 지으며 자신에게 말하는 정 노인의 말대로 운현은 가부좌를 틀었다.

그리고는 중단전에 있는 황룡기에 정신을 집중하여 천천히 운기를 시작했다.

스와와!

작은 덩어리에 불과했던 황룡기에서 엄청나게 거대한 양의 기운이 뿜어져 나오기 시작했다.

기운은 운현의 인도에 따라 온몸을 한 바퀴 돌았다.

예전에 운기했던 때보다 더 많은 양이 움직였지만 운현의 혈도에는 큰 이상이 없었다.

“오옷!”

눈을 뜬 운현이 놀란 듯 소리를 질렀다. 단순히 황룡기 때문만이 아니었다.

"어떤가? 대단하지?"

"예, 정말 대단합니다! 움직이지 않던 하단전의 진기까지
도 자유자재로 움직일 수 있다니!"

"황룡기는 모든 것을 포용하며 중심에 있는 기운이네. 무
당의 진기라고 하여 포용하지 못할 것이 없네."

"그렇군요."

운현이 황룡기를 가지고 온몸 전체를 한 바퀴 돌렸다.

그러면서 평소에 하던 것처럼 습관적으로 하단전을 거쳤
다.

황룡기가 하단전에 진입하려는 순간, 운현은 내심 긴장되
었다. 아직 황룡기와 하단전의 기운이 만났을 때 어떤 반응을
보일지 알 수 없었기 때문이다.

그런 운현의 우려는 말 그대로 우려일 뿐이었다.

황룡기가 하단전에 들어가고, 충돌을 일으킬 줄 알았던 하
단전의 진기와 황룡기가 서로 섞이기 시작했다.

정확히 말하면 황룡기에 하단전의 진기가 스며들었다고
표현하는 것이 옳았다.

그렇게 해서 일 주천을 한 황룡기는 다시 중단전으로 돌아
갔고, 하단전에서 나왔던 진기는 다시 한 번 일 주천을 한 뒤
에 하단전으로 돌아갔다.

그 이후 운현은 하단전의 진기를 한 번 더 움직여 보았다.

혹시나 하고 시도해 본 것이었지만 놀랍게도 하단전의 진기는 운현의 인도에 따라 움직이고 있었다.

"아직 두 개의 구절밖에 풀지 못했는데, 과연 나머지 두 개의 구절을 풀게 되면 얼마나 거대한 기운이 제 몸속에 돌아다니게 될지 궁금하군요."

"후훗, 일단 두 개의 구절을 마저 풀기나 하게. 그렇게 되면 자연적으로 알게 될 것이니."

"알겠습니다."

운현의 대답을 듣고 정 노인은 미소를 지으며 밖으로 나갔다.

그가 나가고 운현은 가부좌를 틀고 앉아 다시 운기에 들어갔다.

시간은 계속해서 흘렀다.

처음 황룡기를 얻은 이후로 두 달이 더 지났다.

별다르게 한 일이 없음에도 불구하고 시간은 엄청나게 빠른 속도로 흘러갔다.

두 달이 지난 그때까지 운현은 아직까지 나머지 두 구절을 풀지 못하고 있었다.

처음 두 구절을 풀 때에는 쉽게 되었으나, 나머지 두 구절을 푸는 것은 아무리 시간이 지나도 실마리가 보이지 않자 운현은 조금씩 조급해지기 시작했다.

정 노인은 그런 운현을 볼 때마다 조급하게 생각하지 말고 천천히 하라고 했지만, 사람의 마음이라는 것이 한순간에 바뀌는 것이 아니었다.

"하! 도대체 그 구결의 의미는 무엇일까……."

운현이 중얼거렸다.

"강하고 날카로우며, 차분하고 냉철하다. 강하고 날카로우며, 차분하고 냉정하다……."

조용히 구결을 읊어보는 운현.

잠시 무언가를 생각하던 운현이 갑자기 자신의 머리를 벅벅 긁었다.

아무리 생각해 보아도 그냥 겉으로 드러난 의미밖에는 파악할 수가 없었다.

"어허! 조급해하면 모든 것이 수포로 돌아간다 하지 않았는가!"

어김없이 나타나는 정 노인. 운현이 그를 바라보았다.

"잘 모르겠습니다. 도대체 어디에서부터 실마리를 찾아야 하는 것인지 아무리 생각해도 모르겠습니다. 하루를, 열흘을, 한 달을 생각해도 모르겠습니다."

운현의 목소리에는 약간의 좌절감 같은 것이 묻어 있었다.

"초심이라 하지 않았는가. 자네, 처음 배울 때에도 이랬는가? 처음에는 이런 마음이 없지 않았는가?"

"그때에는 그저 외우기만 하면 되었습니다. 그리고 정해진 시간에 호흡만 하면 되었죠. 하지만 이것은 아니지 않습니까?"

운현의 목소리에는 힘이 없었다.

운현은 처음 무당에 들어가서 무공을 배우는 동안 한 번도 좌절감이라는 것을 느껴본 적이 없었다.

처음 진기를 느낀 것도 다른 아이들에 비해서 훨씬 더 빨랐으며, 모든 무공이 빠른 성취를 보였다.

그런 운현이었기에 지금 맛보는 이 기분은 낯선 것일 수밖에 없었다.

비록 두 달이지만 그 시간은 운현에게 실패감을 맛보게 하기에 충분한 시간이었다.

"아니라 하지 말게. 구룡지기를 익히는 방법에 정도란 없네. 어떤 방식으로 하든 상관없네. 그 뜻이 황룡지기의 구결과 일치하기만 하면 되는 것이야. 자네가 처음 풀어낸 두 구결 역시 내가 생각하지 못한 방법으로 익혔다 하지 않았는가?"

"그렇기는 합니다만……."

"모든 가능성을 열어두게. 구룡지기는 틀에 가두어서는 익힐 수 없다네. 아니, 이것도 일종의 틀과 같을 수 있겠군. 틀 안에 놓고 생각을 하든 틀 밖에 놓고 생각을 하든 모든 가능성을 염두에 두고 수련해야 하네. 내가 처음에 그랬었지. 쉬울 수도 있고 어려울 수도 있다고.”

운현은 고개를 끄덕였다. 이렇게 정 노인과 대화를 나누고 나니 조금은 마음이 안정되는 것도 같았다.

“움직여 보는 것도 좋을 것 같군. 가끔은 기분 전환도 필요할 테니까. 며칠 아무런 생각 없이 쉬는 것도 좋을 것이고.”

“알겠습니다.”

운현이 자리에서 일어났다.

일단은 정 노인의 말대로 며칠간 아무런 생각 없이 쉴 생각이었다.

‘그러다 보면 문득 떠오르는 것이 있겠지. 깨달음은 한순간이다.’

순간 ‘깨달음은 한순간이다’ 라는 청산의 말이 떠오르는 운현이었다.

第五章
정미현

다음날, 운현은 광장 한가운데에 구룡검을 들고 섰다.

오랜만에 초식 수련이나 한번 해보려는 마음이었다.

언제나 초식 수련을 할 때에는 머릿속에 초식 이외에는 다른 생각이 떠오르지 않았기 때문에 적어도 그것을 수련하는 동안에는 잡념을 떨쳐 버릴 수가 있었다.

가만히 서 있던 운현의 몸이 움직였다.

힘없이 그냥 휘두르는 것 같아 보였지만 한 번 휘두름의 끝에서 느껴지는 힘은 꽤 강한 힘을 담고 있었다.

"훅! 훅!"

얼마 시간이 지나지 않아 운현의 입에서 거친 소리가 흘러나왔다.

"후우―"

그렇게 검을 휘두르던 운현이 검을 멈추고 자세를 바로 했다.

한바탕 검을 휘두르고 멈춘 운현의 모습은 지친 기색이 아니었는데 그 짧은 시간에 내력을 한 바퀴 돌려 피로를 다스린 것이었다.

그러고 나자 운현의 몸은 딱 알맞게 풀려 있었다. 적당히 땀도 나고 달아오른 몸. 무엇이든 하기에 딱 좋은 상태였다.

"흐읍!"

운현이 다시 한 번 숨을 들이켰다. 그리고는 태극혜검을 일 초부터 차례로 펼쳐 내기 시작했다.

빠르다가도 느리고, 강맹하다가도 부드러운 검법이었다.

지이잉!

운현이 검에 내력을 주입했는지 검에서 진동음이 울렸다.

검명은 아니었지만 그것이라고 착각할 수 있을 정도로 큰 진동음이 광장에 울려 퍼졌다.

척!

그렇게 태극혜검을 펼치던 운현의 몸이 어느 순간 딱 멈추었다.

검은 아래 방향으로 사선으로 내린 상태였고, 운현의 시선은 검과 반대 방향인 좌측을 바라보고 있었다.

태극혜검의 마지막 동작이었다.

물론 실전에서는 이런 자세를 취하지 못하겠지만, 검법 수련을 할 때에는 이 동작을 취해야만 수련을 한 것 같은 기분이 드는 운현이었다.

"후우!"

심호흡하는 운현. 태극혜검 일초부터 마지막 구초까지 단 한 번도 숨을 내쉬지 않고 단번에 펼쳐 낸 운현이었다.

"멋진 검법이네."

"보셨습니까?"

운현이 자신에게 다가오는 정 노인에게 물었다.

"미안하네. 일부러 본 것은 아니야."

정 노인이 사과를 했지만 운현은 찜찜했다. 왠지 자신의 검법을 거저 준 것 같은 기분이었다.

"구룡의 무공에는 초식이 없습니까?"

"초식?"

"예, 초식 말입니다. 내공 구결 이외에 그것을 구현시킬 초식 말입니다. 예컨대 방금 전에 제가 펼쳤던 검법과 같은 것을 말하는 겁니다."

"없다네."

"그런데 어찌 강하다 할 수 있습니까?"

운현의 의문이었다.

방금 전 태극혜검을 펼칠 때 자신의 검법에 반응한 것은 하단전에 있는 내력뿐이었다.

중단전에 있는 황룡기는 약간의 반응도 없었다.

마치 겨울잠을 자는 곰처럼 웅크리고만 있을 뿐이었다.

진기의 위력이 아무리 강하다고 하여도 실제로 써먹을 수 없다면 아무짝에도 쓸모 없다고 할 수 있었다.

"의심하는 것인가?"

"솔직히 그렇습니다."

"왜 초식이 있어야만 강하다고 하는 것이지?"

"당연한 것 아닙니까?"

"왜 당연한가?"

"속으로만 강한 것은 그 누구도 알아주지 않습니다. 내력만으로 싸울 수 있습니까? 그럴 수 없습니다. 강한 내력을 겉으로 발출해야만 그 강함을 인정받을 수 있습니다."

"그것은 당연하겠지."

"그런데 초식이 없는 구룡의 무공을 어찌 강하다고 할 수 있느냐는 겁니다."

운현의 말은 거침이 없었다. 정 노인에게 끝없이 모든 것을 토해내라고 요구하는 눈빛이었다.

"자네는 왜 초식만이 강한 내력을 발출하는 수단이라 생각하는가?"

"……?"

"왜 강한 내력을 초식이라는 틀 안에 가두려 하느냐는 말일세."

"그, 그것은……."

운현은 뭐라 말을 해야 할지 알 수 없었다. 자신은 어릴 적부터 그렇게 배워왔다.

왜 내력의 강함을 초식을 이용해서만 내보내야 하는가?

그런 의문은 가져본 적이 없었다. 당연히 그런 것이었다.

"강한 힘은 밖으로 보이지 않아도 알 수 있는 것이네. 하지만 부득이하게 보여야 하는 경우가 있지. 그런 경우에는 이런 손짓 한 번이면 된다네."

퍼엉!

정 노인이 옆쪽 허공으로 손을 휘둘렀다. 그러자 순간 그리크지 않은 폭음이 공중에서 들려왔다.

공기를 격타하는 소리였다.

하지만 운현은 그것에 놀라지 않고 입을 열었다.

"하지만 그런 것은 누구나 다 그렇게 합니다. 단순히 자신의 힘을 보여야 할 때에는 아무도 초식을 사용하지 않습니다. 하지만 제가 말하는 것은 직접 부딪쳐 싸워야 할 때를 말함입니다."

"그때도 마찬가지네. 굳이 초식을 쓰지 않아도 돼. 예를 들어, 자네가 내 얼굴을 향해 공격했다고 가정해 보세. 그럼 난 당연히 그것을 피하겠지. 그리고는 당할 수만은 없으니 공격을 할 것이네. 그것은 그냥 '움직임' 일 뿐이야. 어떤 일정한 경로가 있는 초식이 아니라는 말일세."

"잘 이해가 가지를 않습니다."

초식이라는 틀만 배워온 운현으로서는 정 노인의 말이 잘 이해가 가지를 않았다.

"그럼 움직임이라는 것을 빼고 생각해 보세. 아니, 최소화해 보지. 자네가 나를 공격했네. 어디든 상관없어. 그런데 내가 그것을 피하지 않고 막았다고 가정을 해보지."

끄덕.

운현은 고개만 끄덕였다. 말을 끊지 않기 위해서였다.

"그런 상황에서 만약 내가 초식을 익혔다면 그것을 막기 위해서 보법이라는 것을 이용할 것이고, 검법이라는 것도 사용할 것이네. 그리고 이리저리 움직이겠지. 피하기 위해서, 막기 위해서."

"그렇겠지요."

"하지만 초식이 없는 사람은 어떻게 하겠는가?"

"글쎄요. 그냥 당하고 있어야 하지 않을까요?"

"아니지. 초식이 없어서 당했다고 하면 내가 자네에게 지금 이런 이야기를 하는 의미가 없지. 피하거나 막는 것은 똑같을 것이야. 하지만 그것이 초식과는 다르지. 초식이 없는 사람은 단순하게 생각할 것이야. 공격해 들어온다. 막아야 한다. 어떻게? 내 힘으로. 어떤 '방식' 으로? 당연히 손으로 막겠지. 검이나 다른 병기가 있다면 그것으로 막을 것이고. 그

러면 그 사람이 최후까지 쓴 방법은 그저 한 번의 휘두름뿐이
야."

"휘두름."

"그렇지. 단순한 움직임이지. 이것은 초식이라고 할 수 없
어. 단순한 동작이라네."

그의 말에 운현은 이해를 할 듯하면서도 아직은 잘 모르겠
다는 표정을 지었다.

"그럼 이런 것을 생각해 보지. 상대는 검법이나 권법 등
'초식'을 사용하는데 나는 초식이라는 것을 익힌 적이 없네.
할 줄 아는 것이라고는 그저 시정잡배의 주먹질밖에는 없어.
시정잡배의 주먹질이 무엇인지는 알겠지?"

"그럼요. 막싸움이라고 하던가요?"

"그렇지. 막싸움이야. 그것은 초식이 아니지. 그것밖에는
할 줄 아는 것이 없어. 아니, 그것도 아는 것이라기보다는 그
냥 팔이 붙어 있으니 주먹을 휘두를 줄 아는 정도라고 생각해
보지. 그런데도 상대를 이길 수 있어. 어떤가? 조금 알겠는
가?"

"예, 알 것도 같습니다."

"이것이 무초식이라네."

"무초식……."

언젠가 얼핏 들은 적이 있는 것 같았다.

무초식이 초식을 이길 수 있다…….

“그렇군요. 무초식……”

“그래, 무초식이네. 하지만 무초식은 그 경지가 높고 초식이라는 것을 버릴 수 있을 정도의 깨달음을 얻어야 가능하네. 머리로 아는 것과 마음으로 깨닫는 것과는 엄청난 차이가 있지.”

“물론 알고 있습니다.”

“그래, 그러면 되었네.”

“그럼 어르신은 무초식의 경지입니까?”

“아니. 난 무초식의 경지가 아니야.”

“……?”

“난 그저 무초식을 ‘흉내’ 만 내고 있을 뿐이라네. 그래, 흉내일 뿐이지.”

“흉내라……”

“그래, 흉내. 난 초식이 없지만 그렇다고 해서 내가 하는 것이 초식이 아니라고 할 수도 없는 것 같거든.”

“그런 것도 있습니까?”

“있네. 하지만 뭐라 말로 표현하기는 어렵군. 그것까지 신경 쓸 필요는 없네.”

“알겠습니다.”

“그럼 난 이만 낮잠이나 자러 가야겠네. 늙으니까 잠만 많아져서. 허허.”

정 노인이 뒷짐을 지고 모옥으로 천천히 걸어갔다.

그런 정 노인의 뒷모습을 바라보던 운현은 방금 전 들은 무초식이라는 것에 대해서 생각해 보기 시작했다.

운현의 생활은 전과 완전히 바뀌어 있었다.

황룡기에 대해 생각하고 구결 풀이에 주력했던 예전과는 달리 지금은 무당에서와 다름없이 초식 수련 이후에 시간을 내어 황룡기에 대해서 생각하는 시간을 가졌다.

그러다 보니 모옥 안에서보다는 광장에서 생활하는 시간이 더 많아졌다.

워낙 넓은 곳인 데다가 사람이라고는 세 명밖에 없고, 가끔 정미현이 수련 비슷한 것을 하는 것 같았지만 그녀 역시 수련을 많이 하는 것 같지는 않았다.

정 노인이 그렇듯이 그녀 역시 초식이라는 것을 익히지 않고 있기 때문이었다.

그러던 어느 날, 일찍 일어나 검을 들고 광장으로 나온 운현은 이미 먼저 나와 수련하고 있는 정미현을 볼 수 있었다.

그녀가 밖에서 수련하는 모습은 참으로 오랜만에 보는 것이었다.

'도대체 무슨 수련일까?

예전부터 가져왔던 궁금증이었다. 초식이 없으면 운기 이외에 다른 수련을 할 필요가 없을 것 같았다.

‘물어볼까?’

운현은 망설였다. 벌써 이곳에서 생활한 지도 꽤 오래되었는데 아직까지 운현은 그녀와 편하게 대화하며 지내는 사이가 아니었다.

운현이 생각을 하고 있는 사이, 정미현이 동작을 멈추곤 운현을 바라보았다.

그리고는 몸을 돌려 자신의 거처로 돌아가려 하였다.

아마도 자신이 수련하고 있기에 운현이 수련을 하지 못하는 것이라고 생각한 모양이었다.

“아, 잠깐만요!”

그런 그녀의 모습에 운현은 황급히 그녀에게 다가갔다.

“저 때문이라면 상관없으니 계속 수련해도 돼요.”

“아닙니다. 충분히 했습니다.”

대답한 정미현이 다시 몸을 돌려 돌아가려 할 때, 운현의 목소리가 다시금 그녀의 발목을 붙잡았다.

“한 가지 물어볼 것이 있는데…….”

“뭐죠?”

“무슨 수련을 하는 것이죠? 어르신께 듣기로는 분명 초식이 없다고 들었는데, 오늘 슬쩍 보아하니 매일 똑같은 동작을 수련하는 것 같아서요. 그렇다고 해서 무슨 무공 초식 같지도 않고…….”

“알려드려야 하나요?”

“예? 아, 그것이······.”

운현은 당황했다. 사실 알려주지 않아도 상관은 없지만 그렇다고 이렇게 대답할 줄은 몰랐던 것이다.

“원래 성격이 그렇게 차가워요?”

“예?”

“원래 그렇게 무뚝뚝하고 차갑고 대답도 짧고 그러냐고요.”

“무슨 의미죠?”

“황룡지기를 익혔으면서 성격이나 행동은 전혀 그런 것 같지 않아서 말이죠.”

“황룡지기와 성격과는 아무 관계가 없습니다.”

“그런가요?”

“당연합니다.”

정미현이 다시 몸을 돌렸다. 하지만 오늘은 작정을 한 것인지 운현이 다시 입을 열었다.

“알려주지 않을 건가요?”

“자꾸 무엇을 알려달라는 것이죠?”

“무엇을 수련하는 것인지 물었잖아요.”

“그러니까 그것을 대답해 드려야 하느냐고 다시 물었습니다.”

“예, 해주세요. 꼭 그럴 필요는 없지만 듣고 싶네요.”

“꼭 그럴 필요가 없다면 하지 않겠습니다.”

“예?”

“꼭 대답해야 할 필요는 없다면서요.”

“그것은 그렇지만…….”

“그럼 전.”

쌀쌀맞게 대답한 정미현은 몸을 돌려 자신의 거처로 돌아갔다.

그런 그녀를 운현은 아쉽다는 표정으로 바라보았다.

그러다가 이내 고개를 한 번 젓고는 검법 수련을 시작했다.

그렇게 세 시진 정도 쉬지 않고 수련했다.

운현의 몸은 땀으로 범벅이 되어 있었고, 표정은 그 어느 때보다 진지했다.

정미현과 대화를 나눌 때에는 어느 정도 표정에 여유가 있고 장난기 같은 것이 보였지만, 지금 운현의 얼굴에는 오로지 ‘진지’ 라는 글자밖에는 보이지 않았다.

그런 그의 모습을 지켜보고 있는 사람이 있었으니, 세 시진 전에 거처로 돌아간 정미현이었다.

무슨 수련인지는 모르겠지만 수련을 마친 후 그녀는 한 시진 정도 휴식을 취했다.

그리고는 창밖으로 눈을 돌렸는데, 수련을 하고 있는 운현의 모습이 보였다.

어차피 초식이라는 것이 필요없는 그녀로서는 운현의 수련에 별다른 흥미가 없었지만 왠지 모르게 자꾸 그쪽으로 눈길이 갔다.

그렇게 두 시진이 지난 지금까지 계속해서 지켜보고 있었다.

"이제는 마음을 여는 것이 어떻겠느냐?"

"글쎄요."

정 노인의 물음에 정미현이 짧게 대답했다.

"저만 하면 쓸 만하지 않더냐? 성격도 괜찮은 것 같고, 생긴 것도 꽤나 잘생긴 얼굴이고. 게다가 실력도 좋은 것 같더구나."

"저는 아직 잘 모르겠어요."

대답을 하면서도 정미현은 운현을 관찰이라도 하겠다는 듯이 계속해서 바라보았다.

정미현은 머리가 복잡했다.

비록 부모님이 일찍 돌아가시기는 했지만 어릴 적 어머니께 들은 이야기가 있었다.

소녀 시절의 이야기와 서로 좋아하고 연애하는 이야기 같은 것이었다.

그녀의 어머니와 아버지 역시 그런 과정을 통해서 혼인했다고 했다.

그런 이야기를 들으며 정미현은 어려서부터 미래에 자신

과 연애하고 서로 좋아하며 지낼 사람에 대해서 생각하며 자랐다.

그런데 갑자기 나타난 저 남자와 혼인이라니…….

정미현의 어린 시절 즐거웠던 꿈 중 하나가 무너지는 순간이었다.

"왜죠? 왜 제가 저 남자와 혼인을 해야 하는 거죠?!"

운현이 처음 왔던 날 정 노인에게 그 말을 듣고 흥분하여 했던 말이다. 한 번도 소리라는 것을 질러본 적이 없는 정미현이 흥분할 정도로 그녀에게는 그 꿈이 굉장히 소중한 것이었다.

"그것은 네 운명이다. 유일하게 황룡기를 가지게 되는 여인에게만 해당되는 운명이지. '황룡기를 익힌 여식은 구룡검의 주인과 하나되리라'. 이것이 운명이다."

"운명, 그 운명은 도대체 뭐죠?! 왜 제 혼인조차도 스스로 결정할 수 없는 것이냐는 말이에요!"

그런 정미현을 정 노인은 그저 안타깝게 바라볼 수밖에 없었다.

"잘 생각해 보아라. 운명은 거스를 수 없는 법. 어차피 그리해야 한다면 호감을 가지도록 해보는 것도 좋을 것이야."

정 노인의 말에도 그녀는 고개를 돌린 채 계속해서 창밖만 내다보고 있었다.

"나는 마을에 좀 다녀오마. 저 녀석이 온 뒤로 식량 줄어드는 속도가 빠르구나.”

“…….”

정 노인이 밖으로 나가고 자리에서 일어난 정미현은 그대로 침상에 가서 몸을 뉘었다.

‘내 낭군님이라니…….’

아직도 그 사실을 받아들이기 어려운지 정미현은 고개를 한 번 젓고는 눈을 감았다.

그런 사실도 모르고 운현은 그저 수련에만 열중해 있었다.

‘강하고 날카롭다.’

황룡기의 한 구결이다.

운현은 그 구결의 실마리를 전혀 예상하지 못한 곳에서 찾고 있었다.

바로 태극혜검의 수련을 통해서였다.

태극혜검은 빠름과 느림, 강함과 부드러움을 고루 담고 있는 검법이었다.

검법을 수련하면서, 검법에 대한 운현의 이해가 조금씩 높아지면서 운현은 태극혜검 속에 깃들어져 있는 ‘강함’에 대해서도 조금씩 이해하기 시작했다.

운현은 가부좌를 틀고 앉았다. 무언가 떠오를 것 같을 때에는 언제나 가부좌를 틀고 앉아 정신을 집중하는 운현이었다.

‘강(强). 강이라는 글자는 굳세다, 힘이 있는 자, 성하다, 세 차다라는 뜻을 가지고 있는 글자다.’

그런데 어떻게 기운을 세차게 만들어야 할까?

초식이나 겉으로 내뿜는 기운을 강하게 만드는 것은 쉽다. 하지만 내기 자체를 강하게 만들 수 있을까?

‘아니야. 기운을 강하게 만드는 것이 아니다. 기운을 단순히 강하게 변형시키는 거야.’

운현은 황룡기를 건드렸다. 그 순간 황룡기가 움찔거렸다.

마치 자고 있는 사람을 쿡 찌르면 움찔하는 것처럼.

운현은 조금 더 세게 건드려 황룡기를 자극했다. 그에 황룡기 역시 조금 더 큰 반응을 보였다.

‘강하려면 사납고 거칠어야 한다.’

언젠가 사부한테 들은 말이다. 그러면서 자신에게는 사납고 거친 면이 부족하다는 지적도 받았었다.

황룡기를 건드리면서 그런 생각을 하던 운현은 순간 상념에서 깨어났다.

황룡기가 점점 귀찮아하는 것 같은 반응을 보였기 때문이다.

‘자는데 귀찮게 깨우지 마!’

황룡기가 외치는 소리가 들리는 것 같았다. 하지만 운현은 계속해서 건드렸다. 그러다가 결국,

화아아악! 푸슈슈슈!

황룡기에서 엄청난 기운이 뿜어져 나왔다. 그리고는 화가 난 듯 온몸을 빠른 속도로 돌기 시작했다.

‘큭!’

어느 정도 거친 모습을 원하기는 했지만 이건 좀 심하다는 생각이 들었다.

통제를 하려고 하단전에 있는 기운을 움직여 다가가도 예전처럼 받아들이지를 않았다.

그냥 튕겨내기만 하는 황룡기였다.

운현은 결국 황룡기에 직접 손을 대려 하였다. 하지만 그것도 쉽지 않았다.

황룡기를 다독이려 하면 할수록 반항이라도 하듯이 황룡기는 더욱더 포악하게 움직였다.

“큭!”

결국 바깥으로도 신음 소리를 내뱉는 운현이었다.

‘무슨 일이지?’

잠시 휴식을 취하다가 작게 울리는 신음 소리를 들은 정미현은 창밖을 바라보았다.

창밖에 보이는 광장 중앙에서는 운현이 가부좌를 틀고 운기를 하고 있었다.

‘잘못 들었나?’

“크흑!”

다시 몸을 돌리려고 하였을 때 정미현의 귓속으로 다시 한 번 신음 소리가 파고들었다.

정미현은 다시 한 번 운현을 자세히 바라보았다. 먼 거리라 잘 보이지는 않았지만 보통 때와는 상태가 조금 다른 것 같았다.

끼이익!

결국 정미현은 운현의 상태를 보기 위해 문을 열고 광장 중앙으로 다가갔다.

"어?!"

가까이 다가가던 정미현은 어느 순간 더 이상 앞으로 갈 수가 없었다.

운현의 몸에서 뿜어져 나온 기운이 장막 같은 것을 만들어 놓고 더 이상 접근하는 것을 막고 있었기 때문이다.

'이것은… 황룡기?

정미현이 느끼는 운현의 기운은 익숙한 것이었다. 황룡기, 그녀 역시 익히고 있는 기운이었기에.

'무엇 때문에 이렇게 화가 난 것이니?

정미현이 속으로 물었다. 하지만 그렇다고 해서 상황이 달라지지는 않았다.

오로지 운현 스스로가 해결해야만 하는 일이었다.

정미현은 장막 안에서 땀을 흘리며 힘들어하고 있는 운현을 가만히 바라볼 수밖에 없었다.

그녀의 시선이 자신에게 향하고 있다는 사실도 모른 채 운현은 오로지 난폭하게 날뛰고 있는 황룡기와 씨름하고 있었다.

황룡기는 말 그대로 제멋대로 날뛰고 있었다.

길들이던 견공이 미쳐 날뛰듯 온몸 이곳저곳을 날뛰며 기혈을 망가뜨리고 있었다.

"크흑!"

운현의 입에서 다시 한 번 신음 소리가 터져 나왔다. 황룡기도 황룡기지만 황룡기가 엉망으로 만들어놓은 혈도에서 오는 고통을 참아내기가 어려웠기 때문이다.

'달래야 한다!'

고통 속에서도 운현은 이를 악물고 생각했다. 지금 달래지 못하면 정말 목숨을 잃을지도 몰랐다.

'제발 말 좀 들어라!'

운현은 험악하게 날뛰는 황룡기를 조금 더 거세게 다루었다. 강한 힘을 더욱더 강한 힘으로 억누르듯이 난폭한 황룡기에 힘으로 대항했다.

그런 운현의 변화를 알았기 때문일까. 황룡기가 더욱더 거세게 반항하기 시작했다.

하지만 운현 역시 어떤 위험이라도 감수하겠다는 생각으로 황룡기를 다루었다.

그 덕분인지 황룡기의 움직임이 점점 운현의 통제에 따르기 시작했다.

제멋대로 움직이던 황룡기의 흐름이 점차 운현이 이끄는 대로 움직이기 시작했으며, 그 속도 역시 많이 느려지고 있었다.

그와 함께 운현의 주변에 쳐져 있던 장막이 걷혔다.

‘다행이다……’

그 생각을 마지막으로 운현은 그대로 쓰러졌다.

장막이 걷히고 운현의 상태를 관찰하기 위해 잠시 서 있던 정미현은 갑자기 운현이 쓰러지자 깜짝 놀라며 다가갔다.

그리고는 안색을 살피고 손목의 맥을 짚어 기의 흐름을 살펴보았다.

“휴~”

다행스럽게도 큰 이상은 없는 것 같아 정미현은 안도의 한숨을 쉬었다.

순간, 운현이 무사하여 안도의 한숨을 쉬는 자신의 모습에 살짝 놀랐다.

‘일단 사람의 목숨은 중요한 거니까……’

그녀는 그런 자신의 행동을 정당화하고는 쓰러진 운현의 곁에서 그의 모습을 내려다보고 있었다.

이번에는 조금 무리를 한 탓인지 운현은 쉽게 깨어나지를 못했다.

정 노인의 말로는 잠을 자고 있는 것이라 했는데 정미현이 보기에는 자고 있는 것이라기보다는 그냥 정신을 잃고 있는 것같이 보였다.

그렇게 닷새가 지난 오늘 운현은 아직도 자고 있었다. 거친 황룡기를 억누르고 순종시키는 일에 엄청난 심력과 정신력을 쏟아 부었기 때문이다.

정미현은 운현의 침상 옆에 앉아서 그를 바라보고 있었다. 운현이 쓰러진 닷새 동안 계속해서 간호를 하지는 않았지만 매일 한 번씩 와서 그렇게 앉아 있다가 가는 그녀였다.

오늘 역시 운현의 곁에 와서 근심스런 얼굴로 지켜보고 있다가 그냥 일어서는 그녀였다.

"걱정되느냐?"

정미현이 운현의 모옥 밖으로 나가자 기다리고 있던 정 노인이 정미현에게 물었다.

"눈앞에서 쓰러진 사람이 닷새가 되도록 못 일어나고 있으니 조금은 걱정이 되네요."

"그러냐?"

정 노인은 미소를 지었다. 정미현의 속마음은 어느 정도 운현에게 호감을 가지고 있었다.

그것을 아는 정 노인이었지만 겉으로 내색하지 않고 있을 뿐이었다.

"저렇게 허약해서 어디에 써먹을는지……."

지나가면서 혼잣말로 중얼거리는 정미현이었다. 그 말을 들은 정 노인은 그저 그녀의 뒷모습을 바라보며 미소만 지을 뿐이었다.

第六章
출기(出氣)의 단계

운현이 깨어난 것은 그로부터 이틀이 더 지난 다음날이었다.

"으음……."

작은 신음 소리와 함께 눈을 뜬 운현은 눈앞이 희미하게 보였다.

어떤 사람이 자신을 내려다보고 있다는 사실은 알고 있었지만, 아직 시야가 완벽하게 돌아오지 않아 정확하게 알 수가 없었다.

'누굴까? 정 소저? 아니면 어르신?'

내심 정미현이었으면 하고 바라는 운현이었다.

내려다보고 있던 사람은 정미현이었다. 운현의 곁에 앉아 있던 그녀는 운현의 입에서 신음 소리가 나오자 자리에서 벌떡 일어나 조금 더 자세히 그를 바라보았다.

살짝 눈이 떠지는 것을 확인한 그녀는 잠시 그를 바라보고 있다가 정 노인을 부르기 위해 밖으로 나갔다.

잠시 후, 운현의 시야가 완전히 돌아왔는데 자신의 눈에 비친 사람은 정 노인이었다.

'정 소저가 아니었나······.'

눈을 뜨고 처음으로 본 사람이 정미현이 아닌 정 노인이라는 사실에 약간 아쉬움을 느끼는 운현이었다.

"정신이 들었는가? 몸은 괜찮은가?"

"예, 괜찮은 것 같습니다."

"일단 누운 상태로 확인해 보게. 황룡기는 한번 포악해지면 쉽게 그 성정을 버리지 않는다네."

"그렇게 하지요."

누운 상태에서 운현은 황룡기의 움직임을 느끼기 시작했다.

예전처럼 중단전에 가만히 있지 못하고 온몸을 돌아다니는 황룡기였다.

그렇다고 해서 처음 난폭해졌을 때처럼 마구잡이로 돌아다니거나 헤집고 다니지는 않았다.

다만 그 움직임이 전보다 약간 거칠 뿐이었다.

"자네의 생각이 틀린 것은 아니었네. 강한 힘을 얻으려면 어느 정도 난폭하고 거칠 필요가 있지. 하지만 그것은 대단히 위험한 일이야."

"그렇더군요."

운현은 난폭해진 황룡기에 의해 느꼈던 엄청난 고통을 떠올리자 절로 몸이 부르르 떨렸다.

"황룡이 아무리 모든 것을 포용하고 부드러운 용이라고는 하지만, 용은 용이라네. 쉽게 그 성질을 건드리는 것은 좋지 않아."

"저도 뼈저리게 느꼈습니다."

대답을 한 운현은 황룡기를 떠올려 보았다.

황룡기는 황룡의 성질과 비슷한 '기운' 일 뿐이다. 그런데 진짜 황룡이라도 되는 것처럼 난폭해지기도 하고 움직이지 않을 때도 있다는 사실에 신기하면서도 놀라웠다.

"황룡기를 단순히 기운이라고만 생각해서는 안 되네. 자네는 지금 작은 황룡을 몸속에 가지고 있는 것이야. 아무리 작아도 용이네."

"알겠습니다."

"그럼 조금 더 쉽게. 이제 정신을 차렸다고 하여도 완벽하지는 않을 것이야. 지금 상황에서 황룡기의 치유 능력을 기대하기는 어려울 것이네."

“그렇게 하겠습니다.”

정 노인이 몸을 돌렸다. 그런 그를 운현이 붙잡았다.

“그런데 어르신.”

“음?”

“아까부터 계속 이곳에 계셨습니까?”

“그렇네만?”

“아, 아닙니다. 알겠습니다.”

“그럼 쉬게.”

그 말을 뒤로하고 정 노인은 모옥을 나섰다.

‘아니구나……’

혹시나 하는 생각에 정 노인에게 한 번 더 물었지만 그의 입에서 나온 말은 운현이 기대한 것이 아니었다.

그가 나가고 운현은 그냥 다시 눈을 감았다.

세 번째 구결을 풀어낸 이후 황룡기가 변했다.

전에는 그저 웅크리고 있으면서 운현의 부름에 응답하는 수동적인 모습을 보였다면, 지금은 능동적으로 온몸 구석구석을 돌아다니고 있었다.

게다가 그 움직임이 잘 닦여진 관도가 아닌 거친 시골길과 같은 느낌을 줄 정도로 거칠었다.

그런 황룡기를 느낄 때마다 속이 조마조마한 운현이었지만, 다행스럽게도 운현에게 한풀 꺾였기 때문인지 큰 문제는 일으키지 않았다.

그렇게 며칠이 지나서야 운현은 안도의 한숨을 내쉴 수 있었다.

"황룡기는 기본적으로 자신을 불러낸 사람에게 순종적이기 마련이야. 그러니 큰 걱정은 하지 않아도 돼."

참 빨리도 말해주는 정 노인이었다. 요 며칠 동안 조마조마한 운현의 모습을 보면서 얼마나 즐거워했을지 눈에 선했다.

"그것을 왜 이제야 말씀해 주시는 겁니까?"

"뭐, 그런 자네 모습을 보는 것도 나쁘지는 않았네. 후후."

처음 보는 정 노인의 모습이다. 언제나 필요한 순간마다 나타나 도움을 주던 정 노인이었기에 지금과 같은 모습은 적응하기 어려웠다.

"이런 면도 있으십니까?"

"나, 원래 이렇다네."

"지금까지는 안 그러셨잖습니까."

"뭐, 조금 친해졌다는 의미로 받아들이게. 친해진 사람에게 딱딱하게 구는 것도 별로 재미없는 일 아닌가?"

"적응하기 힘들군요."

"이제 적응하게 될 것이야."

정 노인의 대꾸에 운현은 못 이기겠다는 듯 고개를 설레설레 저었다.

"아무튼 이제 구절 하나만 더 풀면 되겠군요. 그렇게 되면 출기의 단계로 접어드는 것인가요?"

"그렇지. 출기의 단계야. 황룡지기를 익히는 세 단계 중 첫 번째 단계로 접어드는 것이지."

"황룡기가 몸 안에 있음에도 아직 첫 번째 단계가 아니라니까 조금 이상한 기분이 드네요."

"그렇겠지. 하지만 생각해 보게. 일반적인 내공 심법에도 일성이니 이성이니 하는 것이 있네. 내력이 생겼다고 해서 그것을 일성이라고 하나?"

"그것은 아니지요."

"그렇지. 그것과 같은 이치라네."

"알겠습니다."

"빨리 마지막 구절을 풀어야 할 것이야. 지금 상태의 황룡기가 크게 문제 되는 것은 아니지만 한쪽으로 치우치게 되면 어떤 것이 되었든 간에 위험하다네."

"알겠습니다. 저도 대충 느낌은 오는군요."

"그럴 테지. 다시 한 번 말하지만 깨달음이라는 것은……."

"한순간이죠."

"그렇지."

정 노인이 미소를 지었다.

"그럼 쉬게. 난 마을에 좀 다녀와야겠네."

"아, 전부터 궁금한 것이 있었는데 말입니다."

"뭔가?"

"도대체 마을에 가서 무엇을 하십니까?"

"먹고살아야 할 것 아닌가?"

"일하십니까?"

"비밀일세. 훗."

그 말을 남기고 정 노인은 밖으로 나갔다. 그런 그의 뒷모습을 운현은 멍한 표정으로 바라볼 수밖에 없었다.

그날부터 운현은 마지막 구절을 풀기 위해 노력했다.

이번에는 세 번째 구결 때와는 다르게 조급해하지 않았다. 세 번째 구결도 의도하지 않은 상태에서 풀었던 만큼 이번에도 저절로 풀릴 것이라 생각한 것이다.

'냉철함. 불같고 거칠며, 강한 성정을 제압할 수 있는 힘이다.'

운현이 한 생각은 그것이었다.

정 노인이 자신에게 했던 말 중 빨리 네 번째 구결을 풀어야 할 것이라며, 한쪽으로 치우치게 되면 어떠한 것이든 위험할 것이라는 말에서 감이 온 것이었다.

'한쪽으로 치우침이 없게 하려면 지금의 성정과 반대되는 무언가가 필요하다. 지금의 황룡기를 양이라 한다면, 음의 성질을 찾아야 하는 것인가?

다시금 무당에서 배운 것과 연결시켜 생각해 보는 운현이었다.

활발하고 거친 성격을 양이라 한다면, 차분하면서 냉철한 성정은 음이라 할 수 있다.

지금 황룡기는 양의 기운에 크게 치우쳐 있다고 볼 수 있다. 그런 황룡기를 조금 더 잠잠하게 만들고 예의 평정심을 찾게 만들려면 그와 반대되는 음이라는 것을 찾아야 했다.

'태극, 태극이다. 음과 양이 갈라져 나오는 태극에서 시작하는 거야.'

거기까지 생각한 운현은 명상에 들어갔다. 이제는 머리로 생각하기보다는 마음으로 느끼고 깨달아야 하는 부분이었다.

그렇게 운현은 점점 더 깊은 무의식 속으로 빠져들어 갔다.

'점점 더 기운이 익숙해져 가고 있어.'

거처 안에 있던 정미현은 밖에서 느껴지는 익숙한 기운에 창밖을 내다보았다.

광장의 중앙에 앉아 있는 운현. 방금 전 정미현이 느낀 익숙한 기운은 분명 운현의 몸에서 나온 것이었다.

떨어져 있는 타인이 익숙하게 느낄 정도라면 운현이 익힌 황룡기가 어느 정도의 수준에 올랐다는 것이다.

"훗!"

갑자기 정미현이 웃음을 터뜨렸다. 무엇이 그리 재미있는지 웃음을 그칠 줄 몰랐다.

‘과연 그때에는 어떤 반응을 보일까?’

흥미로운 장난감을 발견한 아이마냥 즐거운 표정으로 창 밖의 운현을 바라보던 그녀가 움직였다.

끼이익!

문이 열리고 밖으로 나와서는 광장 중앙에 가부좌를 틀고 앉아 있는 운현을 향해 똑바로 걸어가기 시작했다.

운기를 하고 있는 상황은 아니지만 명상 중에 깨우는 것은 깨달음을 방해할 수도 있기 때문에 굉장히 위험한 일이라 할 수 있었다.

정미현은 운현의 맞은편에 쪼그리고 앉았다.

“다 알아요. 눈 뜨시죠.”

명상을 하고 있는 운현에게 들리기나 할까?

번쩍!

하지만 놀랍게도 운현은 눈을 떴다.

사실 정미현이 광장 중앙으로 다가올 때부터 운현은 명상에서 깨어 있었다.

아까 분명 정 노인은 마을에 간다고 한 상황이었으니 자신에게 다가올 사람은 정미현 한 사람뿐이었다.

“에… 무슨… 일로?”

운현이 얼굴을 붉히며 더듬거렸다. 지금까지 이곳에서 생활한 몇 달 동안 이렇게 얼굴을 가까이 한 적이 없었던 까닭이다.

"이제 황룡기에 많이 익숙해져 가는 것 같아서요."

정미현이 얼굴을 뒤로 빼며 대답했다.

"그래요? 황룡기에 익숙해져 간다고요?"

"예, 예."

이번에는 운현이 얼굴을 앞으로 내밀며 물었다. 방금 전까지 쑥스러워서 얼굴을 붉히던 운현은 온데간데없었다.

오직 황룡기에 익숙해져 간다는 말에 기뻐하는 운현만 있을 뿐이었다.

'굉장히 좋아하네?'

그녀의 생각처럼 운현은 굉장히 좋아했다. 일단 정 노인은 칭찬이라는 것을 해준 적이 없었다.

한 단계를 돌파하고 나면 항상 다음 과제를 상기시킬 뿐이었다.

그러니 한 단계를 돌파할 때마다 운현이 느끼는 것은 그저 다음 단계에 대한 막막함뿐이었다.

그런데 이렇게 단 한 마디이지만 칭찬을 듣고 나니 조금이지만 성취감을 느낄 수 있었다.

게다가 아름다운 미녀가 칭찬을 하는데 기뻐하지 않을 남자는 없었다.

"그렇군요. 역시… 조금씩 황룡기에 익숙해져 가고 있는 것이었어."

운현이 정미현에게 하는 말인지 혼잣말인지 모를 말을 내뱉었다. 그리고는 완전히 그것에 도취되어 갔다.

'하긴… 할아버지는 칭찬을 잘 안 하시니까…….'

자신이 처음 황룡기를 배울 때에도 그랬다. 자신에게 칭찬을 한 적이 거의 없었다.

칭찬을 했을 때라고는 두 번째 단계인 흥기(興氣)의 단계에 도달했을 때뿐이었다.

"그런데 정 소저도 황룡기를 익혔나 보죠?"

"네? 아, 네. 저도 익혔어요."

"어디까지 익혔어요?"

운현의 눈은 초롱초롱 빛나고 있었다. 정미현에 대한 관심이기도 했지만 자신이 익히고 있는 황룡기에 대한 호기심이었다.

"저는 두 번째 단계인 흥기의 단계까지 익혔어요."

"흥기의 단계요? 그것이 두 번째 단계라고요?"

"예. 몰랐나요?"

"예, 몰랐어요."

이번에는 의아한 표정을 짓는 그녀였다. 자신에게는 황룡기의 단계인 세 단계를 전부 알려주고 수련을 시켰던 할아버지이다.

당연히 운현에게도 이야기를 해주었을 것이라 생각했는데 그것이 아니었나 보다.

"할아버지께서 말씀을 안 하신 모양이네요. 거기에 대해

제가 뭐라 말할 수는 없겠군요. 분명 무슨 이유가 있으셨을 거예요.”

정미현의 대답에 운현은 아쉬운 표정을 지었다.

옛날과 똑같았다. 무당에 처음 입문하여 무공에 대해서 배울 때와 달라진 것이 아무것도 없었다.

아니, 조금은 변했다. 무공이라는 것에 대해서 어느 정도 인식을 하고 성취에 대한 아쉬움을 느낀다는 점이 달라진 점이었다.

하지만 그 이외 모든 면에서는 바뀐 것이 없었다.

“그렇군요. 알겠어요.”

운현이 시무룩한 표정으로 자리에서 일어났다. 자리에서 일어나는 운현은 힘이 없어 보였다.

운현이 그런 모습을 보이자 정미현은 괜히 미안한 마음이 들었다. 마치 자신이 엄청난 잘못을 한 것 같은 느낌이었다.

“휴~ 알았어요. 알려드리죠.”

‘됐다!’

정미현의 대답에 속으로 회심의 미소를 짓는 운현이었다. 이 방법 역시 어릴 적 사부가 무언가를 잘 가르쳐 주지 않을 때 써먹었던 방법이다.

“그래도 되겠어요? 괜히 할아버지께 혼나는 건 아닌가요?”

한 번 튕겼다. 너무 반기는 기색을 보이면 안 될 것 같았기 때문이다.

"괜찮아요. 어차피 시간이 지나면 알게 될 것인데요."

"그럼 그렇게 하죠."

운현은 슬그머니 다시금 자리에 앉았다. 운현이 앉자 정미현이 입을 열었다.

"황룡지기를 익히는 데에는 총 세 단계가 있어요. 첫 번째 단계는 출기의 단계이고, 두 번째 단계는 홍기의 단계, 세 번째 단계는 공기(空氣)의 단계라고 하지요."

"홍기의 단계는 어르신께 들었고, 두 번째 단계인 홍기의 단계는 방금 전 소저에게 들었습니다. 세 번째 단계는 처음이군요."

"그럴 거예요. 첫 번째 단계에 근접하였으니 할아버지께서 말씀을 하셨겠죠. 그리고……."

말을 하다 말고 정미현이 운현을 바라보았다. 아니, 정확히 말하면 운현의 뒤쪽을 바라보고 있었다.

"왜요? 뭐가 있… 히익!"

정미현이 뒤쪽을 바라보고 말을 끊자 운현이 뒤를 돌아보았다. 그리고는 깜짝 놀랐다. 정 노인이 서 있었기 때문이다.

언제나 기척도 없이 조용히 나타나는 것이 마치 무슨 귀신이 등장하는 것 같았다.

“더 이상은 말하지 말거라.”

“…예.”

정미현은 작게 대답했다. 그러자 정 노인이 조금은 싸늘한 눈빛으로 운현을 바라보았다.

“때가 되면 다 알게 될 것이네. 그러니 조급하게 생각하지 말고 네 번째 구결부터 풀게. 그렇게 해서 첫 번째 단계인 출기의 단계에 접어들게 되면, 그 다음 단계인 흥기와 공기의 단계까지도 다 말해주겠네.”

“어차피 첫 번째 단계가 되면 알 수 있는 것인데 지금 알면 안 되나요? 이제 고작 한 구결 남았다고요.”

운현의 말에 정 노인의 표정이 굳었다. 그 모습에 정미현은 숨을 죽였고, 운현 역시 움찔하며 그를 바라보았다.

“고작 한 구결이라고?! 그 구결을 푸는 데 단 하루가 걸릴지, 아니면 십 년이 걸릴지 네가 어찌 아느냐!”

정 노인이 호통을 쳤다. 지금까지 이렇게 화를 내는 정 노인의 모습을 본 적이 없었기에 운현은 두려운 마음이 들었다.

“죄송합니다.”

“매 순간마다 최선을 다해야만 뚫을 수 있네! ‘고작’과 같은 생각은 안 돼! 잘못된 생각도 아니고, 틀린 생각일세! 절대로 해서는 안 되는 생각이야! 그 정도로 황룡지기는 만만치 않고 구룡검의 주인이라는 운명은 가볍지 않은 것이란 말일세!"

"명심하겠습니다."

운현의 몸이 부들부들 떨리고 있었다. 정 노인의 몸에서 무형의 기운이 뿜어져 나오고 있었기 때문이다.

특별히 내력을 끌어올린 것 같지는 않았지만, 단순한 노기로 이 정도 기운을 뿜을 수 있다는 사실에 운현은 놀라고 있었다.

"할아버지, 그만 하세요."

보다못한 정미현이 일어나 정 노인을 말렸다. 그러자 정 노인이 이번에는 정미현을 바라보며 사납게 말을 이었다.

"너도 조심하여라! 너는 구룡검의 주인을 따라야 할 몸이다! 구룡검의 주인이 그저 그런 존재가 된다면 너도 위험하다! 그것은 너에게도 저 아이에게도 결코 좋은 일이 아니야!"

"알았어요. 그러니 들어가요."

정 노인은 정미현과 운현을 한 번씩 노려본 후 집 안으로 들어갔다.

정 노인의 말 중에서 정미현이 구룡검의 주인을 따라야 한다는 말을 운현이 정상적인 상태에서 들었다면 무언가 더 따지고 들었겠지만 운현은 지금 그럴 수 있는 상황이 아니었다.

정 노인의 처음 보는 모습에 놀랍기도 하고 두렵기도 했으며, 그의 말을 듣고 자신의 운명이 자신에게 가져다준 무게가 새삼 무겁게 느껴지고 있었다.

그와 함께 가슴속이 무겁고 답답한 것이 숨 쉬기도 힘들었다.

심마가 오고 있는 것이었다.

"일어나세요. 오늘은 그만 들어가시는 것이 좋을 것 같네요."

운현의 마음을 어루만져 주는 그녀의 목소리. 그 목소리에 운현은 자리에서 일어났다.

"예, 그렇게 하지요."

말과 함께 운현이 약간 멍한 표정으로 몸을 돌렸다. 그리고는 천천히 자신의 모옥으로 걸어가기 시작했다.

그런 운현의 뒷모습을 안쓰럽게 바라보던 정미현 역시 정 노인이 향한 거처로 발길을 돌렸다.

그렇게 며칠이 지났다.

그날 이후, 운현은 자신의 모옥에서 움직이지 않았다. 식사 역시 정미현이 모옥 안으로 가져다주었으며, 운현은 그저 창 밖만 내다보며 멍하게 있을 뿐이었다.

그래 봤자 창밖으로는 광장만 보일 뿐이었지만.

그렇게 하루가 더 지나고, 운현이 처음으로 모옥 밖으로 나왔다. 표정이 조금은 밝아진 것이 어느 정도 심적 부담감을 덜어낸 것 같았다.

“나오셨군요.”

“예.”

정미현이 다가왔다. 예전 같으면 자신에게 다가오거나 말을 거는 정미현을 보며 쑥스러워했을 운현이었지만 지금은 아니었다.

“정 소저.”

“네.”

운현이 진지하게 그녀를 불렀고, 그녀 역시 달라진 운현의 분위기에 맞추어 대답했다.

“구룡검의 주인이라는 것이 이렇게도 무거운 것이었나요?”

정미현은 운현을 바라보았다. 처음에는 몰랐지만 요 며칠 새 많이 야윈 것 같았다.

“글쎄요. 저는 구룡검의 주인이 아니기에 잘은 모르겠지만 가벼운 것은 아닌 것 같네요.”

“왜 저에게 이런 운명이 주어진 것일까요?”

정미현의 대답이 끝나기가 무섭게 이어지는 운현의 또 다른 질문. 정미현은 말없이 그를 바라보았다.

“무림의 평화? 전 그런 것에 신경을 써본 적이 없어요. 구룡검을 가지게 된 것도 전혀 제 의지와는 상관이 없었다고요. 저는 그냥 무당 안에서 조용히 생활하는 것이 꿈이었어요.”

운현의 목소리에서는 부담감이 묻어났다. 떨쳐 버린 것이
아니었다.

오히려 더욱더 큰 부담감을 안고 있었다. 하지단 변한 것이
있다면, 그 자체를 수긍하려 하는 마음가짐으로 바뀌었다는
점이다.

얼굴 표정이 조금 나아진 것같이 보인 것은 그 때문이었다.

피하지 않고 받아들이겠다는 자세로의 전환이 어느 정도
마음을 편하게 만들어준 것이었다.

정미현은 그런 운현을 바라보았다. 그녀는 왠지 모르게 마
음이 조금 찡해졌다.

"솔직히 구룡검의 주인이라는 거창한 운명이나 금선도가
세상에 나오는 것을 막고 세상을 구해야 한다는 것 모두 저에
게는 갑작스러워 그리 와 닿지 않아요. 오히려 부담스러운 것
들이에요. 하지만 어쩔 수 없죠. 받아들이는 수밖에. 그것이
제 운명이라면, 피할 수 없는 것이라면……."

사실 정미현은 이 자리에 있을 필요가 없는지도 몰랐다.

운현 스스로가 며칠간 생각하고 정리한 것을 다시금 되새
기고 있을 뿐이었다.

다만 그것을 입 밖으로 내기 위해서 정미현이라는 매개가
필요했던 것일 뿐.

"그래요. 다행이네요. 조금… 나아 보이네요."

얼굴을 붉힌 정미현의 한마디에 운현이 미소를 지었다. 그

녀에게 직접 그런 말을 들으니 훨씬 더 마음이 편안해진 것
같은 기분이 들었다.

"고마워요."

그 한마디에 운현도 정미현도 마음이 가벼워짐을 느꼈다.

그 이후, 운현의 태도와 분위기가 확실히 바뀌었다.

정미현과의 대화로 마음이 어느 정도 안정을 찾았기 때문
인 것 같았다.

운현이 그런 모습으로 다시금 수련에 임하자 한동안 보이
지 않던 정 노인도 다시 모습을 보이기 시작했다.

하지만 여전히 그 굳은 얼굴은 펴지지 않고 있었다.

"할아버지, 이제 그만 하시는 것이 어때요?"

"무얼 말이냐?"

"못 느끼세요? 지금 할아버지의 몸에서는 '나, 화났다!' 하
는 기운이 마구 뿜어져 나오고 있다고요. 게다가 얼굴은 또
어떻고요. 딱딱하게 굳어서는……."

"맞다. 나, 화난 것 맞아."

"에효."

정 노인의 말에 정미현이 한숨을 내쉬었다. 그리고는 다시
말을 이었다.

"그러니까 그걸 누가 몰라요? 너무 겉으로 티를 내고 계신
다니까요. 그러니까 좀 그러시지 말라고요."

“저 녀석 때문이냐?”

정 노인이 광장 중앙에서 명상에 잠겨 있는 운현을 가리키며 물었다.

“쉿! 듣겠어요. 조용히 하세요.”

“흥! 그 정도 소리가 들린다면 명상이 아니지. 하긴 구룡검의 주인 된 자로서 마음가짐을 그리 가볍게 먹고 있는데 제대로 된 명상이나 할 수 있을까!”

“할아버지!”

정 노인은 아주 운현이 들으라는 듯이 말을 했다. 막힌 공간이고 넓기 때문에 조금만 큰 소리를 내어도 울려서 멀리까지도 들렸다.

하지만 운현은 꼼짝 않고 앉아 있었다. 정말로 명상에 빠져 아무런 소리도 듣지 못하고 있는 것이다.

운현이 아무런 반응도 보이지 않자 정 노인은 약간 의외라는 표정을 지었다가 이내 지웠다.

“거봐요. 명상 중이잖아요. 많이 달라졌다고요. 못 느끼시겠어요?”

정미현의 말에 정 노인은 그녀를 똑바로 바라보았다.

“언제는 별로 탐탁지 않게 생각하더니 이제는 아주 편을 드는구나.”

“그, 그런 것이 아니라…….”

정미현이 얼굴을 붉히며 황급히 손을 저었다.

운현에게 호감을 가졌기 때문이라기보다는 그저 운현에게 무언가 변화가 있다는 것을 말하고 싶었던 것뿐이다.

그런데 이렇게 얼굴이 붉어지는 자신의 모습에 정미현은 더욱더 얼굴이 빨갛게 변했다.

"아무튼 조금 더 지나봐야겠다. 저 녀석은 언제 또다시 예전처럼 돌아갈지 모른단 말이다. 지금까지 봐온 성정으로는 그럴 가능성이 충분한 녀석이다."

"그렇지 않을 겁니다."

운현의 목소리였다. 명상을 끝냈는지 몸을 일으키고 있었다.

"명상을 하지 않고 있었던 것이냐?"

"아닙니다. 때마침 명상을 끝내던 찰나입니다."

"오비이락(烏飛梨落)이라는 것인가?"

"그렇습니다."

운현이 흔들림없이 대답했다. 정 노인은 눈을 가늘게 뜨고 그를 바라보았다.

의심이 가득한 눈초리. 하지만 운현의 모습 어디에서도 그가 거짓말을 하고 있다는 것을 찾아볼 수가 없었다.

"그런가 보군."

정 노인이 눈을 똑바로 뜨면서 말했다.

"그간 죄송했습니다. 제가 제 운명에 대해서 너무 가볍게 생각했던 것 같습니다."

운현이 허리를 굽혔다. 그런 모습에 정 노인은 약간 놀란 듯한 표정으로 그를 바라보았다.

"달라지긴 한 모양이군."

정 노인이 몸을 돌리며 중얼거렸다. 그 말에 운현의 표정에는 그다지 큰 변화가 없었고, 정미현의 얼굴에는 잔잔한 미소가 피어올랐다.

"하지만 그것 가지고는 부족하네. 나는 아직도 자네의 그 마음가짐이 고쳐졌다고는 생각지 않아. 인간의 마음이라는 것은 하루아침에 고쳐질 수 있는 성질의 것이 아니라네. 안 그런가?"

"물론입니다. 이제부터 보여드리겠습니다."

직접 몸으로 보여주겠다는 운현의 각오였다.

"그 말, 믿어보지."

정 노인은 다시금 자신의 거처로 돌아갔다. 그리고 정미현 역시 그의 뒤를 따가 들어갔고, 텅 빈 광장에는 운현 혼자만 남게 되었다.

쉽게 말해서 음의 기운으로 대변되는 황룡기의 다른 성질을 이끌어내기는 정말 어려웠다.

실마리를 끌어내기도 어려웠으며, 실마리라고 생각했던 것들이 실제로는 아무런 영향도 주지 못하고 있었다.

그에 운현은 처음에 했던 자신의 생각이 얼마나 어리석었

는지 알 수 있었고, 정 노인의 태도 역시 어느 정도는 이해가
되었다.

'음은 양과 화합하여 만물을 만들어낸다. 양으로는 아무것
도 이룰 수가 없지. 지금 나는 양의 기운만 가득한 상태다. 이
대로라면 균형을 이루지 못하고 모든 것이 무너져 내리고 말
겠지. 문제는 음의 기운을 어디에서 찾느냐이다.'

흔히 음의 기운이라고 하면 차가운 곳에서 빨아들이는 기
운을 많이 사용한다. 하지만 이런 곳에서는 그 정도로 차가운
물을 구하기 어려울뿐더러 유일하게 있는 것이라고는 한쪽에
있는 우물이 전부였다.

식수를 수련용으로 쓸 수는 없는 노릇이기에 운현의 수련
은 더욱더 더딘 행보를 보이고 있었다.

"융통성이 부족해, 융통성이……."

무엇이 그리 못마땅한지 잔뜩 찡그린 표정으로 정 노인은
낮게 중얼거렸다.

"이번에는 또 왜 그러세요?"

또다시 정 노인이 인상을 쓰고 마음에 안 든다는 듯 운현을
바라보고 있자 정미현이 다가와 물었다.

하지만 정 노인은 여전히 인상을 펴지 않은 채 고개만 저을
뿐이었다.

"신경 쓸 것 없다. 지난번처럼 악감정이 있어서 이렇게 쳐
다보는 것이 아니니까."

“그래도 옆에서 보는 사람은 그렇지가 않다고요.”

“뭐가 또 그렇지 않다는 거냐?”

“악감정이 가득한 표정이라니까요.”

“여하튼 저 아이에게 악감정이 있어서 그런 것이 아니라 지켜보고 있자니 답답해서 그런다.”

“할아버지.”

“왜?”

“할아버지, 많이 변했어요. 요 며칠 사이에.”

“무슨 소리냐?”

“말 그대로예요. 많이 변했다고요. 전에는 어떤 식으로 하든 신경 쓰지 않으셨잖아요. 침착하게 기다리시다가 때가 되면 그때 가서야 조언 같은 것을 해주시곤 하셨죠.”

“지금도 나서지 않고 있지 않느냐?”

“하지만 지금은 엄하게 두 눈을 부릅뜨고 지켜보고 계시죠. 황룡기 때문인가요?”

“무슨 소리냐?”

정미현의 물음에 정 노인이 그녀를 바라보았다. 황룡기와 자신이 운현에게 화가 났던 것, 그리고 그 앙금이 아직도 조금은 남아 있는 것이 무슨 관련이 있는 것인지 알 수가 없었다.

“그렇잖아요. 황룡기는 자극을 주지 않으면 평상시에는 굉장히 순하고 모든 것을 포용하며 아우르는 존재죠. 하지만 한 번 자극을 받으면 그 성정이 급속도로 난폭해지기도 하고 날카로워지기도 하잖아요. 지금의 할아버지 모습이 딱 그렇다고요."

정미현의 말에 정 노인은 눈만 끔뻑거렸다. 비록 자신이 황룡기를 오랜 세월 익히고는 있었지만, 정미현의 말과 같은 것은 생각해 보지 못했기 때문이다.

그저 모든 것은 자신의 성격이라고만 생각했지 그것이 황룡기와 연관이 있을 것이라고는 생각도 못하고 있었다.

'그러고 보니……'

정 노인은 자신의 황룡기를 가만히 느껴보았다. 그리고 요 며칠간 황룡기의 움직임을 되새겨 보았다.

확실히 전보다 조금은 난폭하고 신경질적으로 변해 있는 것 같기도 했다.

"네 말처럼 그럴지도 모르겠구나."

아까보다 조금은 부드러워진 듯한 정 노인의 목소리였다. 그에 정미현은 속으로 약간은 안도감을 느꼈다.

"일단은 내 자신부터 조금 다스려야겠구나. 고맙다."

"아니에요. 저는 할아버지의 손녀잖아요."

정미현이 미소를 짓자 정 노인도 미소를 지었다. 언제 어디서나 혈육이라는 것은 좋은 것이었다.

"하지만 저 녀석이 조금 답답한 것은 사실이다. 황룡기는 여타 다른 내공심법들과는 차원이 다른 것이야. 하지만 아직도 저 녀석은 그 틀을 깨지 못하고 있어.”

“알아서 하겠지요. 지금까지도 그랬잖아요.”

“믿음이 꽤 강하구나.”

“지금까지 그런 모습을 보여왔으니까요. 안 그랬다면 이런 믿음이 생기겠어요?”

“아무튼 나도 좀 다스리러 가야겠구나. 저 녀석은 네가 지켜보든 그냥 놔두든 마음대로 해라.”

말을 마친 정 노인은 곧바로 몸을 돌려 거처로 돌아갔다. 생각지도 못하게 손녀딸에게서 무언가를 얻은 그의 발걸음은 왠지 모르게 가벼워 보였다.

“과연 틀을 깰 수 있을까?”

그런 그녀의 시선은 명상을 하고 있는 운현에게로 향해 있었다.

명상을 하고 있던 운현은 너무나도 답답하여 눈을 떴다. 어떻게 해야 할까. 도무지 답이 나오지를 않았다.

“으아아! 도대체 어떻게 해야 하는 거냐!”

운현이 자신의 머리를 박박 긁으며 소리쳤다. 머리가 헝클어졌지만 그런 것은 신경 쓰지 않고 또 무언가를 생각하는 것 같았다.

“틀을 깨세요.”

정미현이 다가와 말했다. 정 노인의 말대로 그냥 지켜보거나, 신경 쓰지 않거나 둘 중 하나만 하려 했지만 보기에 너무 안쓰러워 다가온 것이었다.

"틀이요? 무슨 틀을 말하는 거죠?"

"글쎄요. 그것까지는 저도 잘 모르겠네요. 저도 그저 할아버지께서 중얼거리신 것을 전달해 드릴 뿐입니다."

"틀이라……."

운현은 생각해 보았다. 틀. 자신이 어떤 틀을 가지고 있는지 아직은 잘 몰랐다.

"그럼 꼭 성공하길 빌게요."

정미현은 그 말 한마디를 남기고는 몸을 돌렸다. 원하던 일이 있었으나 정 노인의 표정을 보고 잠시 미뤄두었기 때문이다.

"틀……."

운현이 다시 중얼거렸다.

그리고는 다시 그 자리에서 명상에 잠기는 운현이었다.

그날도 운현은 아무런 실마리를 얻지 못했다.

정미현이 다가와 틀을 깨라고는 했지만 도대체 자신이 어떠한 틀을 가지고 있는지 알 수가 없었다.

하지만 작은 나비의 날갯짓이 저 바다 건너에서는 엄청난 광풍이 될 수도 있는 법. 정미현이 던지고 간 한마디는 그런 역할을 하였다.

‘틀을 깨자. 그러려면… 부정(否定)인가?’

고정된 틀에 박혀 있는 상황에서 그 틀을 부수려면 그 틀을 부정하는 수밖에 없다.

비록 운현 스스로가 어떤 틀 속에 갇혀 있는지 정확히는 모르고 있는 상황이지만 일단은 차근차근 모든 것을 부정해 보기 시작했다.

‘처음 시작은 태극, 그리고 지금 황룡기를 양이라고 놓은 상황이다. 그리고 얻어야 할 것을 음이라고 놓았고. 일단은 그것부터 부정한다.’

도가에 입문하여 자라고 배운 운현에게 그 공부를 부정하는 것은 굉장히 어려운 일이었다. 하지만 새로운 깨달음에 대한 열망이 운현으로 하여금 그것에 대한 망설임을 줄여주고 있었다.

‘황룡기가 태극이 아니라 가정하고, 지금의 상태가 양의 상태가 아니라고 가정한다. 아니, 그렇게 확신한다. 그렇다면 무엇이라 정의를 해야 할 것인가?’

태극과 양과 음을 부정하고 나니 완전히 백지 상태였다. 태극과 양과 음을 제외하고는 각각을 가장 잘 정의할 수 있는 말이 없었다.

‘그렇다면 황룡기를 태극으로 정의하고 지금의 상태를 양으로 정의한다면, 풀어야 할 네 번째 구결을 음이라고 놓는 것이 정확한 것인가?’

운현은 자신의 생각 속으로 깊이 빠져들었다. 당연히 음이라고 생각했던 예전과는 달리 지금은 그것 자체에 의문을 제기하고 있었다.

무엇이든 간에 발전하려면 끝없는 의문을 가져야만 가능한 법. 운현도 그 길을 조금씩 따라가고 있었다.

'아니야. 지금 상태를 황룡기로 놓는다면 네 번째 구결을 음으로 놓지 않는 것도 말이 안 된다. 그렇다면 다시 원점으로의 복귀인데……'

운현은 천천히 눈을 떴다. 부정으로 시작했지만 결국 다시금 원점으로 되돌아오고 말았다. 시도는 좋았지만 틀을 깨지는 못한 것이다.

벌떡!

그 자리에서 일어났다.

한참을 부동자세로 앉아 있었기에 온몸에서 우드득 소리가 들렸지만 운현은 아무렇지도 않은 듯 어디론가를 향해 발걸음을 옮겼다.

그렇게 찾아간 곳은 정 노인이 들어간 거처였다.

"계십니까?"

"들어오게."

끼익.

운현이 문을 열고 안으로 들어가자 막 운기를 마친 듯한 모습의 정 노인이 들어왔다.

운현으로서는 정 노인이 운기하는 모습은 처음 본지라 눈에 이채를 띠었다.

"왜 그런 눈인가? 이상한가?"

"처음 보는 모습이니까요."

"그럼 며칠 전에 보았던 내 모습에도 그런 눈빛을 지었겠군."

"모르셨습니까?"

"몰랐지. 흥분해 있었으니까. 황룡기에 이런 것도 있는 줄은 몰랐어."

"무엇입니까?"

정 노인이 가부좌를 틀고 앉았던 침상에서 내려와 거처 중앙에 있는 식탁으로 걸어가며 입을 열었다.

"갑작스럽게 흥분을 하고 계속 날카롭게 신경을 유지하고……. 황룡기 탓이었네. 황룡기가 지금의 자네가 가진 것과 비슷하게 변해 버렸지. 가라앉히는 데 고생 좀 했네."

"그런 성질도 있습니까? 저는 별로 그런 모습을 보이는 것 같지 않습니다만."

"자네는 아직 황룡기를 완벽하게 익힌 상태가 아니니까. 황룡기의 첫 번째 단계, 두 번째 단계를 통과하고 나면 알게 될 것이야. 나도 이제야 알게 된 것이라네. 정말 흥미롭지."

"그렇군요."

“왜 그리 서 있는가? 앉게.”

“예.”

정 노인이 권한 자리에 앉은 운현은 그를 바라보았다. 확실히 아까까지와는 또 다른 모습을 보는 것 같았다. 예전만큼은 아니지만 확실히 조금은 부드러워져 있었다.

“무슨 일인가? 직접 나를 찾아온 것은 이번이 처음인 것 같네만.”

“여쭈어볼 것이 있어서 찾아왔습니다.”

“여쭐 것? 뭔가?”

“틀을 깨야 한다는 말씀, 무슨 의미인지 잘 모르겠습니다. 제가 가지고 있는 틀이 무엇인지, 제가 도대체 어떤 틀 안에서 허우적대고 있는지 잘 모르겠습니다.”

“나는 자네의 스승이 아니네. 그런 것을 가르쳐 주고 배울 관계가 아니야, 우리는.”

“실마리를 잡아주는 것만으로도 스승과 제자 사이가 된다면, 이 세상에 스승과 제자가 아닌 관계가 없지 않겠습니까? 그냥 ‘기연’ 정도로만 해두는 것이 어떻겠습니까?”

“기연이라…….”

정 노인은 운현을 바라보았다. 얼굴에 조금의 장난기나 가벼움이 없었다. 그만큼 지금 자신이 처한 상황에 대해서 진지하게 받아들이고 있다는 말이었다.

“좋네.”

“감사합니다.”

운현이 고개를 숙이자 정 노인 역시 그것을 살짝 고개를 숙여 받아들였다.

“그래, 혼자서도 계속 생각을 했을 테지. 어떤 식으로 자신의 틀을 깨려고 노력했나? 아니, 스스로 어떤 틀에 사로잡혀 있었는지는 알았는가?”

정 노인의 물음에 운현은 고개를 저었다. 그에 정 노인의 아미가 살짝 찌푸려졌다.

“노력을 하지 않은 것은 아닙니다. 하지만 제가 들어가 있는 틀이 어떤 것인지조차 잘 모르겠습니다.”

“구체적으로 어떤 식의 노력인가?”

“부정을 해보았습니다.”

“부정?”

“예, 부정이요. 제가 생각했던 것들에 대한 부정. 어떠한 틀에 사로잡혀 있는지 알 수 없는 상황에서 제가 할 수 있는 일은 부정하는 것뿐이었습니다. 그렇게 된다면 틀을 깰 수 있을 것이라 생각했지요.”

“결과는?”

“실패했으니 제가 이 자리에 있겠지요.”

“그렇군. 시도는 나쁘지 않았어. 어디까지 부정했지?”

“처음부터요. 저는 첫 번째 구결과 두 번째 구결로 만들어진 황룡기를 도가의 태극이라 보고, 지금 황룡기의 상태를 양이라고 보았습니다. 그리고 풀어야 할 네 번째 구결을 음이라고 보았지요. 태극부터 부정을 시작했습니다."

"음……."

정 노인이 턱을 매만지며 생각에 잠겼다. 그런 그의 모습을 운현은 약간은 초조한 눈빛으로 바라보았다.

"아까 말했듯이 부정을 하는 것은 괜찮은 방법이었네. 하지만 너무 많은 것을 부정했어."

"예?"

"태극을 부정하는 것은 자네의 모든 것을 부정하는 것과 같네. 자기 자신의 모든 것을 부정하기 시작하면 아무것도 남는 것이 없지. 태극이라는 것은 모든 것의 근원이 되는 존재. 그것을 부정하는 것은 모든 것을 부정하는 것과 같네."

"그렇군요."

"그렇지. 내가 봤을 때에는 황룡기의 지금 상태를 양으로 보고, 네 번째 구결을 그런 황룡기를 보할 음으로 보는 것까지는 옳은 것 같네."

"그렇습니까? 그렇다면 제가 어떠한 틀에 빠져 있는 것일까요?"

"음을 얻는 방법이지."

"음을 얻는 방법?"

운현이 약간은 놀란 표정으로 정 노인을 바라보았다. 음을 얻는 방법이라니?

“무슨 말씀을 하시는지 모르겠습니다.”

“자네는 이제부터 얻어야 할 황룡기를 음이라고 생각했네. 그것까지는 좋았지만 주객전도(主客顚倒)가 되었어. 황룡기를 얻을 생각이 아니라 음을 얻을 생각만 한 것이지. ‘음’ 하면 딱 떠오르는 것은 차가움. 하지만 엄밀히 따지만 자네가 얻어야 할 황룡기는 차가움과는 약간 성질이 다르네. 차가운 것이 아닌 냉철함을 얻어야 하는 것이야.”

“아!”

운현은 탄성을 질렀다. 자신은 음이라는 고정된 틀에 갇혀 있었던 것이다.

음기를 얻으려면 차가운 기운을 받아들여야 한다는 것만 생각했던 것이다. 정작 자신이 얻어야 하는 것은 음의 기운이 아니라 황룡기인데…….

“감사합니다.”

“이 정도로 되겠는가?”

“충분하다 못해 넘쳐 납니다.”

“그런가?”

“예. 반드시 이뤄내 보이겠습니다.”

운현이 허리를 굽혀 인사를 하고는 밖으로 나갔다. 그런 운현의 뒷모습을 정 노인은 미소를 지으며 바라보았다. 그 미소는 예전의 그 미소와 같았다.

정 노인의 거처에서 나온 운현은 곧바로 광장 중앙으로 향했다.

아무 곳에서나 수련해도 상관없었지만, 언제나 그곳에서 해왔기 때문에 중앙으로 가면 마음이 편안해졌다.

'내가 얻고자 하는 것은 황룡기다. 결코 음이 아니야. 냉철한 것을 찾아야 하는 것이지 차가운 것을 찾는 것이 아니야.'

그렇게 생각한 운현은 계속해서 깊은 생각의 줄기 속으로 빠져들었다.

우웅!

정 노인과의 대화 이후 운현이 명상에 들어간 지 두 시진가량이 흘렀다. 거처 안에서 대화를 나누고 있던 정미현과 정 노인은 광장 전체가 울리는 엄청난 소리를 들었다.

"설마?"

"설마!"

정 노인과 정미현이 동시에 소리쳤다. 밖에서 느껴지는 낯익은 기운. 그리고 심상치 않은 진동 소리까지. 정 노인과 정미현은 누가 먼저라고 할 것도 없이 자리에서 일어나 밖으로 나갔다.

밖으로 나가서 그들이 본 것은 참으로 아름다운 모습이었다.

운현의 몸 주위로 황색 빛의 무언가가 퍼져 있었으며, 그

중심에 운현이 있었다.

그리고 잠시 후, 그 황색 빛이 운현의 몸으로 점차 다가가더니 결국에는 그의 몸속으로 자취를 감추었다.

황룡기의 첫 번째 단계인 출기의 단계를 돌파하는 순간이었다.

"결국에는 해내었군."

"그러게요."

그렇게 둘이 짧은 대화를 나누고 있는 사이 운현이 눈을 떴다. 떠진 그의 눈에서 잠시 황색 빛이 뿜어져 나왔지만 이내 사그라졌다.

"축하하네."

"축하해요."

"에… 제가 첫 번째 단계를 돌파한 건가요?"

축하의 말을 건네는 정 노인과 정미현을 번갈아 바라보며 운현이 물었다.

"예. 첫 번째 단계 돌파예요."

"그런데 왜 황룡기가 움직이지 않죠? 전혀 말을 듣지 않아요. 그냥 중단전에 자리 잡고 있을 뿐이에요."

운현의 말에 정 노인과 정미현은 서로를 바라보았다. 그리고는 당황스런 표정으로 자신들을 바라보고 있는 운현에게로 시선을 돌렸다.

"풉!"

“허허허!”

정미현이 먼저 웃음을 터뜨렸고, 곧바로 정 노인도 웃음을 터뜨렸다.

그런 둘을 운현은 그저 당황스러운 표정으로 바라보고 있을 뿐이었다.

第七章
흥기(興氣)의 단계

"하~! 이것이 첫 번째 단계라는 말이야?"

운현은 자신의 명치 부근을 만지며 중얼거렸다. 중단전에 묵직하게 자리 잡은 황룡기. 이제는 결코 자신의 의지대로 움직여 주지 않는 기운이었다.

"쓸 수도 없는 것인데!"

운현은 답답한 듯이 소리쳤다.

황룡기의 위력은 정 노인을 통해 보았기 때문에 충분히 알고 있었다. 그리고 첫 번째 단계를 돌파하면 자신도 지금보다는 조금 더 강한 힘을 가질 수 있을 것이라 생각했다.

물론 황룡기를 익히는 것이 자신의 운명을 짊어지는 한 과정이라 생각하고는 있지만, 그렇다고 해서 감숙성에서 죽어 간 사숙의 원한은 잊을 수 없었다.

"휴……."

운현이 한숨을 쉬었다. 방금 전까지 조금 흥분해 있던 모습은 사라져 있었다.

끼익.

운현이 문을 열고 밖으로 나갔다. 약간은 허탈감이 묻어 있는 표정이었지만, 생각보다 큰 충격은 받지 않은 듯해 보였다.

"나왔네요?"

"예."

정미현의 관심에도 운현의 대답은 예전만큼 부드럽지 못했다. 아무리 호감을 가지고 있는 정미현이기는 하지만 그렇다고 해서 지금 자신의 기분을 누르면서까지 웃음을 짓기는 힘들었다.

"미안해요. 미리 알려줄 수도 있었는데……."

약간은 쌀쌀한 운현의 대답에 정미현이 중얼거렸다.

"아니에요. 알려주려다가 어르신께 혼났잖아요."

운현의 말에 정미현은 약간 움찔했다. 그리고는 운현에게 어색한 미소를 지으며 입을 열었다.

"사실… 첫 번째 단계에 대한 것은 그전에도 말해줄 기회가 있긴 했는데……."

뒷말은 듣지 않아도 알 수 있었다. 운현이 멍한 표정이 되었다.

"그, 그랬군요."

운현이 고개를 푹 숙였다. 그런 운현의 모습에 정미현은 더욱더 당황하여 운현에게 말했다.

"미, 미안해요!"

정미현의 사과에 얼굴을 푼 운현이 고개를 저었다.

"괜찮아요. 일부러 그랬겠어요. 다 사정이 있었겠지요."

'저, 절대로 일부러 말 안 했다고는 말 못해!'

운현의 대답에 정미현은 더욱더 당황스런 표정을 지었다. 그러나 이내 그런 표정을 지우고는 약간은 어색한 미소를 지으며 운현을 바라보았다.

"그나저나 언제까지 이렇게 황룡기를 놔두어야 하죠?"

"그건 아마도 할아버지께서 말씀해 주실 거예요. 저도 황룡기를 익히고는 있지만 정확하게는 잘 모르거든요."

"그렇군요."

운현이 고개를 끄덕이고 있을 때, 그리로 다가오는 발소리가 들렸다. 운현과 정미현이 같은 곳에 있으니 다가올 사람은 정 노인뿐이었다.

"그건 내가 알려주겠네."

"귀신같이 알고 오시는군요."

"사람은 다 똑같지. 이때쯤이면 궁금해할 것 같아서 찾아온 것이야."

“그래도 그것이 너무 기가 막힙니다.”

“그런가? 흘흘.”

정 노인이 웃었다. 참으로 오랜만에 보는 그의 웃음이었다.

“아무튼 이제 알려주겠네, 두 번째 단계인 흥기의 단계에 대해서.”

“예.”

운현은 고개를 끄덕이고 뚫어져라 정 노인을 바라보았다.

“일단 지금 단계에서는 황룡기를 사용할 수 없네. 지금의 황룡기는 움직이지 않을 것이야. 아니, 움직이지 않는다기보다는 움직일 수 없다는 것이 맞겠지.”

“움직일 수 없다고요?”

“그렇다네. 움직일 수 없는 상황이야.”

“왜죠? 출기의 단계에 들어서기 전까지만 해도 분명 움직였던 기운이 어째서 움직이지 않는 것입니까?”

“세 번째 구결과 네 번째 구결로 생긴 서로 다른 성질이 팽팽하게 대립하고 있기 때문이지.”

운현은 정 노인의 말을 더욱더 이해하기가 어려웠다. 균형을 맞추었으면 안정적이 되어야 하는 것이 맞다. 그런데 팽팽하게 대립을 하고 있다니?

게다가 자신이 느끼는 황룡기는 평온하기 그지없는 상태였다.

“지금은 아무런 문제가 없는 것처럼 느껴질 것이야. 당연하지. 불 같은 성정과 냉철한 성정이 대립을 하고, 그것을 포용하는 성정이 그것을 덮고 있는 상황이니까. 겉으로 보기에는 아무런 문제가 없을 것이야.”

“예, 너무나도 안정적입니다. 그것이 문제이기는 하지만.”

“그럴 것이야. 물론 아예 안 움직이는 것은 아니네. 움직이기는 하지만 그것은 어디까지나 황룡기 스스로의 의지일 뿐, 자네의 의지에 따라서 움직이는 것은 아니야.”

“그러면 어떻게 해야 제 의지대로 황룡기를 다룰 수 있겠습니까?”

“그것이 이제부터 자네가 찾아야 할 것이야. 자네는 일단 나나 여기 미현이와는 다른 조건을 가지고 있네.”

“다른 조건이요? 하단전의 내공을 말씀하시는 건가요?”

“그렇지. 그것도 그렇고, 황룡기가 위치한 곳이 중단전이라는 것도 다른 조건 중 하나야. 중단전은 인간의 의지와 직접적인 영향을 주고받는 곳이지. 그것이 시간을 단축할 수 있는 조건이 될 것인지, 아니면 그 반대가 될지는 나도 알 수 없지만.”

“무조건 단축시켜야지요.”

운현이 눈을 빛내며 중얼거렸다.

“그래, 그래야지. 아, 그리고…….”

“무엇입니까?”

“황룡기를 의지대로 다룰 수 있게 될 때까지는 검법 같은 것은 수련하지 않는 것이 좋을 것이야. 자칫 잘못하여 황룡기가 그대로 움직이게 되면 자네도 통제하기가 어려울 테니까.”

“그렇게 하겠습니다.”

그동안 틈틈이 검법 수련을 하면서 조금씩 자신의 실력이 늘어가고 있다는 것을 느껴오던 운현으로서는 검법 수련을 하지 못하게 되어 조금은 안타까운 마음이 들었지만 황룡기를 완벽하게 익히기 위해서는 어쩔 수 없었다.

“그럼 마지막 단계에 대해서는 언제 알려주실 겁니까?”

“또 앞서가는군. 일단 홍기의 단계부터 달성하고 난 다음에 이야기하세.”

“…예.”

운현이 고개를 끄덕이며 중얼거렸다.

“자, 그럼 나도 운기나 하러 가야겠네.”

“그렇게 하십시오.”

뜻밖에 정미현을 통해 알게 된 사실에 정 노인은 요즘 들어 운기에 빠져 있었다.

운기를 한다고 해서 특별히 황룡기가 늘어난다거나 하는 것은 아니었지만, 황룡기를 조금 더 완벽하게 가다듬는 기회가 되고 있었다.

“어르신도 뒤늦게 뭔가를 얻으신 모양이네요.”

“그렇게 되었다네. 오래간만에 성취의 기쁨을 맛보고 있다고나 할까? 아무튼 난 가겠네.”

“그렇게 하십시오.”

정 노인이 먼저 거처로 돌아가고 그 뒤를 정미현이 따랐다.

그 둘이 돌아가고 운현은 광장 중앙에 다시 앉아 명상을 시작했다.

두 달이 더 흘렀다. 운현은 여전히 광장 중앙에 앉아 있었다. 본격적으로 홍기 수련을 시작한 이후로 운현은 짧게는 몇 시진에서 길게는 며칠까지 명상에 잠겼다.

하지만 명상을 끝내고 눈을 뜬 운현은 별로 좋은 표정이 아니었는데, 무언가가 잡힐 듯하면서도 잡히지 않는 것이 짜증이 났기 때문이다.

“이번에는 조급해하는 모습이 많이 줄었구나.”

정 노인이 거처 안에서 운현의 모습을 보며 중얼거렸다. 그의 옆에서 함께 운현을 보고 있던 정미현 역시 고개를 끄덕였다.

“그러게요. 그래도 아직까지 아무런 실마리도 잡지 못한 것 같은데요? 도움을 좀 주는 것이 어떨까요?”

그녀의 말에 정 노인은 고개를 저었다.

“아니. 출기의 단계라면 모르겠지만, 이번에는 그럴 수 없다.”

"왜요? 조건이 다르기 때문인가요?"

"그것도 한 가지 이유가 될 수 있지."

"그것 말고 다른 이유가 있나요?"

정미현이 궁금한 듯 물었다. 자신이 수련할 때에는 도움을 주었던 정 노인이기에 그 궁금증은 더 컸다.

"전해져 내려오는 말이 있다. 구룡검의 주인이 가진 그릇의 크기는 결코 구룡의 후인들이 감당할 수 있는 것이 아니라는 말이 그것이지. 홍기의 단계는 황룡의 기운을 익히는 데 가장 중요한 단계이다. 그런데 내가 나서서 도움을 주면 도리어 큰 그릇에 방해만 될 뿐이야."

"결국은 혼자서 깨달아야 한다는 말이군요."

정 노인은 고개를 끄덕였다.

그간 운기를 하고 황룡기를 다스리면서 다시금 예전의 성정을 되찾은 그였다. 그렇기에 지금 운현의 모습을 보면 화가 나기보다는 안쓰러운 마음만 들었다.

그런 두 사람의 마음을 아는지 모르는지 운현은 계속해서 명상만 하고 있었다.

황룡기를 움직일 수 없으니 운기를 해봐야 별 소용이 없는 일이고, 할 수 있는 것이라고는 명상밖에는 없었다.

게다가 사람의 의지와 가장 밀접한 곳이라는 중단전에 자리 잡은 황룡기이기 때문에 더욱더 할 수 있는 것은 명상밖에는 없었다.

"후우……."

운현이 작게 한숨을 쉬며 눈을 떴다. 이번에는 짧게 두 시진 만에 눈을 뜬 것이었다.

답답했다.

새로운 것에 대한 열망이 가득하고 원래 호기심이 많은 성격이기는 하지만 이렇게 힘들 줄은 몰랐다.

아무것도 없는 텅 빈 화폭에 아무것도 보지 않고 생각만으로 그림을 그리는 것 같은 느낌. 너무나도 막막한 느낌이었다.

"일단은 움직이게는 만들어야 할 텐데… 어떻게 한다……?"

운현이 중얼거렸다. 일단은 황룡기를 움직이도록 만드는 것이 우선이었다. 그래야 그것을 억지로 제압을 하든 부드럽게 어루만지든 해서 자신의 의지대로 움직일 수 있을 것이다.

"지난번처럼 또 건드려 볼까?"

운현은 자신이 내뱉은 말에 고개를 설레설레 흔들었다. 그때의 기억은 별로 떠올리고 싶지 않았기 때문이다.

그렇게 건드려 놓고 나서 얼마나 고생을 했던가. 죽을 뻔했다.

"모르겠다. 일단 피곤한데 운기나 좀 하자."

벌써 몇 달 동안 운기 한 번 제대로 하지 않고 잠도 자지 않은 운현이기에 오늘은 피로도 풀 겸 운기를 하려고 가부좌를 틀었다.

그리고는 천천히 하단전에 있는 내공을 태극심공의 구결에 따라 천천히 움직이기 시작했다.

일단은 소주천의 경로를 따라 내공을 한 바퀴 돌린 운현은 대주천의 경로를 따라 진기를 회음으로 인도해 나갔다.

그런 다음 위중과 용천을 거쳐 온몸을 한 바퀴 돌고 염천을 지나 전중을 지났다.

전중―중단전―을 지나 중완과 하단전으로 들어가면 대주천이 완성되는 것인데 문제는 여기에서 생겼다.

운현은 황룡기 자체가 모든 것을 포용하는 성격을 지닌 기운이고, 예전에도 별다른 사단이 벌어지지 않고 잘 융합되는 것을 경험했기에 아무런 거리낌 없이 전중으로 진기를 보냈다.

그런데 진기가 중단전으로 들어가는 순간, 황룡기가 서서히 움직이기 시작한 것이다.

마치 자신의 영역에 들어온 진기를 쫓아내기라도 할 듯이. 깜짝 놀란 운현은 서둘러 진기를 중단전에서 빼내어 중완으로 인도했다.

중단전에서 웅크리고 잘 움직이지 않던 황룡기이기에 중단전만 빠져나가면 괜찮을 것이라 생각한 것이었다.

하지만 그것은 운현만의 착각이었다. 전중을 거쳐 중완으로 들어간 이후에도 황룡기는 계속해서 진기의 뒤를 따랐다. 그리고는 중완을 거쳐 하단전으로 진기가 돌아갔는 데도 그 움직임을 멈추지 않았다.

'큰일이다!'

원래는 소주천을 하고 대주천까지 하게 되면 한 번의 운기가 끝나는 것이었다.

크나큰 내상을 입은 경우가 아닌 보통의 경우라면 대주천까지 한 번 하고 나면 운기를 멈추어야 하는데 운현은 그렇게 하지 못했다.

왠지 모르게 지금 진기를 멈추면 안 될 것 같은 느낌이 들었기 때문이다.

그에 운현은 진기를 멈추지 않고 다시 한 번 소주천의 경로를 따라 다시금 진기를 움직였다. 아까보다 조금 더 빠른 속도였다.

황룡기를 조금이라도 멀찌감치 떨어뜨리고자 함이었다.

하지만 황룡기는 진기의 속도에 맞추어 속도를 높였다. 먹잇감을 따라가는 맹수와도 같은 모습이었다.

'제길!'

전혀 예상하지 못한 상황. 운현의 이마에서 땀이 흐르기 시작하며 몸속에서 난데없이 추격전이 벌어지기 시작했다.

멈출 수도 없고, 그렇다고 해서 계속 진기를 돌리고 있을 수도 없는 일이었다.

물론 황룡기와 기존의 진기가 섞여도 큰 문제가 발생하지 않는다는 것은 알고 있었지만 지금의 기세는 분명 그때와는 달랐다.

그것만 아니어도 운현이 지금 이렇게 고생을 하고 있지는 않았을 것이다.

그렇게 소주천을 몇 번 했을까. 서서히 황룡기의 속도가 줄어들기 시작했다. 그에 필사적으로 진기를 인도하던 운현도 진기의 속도를 줄이기 시작했다.

그렇게 한 바퀴 더 돌자 황룡기는 다시 자신의 자리인 중단전으로 찾아 돌아갔고, 장장 한 시진 반에 걸친 추격전은 마무리가 되었다.

"헉! 헉! 헉!"

가부좌를 풀고 그대로 뒤로 누워 버린 운현은 며칠 밤낮을 쉬지 않고 달린 사람처럼 거친 숨을 몰아쉬었다.

그 정도로 숨가쁜 추격전이었다.

"다음 단계에 들기 전까지… 운기는… 없다……."

다짐하는 운현이었다.

그날 이후 운현의 몸속에서는 다른 변화가 생겼다. 정확히 말하자면 황룡기의 변화였다.

바로 어제까지만 해도 중단전에서 절대로 움직이지 않던

황룡기가 그 한 번의 추격전 이후 주기적으로 중단전에서 나와 온몸을 돌아다니고 있었다.

다행스럽게도 하단전을 거쳐 갔어도 별다른 충돌을 일으키지 않았지만 갑작스럽게 황룡기가 하단전으로 움직여 깜짝 놀란 운현이었다.

"어르신의 말씀대로입니다. 빨리 이 황룡기를 굴복시켜야겠습니다."

일찍 일어나 거처에서 나오자마자 운현과 마주친 정 노인이 들은 말이었다.

"왜 그러는가?"

"황룡기가 제멋대로 움직입니다."

"흘흘흘, 벌써 그렇게 되었는가?"

"벌써라니요? 두 달 만에 벌어진 일입니다."

"솔직히 말해도 되겠는가?"

"무엇을 말입니까?"

"난 일 년을 예상했다네. 나 역시도 황룡기가 제멋대로 움직이도록 만든 기간이 일 년을 조금 넘었어."

"그, 그렇습니까?"

지금까지 자신의 성취가 조금 느린 것이 아닌가 하고 생각했던 운현으로서는 신선한 충격이었다.

일 년 조금 넘게 걸렸다는 정 노인에 비하면 운현 자신은 엄청나게 빠른 속도라 할 수 있었다.

“그뿐인가? 미현이, 저 아이는 이 년 가까이 걸렸다네.”

정미현이 아직 자고 있는 거처를 힐끔 쳐다보며 중얼거리는 정 노인이었다.

“뭐, 거기까지 이끌어내는 데 두 달 걸렸으면 엄청 빠른 속도라네. 그 다음도 알아서 잘하겠구먼.”

“그, 그렇겠군요.”

사태의 심각성을 알리고 정 노인에게서 조금의 도움이라도 얻어보려 했던 운현은 그렇게 대답할 수밖에 없었다.

“아무튼 열심히 해보게. 난 그럼 마을에 내려가 봐야 해서.”

그 말을 남기고 정 노인은 운현에게서 멀어져 갔다. 그런 정 노인의 뒷모습을 운현은 그저 멀뚱하게 바라볼 수밖에 없었다.

결국 운현은 정 노인의 도움을 얻지 못했다.

운현은 정 노인이 일부러 피한다는 느낌을 받았지만 그렇다고 해서 왜 그러느냐고 물을 수도 없는 노릇이었다.

그 때문에 운현은 그 후로 한 달이 더 지나도록 한숨만 쉬고 있을 수밖에 없었다.

한 가지 다행스러운 점이라면 황룡기가 마음대로 날뛰거나 하지 않고 있다는 점이었다. 하지만 이대로 시간이 지나면 위험해질 것은 분명한 사실. 약간이라도 진척을 보여야 했다.

"한번 해볼까?"

운현은 고민하고 있었다.

황룡기가 어느 정도 의지 비슷한 것을 가지고 있다면, 자신의 의지로 황룡기의 의지를 꺾어보려는 시도였다.

'내가 주인이니 너는 내 의지에 따라야 한다' 라는 생각을 가지고 황룡기를 억지로 다스려 보려는 생각이었다.

하지만 지금까지 겪어본 황룡기를 생각해 보면 그보다 더 큰 반항을 할 것이 뻔하였다.

그렇게 되면 또다시 엄청나게 날뛸 것이고, 예전과 마찬가지로 목숨마저 위태로운 상황이 찾아올 것이다.

한 번 큰 위험을 맛보았던 운현으로서는 다시는 겪어보고 싶지 않는 경험이기도 했다.

"이 방법밖에는 없을 것 같은데. 내가 나약한 모습을 보이면 황룡기는 더욱더 기를 꺾지 않으려 할 것이고."

운현이 고민하는 이유는 바로 여기에 있었다. 목숨이 위태로울 정도로 위험한 방법이기는 하지만 자신이 생각하기에 이것이 가장 좋을 것 같았다.

목숨을 잃을지도 모르지만 이것이 유일한 방법. 고민을 하지 않을 수 없었다.

"어차피 나는 그날 죽었어야 하는 몸이야. 그러나 살아났지. 죽을 운명이었다면 그때 죽었을 것이야. 게다가 쉽게 죽을 운명이라면 구룡검이 나를 주인으로 삼지 않았겠지.”

운현은 감숙성에서의 일과 구룡검을 떠올리며 마음을 굳혔다. 그리고는 심호흡을 하고 가부좌를 틀었다.

‘물어라!’

가부좌를 튼 운현은 다시금 잠자고 있는 황룡기를 움직이기 위해 천천히 하단전의 진기를 움직였다. 소주천의 경로로 한 번 돌린 후 대주천의 경로에 따라 진기를 이끌었다.

그리고는 황룡기가 웅크리고 있는 중단전으로 진기를 움직였다.

움찔!

황룡기가 반응을 보였다. 가까이 온 진기에 반응을 보인 것이었다.

하지만 그것뿐이었다. 아직까지는 그것을 따라 움직임을 보이지 않고 있는 황룡기였다.

‘이래도 안 움직일 테냐!’

일주천을 한 운현은 다시 한 번 진기를 유도했다. 아까보다 더 많은 양의 진기를 가지고 중단전으로 이끌었다.

움찔!

운현의 몸이 갑자기 움찔거렸다. 운기를 하는 도중에 몸에 반응이 오면 위험했지만 이것은 그것과는 다른 반응이었다.

황룡기가 중단전으로 들어온 아까보다 더 많은 양의 진기에 큰 반응을 보였고, 그것은 운현의 몸이 움찔거릴 정도로 큰 것이었다.

'물었다!'

운현의 진기가 중단전을 거의 다 빠져나갈 때 즈음, 황룡기가 천천히 움직이기 시작했다.

아직까지 진기의 뒤를 따라 움직이지는 않고 있었지만, 먹이를 잡으러 가기 전에 몸을 푸는 맹수의 모습과 같았다.

'황룡기, 너에게 의지가 있다면 이 진기는 나의 의지다! 내 의지에 따라라!'

운현은 이를 악물며 황룡기를 유인했고, 마침내 황룡기가 진기의 뒤를 따르기 시작했다.

쿠르릉!

엄청난 소리였다. 광장이 무너질 것 같은 엄청난 굉음과 함께 지진이라도 난 것처럼 광장 전체가 흔들렸다.

거처 안에서 휴식을 취하고 있던 정미현은 깜짝 놀라 밖으로 달려나왔다.

그리고 방금 전의 지진과 소리의 정체가 바로 운현이라는 사실을 알아내었다.

'설마……?'

정미현은 걱정이 되었다.

비록 자신 역시 황룡기의 두 번째 단계인 홍기의 단계까지

익히기는 했지만, 그것은 깨달음에 의한 것이 아닌 할아버지
가 유도를 해주었기에 가능한 것이었다.

때문에 지금의 상황에서 운현이 위기에 처한다면 자신이
할 수 있는 것은 아무것도 없었다.

'할아버지가 빨리 오셔야 할 텐데……'

오전에 마을에 내려갔다 오겠다고 나간 정 노인이다. 돌아
올 시간이 지났음에도 아직까지 돌아오지 않고 있었기에 정
미현은 정 노인과 운현이 동시에 걱정되었다.

우르릉!

이번에는 천둥소리와도 같은 엄청난 소리가 광장 전체에
울려 퍼졌다.

정미현으로서는 운현의 내부에서 도대체 무슨 일이 일어
나고 있는지 알 수가 없어 답답하기만 할 뿐이었다.

게다가 운현의 주변으로 엄청난 양의 기의 장막이 쳐져 있
어 가까이 다가갈 수도 없었다.

그 색깔 역시 진했기에 바깥에서는 안쪽에 앉아 있는 운현
의 얼굴조차도 볼 수 없었다. 그저 앉아 있는 사람의 형상만
간신히 볼 수 있을 뿐이었다.

그 상황, 운현은 기이한 경험을 하고 있었다.

점점 속도를 올려 따라붙는 황룡기에 맞서 운현은 진기의
속도를 낮추었다. 일부러 황룡기와 진기가 충돌하게 만든 것

이었다.

잡아먹으려는 황룡기의 의지와 잡아먹히는 한이 있더라도 황룡기를 자신의 것으로 만들려는 운현의 의지가 충돌한 것이었다.

쿠르릉!

운현의 몸에서 난 소리였다.

그것이 바깥까지 들렸는지 어쨌는지는 잘 모르겠지만 몸 전체가 다 흔들릴 정도로 엄청난 고통이 뒤따랐다.

다행이라고 해야 할까, 아니면 불행이라고 해야 할까.

운현의 진기는 황룡기에 먹히지 않았다. 팽팽한 대립을 이루고 있었다.

보통 몸 안에서 두 개의 진기가 충돌을 일으키고 대립을 하게 되면 그 사람에게는 커다란 위기가 찾아오기 마련이다.

지금 운현의 상황은 좋지 않았지만 그렇다고 해서 목숨을 거론할 정도로 나쁜 상황은 아니었다.

분명 진기가 충돌한 것이 맞지만, 그것은 엄밀히 따지면 의지와 의지가 충돌한 것이기에 충격이 덜한 것이라고 볼 수 있었다.

그렇게 운현의 진기와 황룡기가 팽팽하게 줄다리기를 하고 있을 때, 운현은 이상한 것을 느꼈다.

분명 금방이라도 터질 것같이 두 진기가 충돌을 하고 있었지만 운현은 오히려 점점 긴장감이 떨어져 가고 있었다. 정확히 말하면, 그것이 자신과 전혀 상관이 없는 것처럼 의식이 멀어져 가고 있었다.

"응? 뭐지?"

그러다가 어느 순간 운현은 정신을 차렸다. 아무것도 없이 하얀 공간, 그리고 그곳에 자신이 서 있었다.

"나는 운기를 하고 있었는데?"

생생했다. 분명 자신은 운기를 하고 있었건만 도대체 이곳이 어디며 왜 자신이 이곳에 서 있는지 알 수 없었다.

─그대여.

자신을 부르는 듯한 목소리에 운현은 뒤를 돌아보았다. 그리고는 눈앞에 보이는 것에 순간 몸이 굳어버렸다.

운현의 눈앞에는 거대한 황룡 한 마리가 공중에 떠 있었다.

─그대여.

다시 한 번 자신을 부르는 목소리. 아까와 비슷한 목소리인 듯했지만 운현은 왠지 모르게 정신이 맑아진 것 같았다.

"저를 부르는 건가요?"

─그렇다.

운현은 지금 일이 꿈인지 생시인지 알 수가 없었다.

용은 신성한 존재이다. 실제로 존재하지 않는다는 말도 있고, 실제로 존재하기는 하지만 모습을 보이지 않을 뿐이라는 말도 있다.

그런 말들을 뒤로하고라도 중원에는 용을 신성하게 여겨 섬기는 이들이 굉장히 많았다.

그런 용을 운현은 바로 눈앞에서 보고 있는 것이다.

"이곳은 어디죠? 왜 제가 여기에 있는 것이죠?"

이상하게 두려움은 없었다.

─그것은 내가 묻고 싶은 말이다. 구룡검의 주인이여, 왜 나를 이곳으로 불러내었는가.

'불렀다고? 내가?'

황룡의 물음에 운현은 놀라 자빠지는 줄 알았다. 자신이 불렀다니? 어떻게, 무슨 수로 자신이 알지도 못하는 황룡을 부른다는 말인가?

─한 가지 알려줄 수 있는 것은 이 공간은 그대의 의지와 내 의지가 만들어낸 공간이라는 것이다. 내가 이곳에 있는 것은 그대가 불렀기 때문이고.

운현과 황룡이 만나고 있는 공간은 운현과 황룡의 의지가 만나서 만들어진 공간이었다.

그렇다는 말은 운현의 의지가 황룡을 원했고, 그 부름에 황룡이 응한 것이라 할 수 있었다.

"내가 부른 것이 맞는 것 같군요."

운현이 중얼거렸다. 그리고는 고개를 들어 공중에 떠 있는 황룡을 바라보았다.

"제가 그대를 부른 이유는 황룡의 의지가 제 의지에 따라

주었으면 하기 때문입니다.”

　—난 구룡의 중심이다. 구룡검의 주인이라 할지라도 나, 황룡의 의지를 가질 수는 없다.

　황룡의 의지를 굴복시킬 수 있을 것이라고는 생각하지 않았지만 확실한 거부 의사를 듣고 나니 기운이 빠지는 운현이었다.

　“단지 구룡의 중심이기 때문에 제 의지에 따라줄 수 없다는 것입니까, 아니면 또 다른 의미가 있는 것입니까?”

　그 물음에 황룡은 눈을 가늘게 뜨고 운현을 바라보았다. 아니, 정확하게는 황룡의 눈에는 아무런 변화가 없었지만 그렇게 보고 있다고 느껴졌다.

　—다른 이유? 그런 것은 없다. 황룡이 구룡의 중심이고, 다른 모든 용을 포용하는 존재라는 이유 하나만으로도 충분하다.

　“자존심이군요.”

　—뭐라?

　운현의 짧은 한마디에 황룡의 기세가 바뀌었다. 사나운 성격이 드러나는 것이 운현의 몸으로 느껴졌다.

　그렇지만 운현은 두렵지 않은지 더욱 황룡을 똑바로 바라보고 다시 입을 열었다.

　“그렇지 않습니까? 난 구룡의 중심이다. 아니, 그런 것은 다 버리고서라도 용이라는 존재가 인간의 의지에 굴복한다

는 것 자체가 자존심에 금이 가는 것이겠지요. 안 그런가
요?"

황룡에게서는 아무런 대답도 들려오지 않았다. 하지만 운
현은 그 침묵을 자신의 말에 대한 긍정으로 받아들였다.

"하지만 말입니다. 인간의 의지라는 것이 때로는 굉장히
무섭거든요. 인간은 의지만 강하면 무슨 일도 할 수 있습니
다. 결코 그대가 생각하는 것처럼 하찮은 것이 아니라는 겁니
다."

―난 결코 인간의 의지가 하찮은 것이라고 한 적이 없다.

"그게 그거지요. 인간의 의지를 하찮은 것이라고 생각하고
있으니 인간의 의지에 굴복한다는 것 자체가 자존심 상하는
일이겠죠. 안 그렇습니까?"

―그렇다면 그대는 그대의 의지가 나의 의지를 굴복시킬
수 있을 정도로 강하다고 생각하는가?

갑작스런 황룡의 질문에 운현의 입이 닫혔다. 내 의지가 황
룡의 의지를 굴복시킬 수 있을 정도로 강한가? 확신할 수 없
었다.

"잘 모르겠군요. 하지만 그대 역시 제 의지력보다 더 뛰어
나다고 할 수 있나요?"

운현의 반문에 이번에는 황룡이 대답을 하지 못했다. 그런
생각은 해본 적이 없다.

자신은 용이다. 인간 세상에서는 신수(神獸)라며 칭송하기

까지 한다. 그런 자신의 의지가 인간의 의지보다 약할 것이라는 생각은 해본 적이 없었다.

—재미있군. 정말 재미있어. 용인 나의 의지를 인간의 의지와 비교하는 자가 있을 줄은 생각도 못했다.

운현은 황룡을 바라보았다. 이제 더 이상 자신이 뭐라 할 이야기는 없었다. 남은 것은 황룡의 결정뿐.

—그대는 내게 보여줄 수 있겠는가. 그대의 의지를?

"아까도 말했듯이 잘 모르겠습니다."

—지금 당장 보여달라는 것은 아니다. 하지만 의지력으로 나를 여기까지 불러낸 것만 보아도 그대의 의지가 결코 약하지 않다는 것은 알 수 있다. 하지만 이것으로는 부족해. 시간이 흐르면 나에게 보여줄 수 있는가? 그대의 의지를?

"물론입니다."

운현이 확신에 찬 목소리로 대답했다. 대답을 하는 그의 눈동자는 조금의 흔들림도 없었다.

—좋다. 그대에게 도움을 주겠다. 하지만 내 의지가 완전히 그대의 의지에 굽히는 것은 아니다. 아직은 그러기에 많이 부족하지. 내가 스스로 그대의 의지에 무릎을 꿇을 만하다는 증거를 보여준다면 그때에는 기꺼이 무릎을 꿇겠다.

"고맙습니다. 그리고 반드시 보여드리지요, 저의 의지를."

운현의 대답과 동시에 황룡이 점차 사라져 갔다. 그리고 자신이 있던 새하얀 공간 역시 점차 사라져 갔고, 의식이 현실로 돌아오는 것을 느꼈다.

'꿈이었던가?'

분명 생생하게 떠오르는 느낌이었지만 의식이 현실로 돌아와서 그런지 꿈같이만 느껴졌다.

'아차! 진기!'

그제야 운현은 자신의 진기와 황룡기가 대립하고 있는 상황이라는 것을 깨달았다.

하지만 황룡이 도움을 주겠다고 했기 때문일까. 운현의 진기와 대립을 보이던 황룡기가 점차 순해지면서 운현의 진기와 융화되는 것을 느낄 수 있었다.

'다행이다.'

운현은 자신의 진기를 움직여 하단전으로 이끌었다. 그러고 나서는 황룡기만을 이끌고 움직여 보았다.

운현이 이끄는 대로 따라오는 황룡기. 운현의 입가에 저절로 미소가 지어졌다.

"얏호!"

눈을 뜬 운현이 그 자리에서 벌떡 일어나며 환호성을 질렀다. 네 개의 구결을 모두 풀었을 때에는 느껴지지 않았던 엄청난 희열과 기쁨이 몰려왔다.

특히 이번에는 황룡과 자신이 직접 담판을 지어 이끌어낸 결과이기에 더욱더 기쁨이 컸다.

운현의 환호성에 정미현은 운현이 흥기의 단계를 돌파했

다는 사실을 알 수 있었다. 그리고 폴짝폴짝 뛰면서 너무나도 좋아하는 운현의 모습에 그녀 역시 미소를 지었다.

"도대체 무슨 일이냐?"

급하게 달려온 정 노인이 정미현에게 다가가 물었다.

"올라선 모양이에요."

"홍기의 단계에?"

"예."

"그래서 저렇게 좋아하는 거야? 홍기의 단계에 올라섰다고?"

"그런 것 같아요."

"에잉! 고작 그것 가지고 저렇게 날뛰면 뭐에 쓰나?"

"왜 기쁘지 않겠어요? 그간 마음고생이 심했잖아요."

정미현의 말에 정 노인은 못마땅하다는 듯이 몸을 돌렸다. 하지만 그의 입가에도 미소가 지어져 있기는 마찬가지였다.

아직도 운현은 너무나도 기쁜 마음을 주체하지 못하고 펄쩍펄쩍 뛰고 있었다.

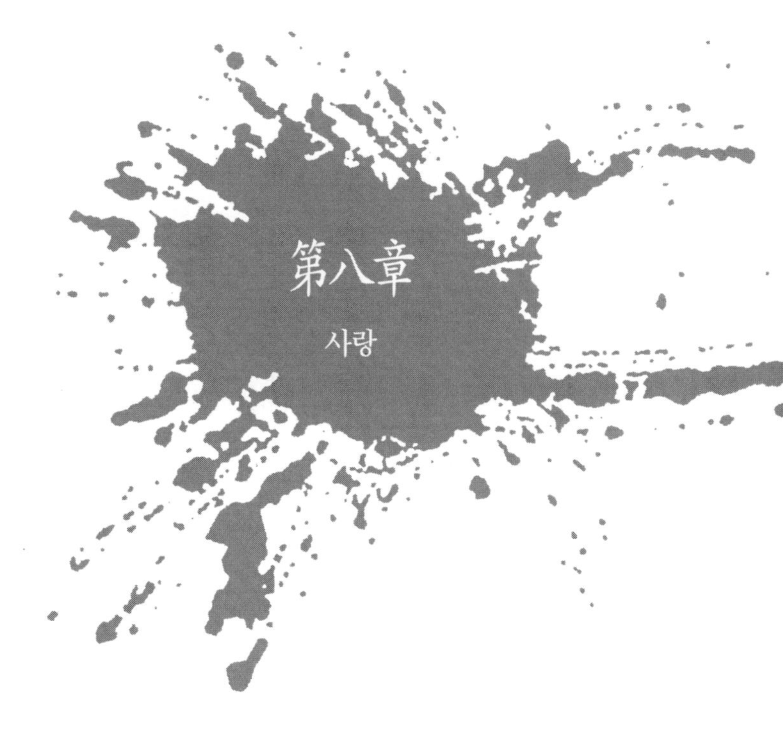

第八章
사랑

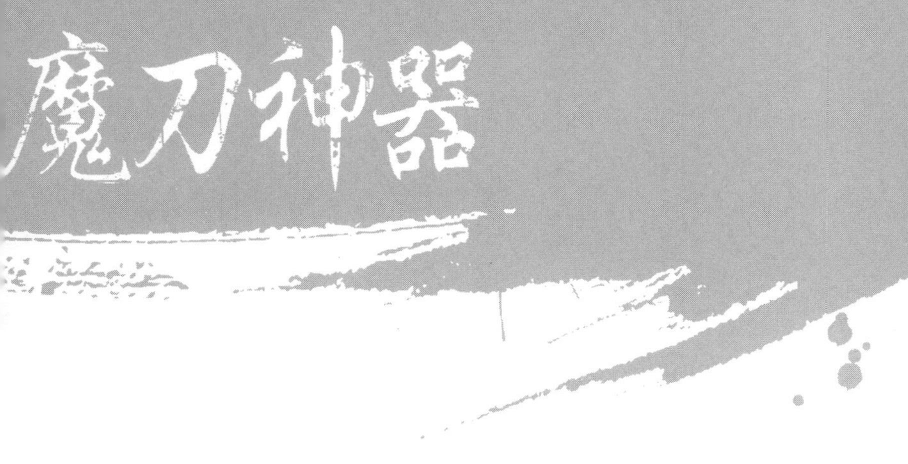

　　운현이 정 노인과 생활하면서 황룡기를 익히고 있는 사이, 중원무림은 엄청난 혼란에 빠져 있었다.

　　중원 장악을 시도한 마교의 기세가 꺾일 줄을 몰랐으며, 그에 대항하는 구파일방의 시도는 허무하리만치 쉽게 밀리고 있었다.

　　처음으로 당한 곳은 아미파와 청성파였다. 마교의 근거지와 가장 가깝다는 이유만으로 가장 처참하게 당한 두 곳이었다.

　　아니, 청성파는 아미파에 비하면 정말 무난한(?) 피해를 입었다고 볼 수 있다.

아미파의 경우, 건물이 전부 불에 탔으며, 죽은 제자들을 제외한 다른 제자들이 모조리 겁간을 당하는 치욕을 겪었다.

그에 살아남았던 대부분의 제자들 역시 혀를 깨물고 자살을 하기에 이르렀다.

겁간을 당한 큰 충격에 몇몇은 자살을 할 생각도 하지 못하고 정신이 이상해져 버렸다.

이에 아미파는 최소한 십 년 이상은 다시 일어설 수 없을 정도로 엄청난 피해를 입고 말았다.

이에 비해 제자들 반수 이상이 죽고 건물 일부가 불탄 청성파는 피해가 적은 것이라 할 수 있었다.

마교가 파죽지세로 중원으로 들어오자 구파일방은 서둘러 임시 무림맹을 만들었다. 마교와 별다른 충돌이 없었던 상황으로 흘러가면서 해체되었던 무림맹이었지만, 워낙 상황이 급박하게 돌아가고 있어 다시 소집되는 데 큰 어려움은 없었다.

문제는 모인 이후가 문제였다. 딱히 그들끼리 모였다고 해서 해결되는 것은 없었다.

서로 간의 입장만 밝힐 뿐 누구 하나 선뜻 나서서 앞장서겠다고 하는 문파가 없었다.

그러던 와중에 나선 곳이 하나 있었으니, 사천의 또 다른 패자인 사천당문이었다.

그간 무림의 일에서 한 발짝 떨어져 조용하게 지내던 그들이 마교의 준동으로 다시 모습을 드러낸 것이다.

당문은 아주 중요한 순간에 화려하게 등장했지만, 그 성과는 그다지 좋지 못했다.

처음의 기세는 좋았다. 아미파와 청성파를 무너뜨리고 섬서성의 화산으로 움직이던 마교 일행을 암기와 독으로 기습하여 큰 피해를 입힌 것이었다.

청성과 아미가 상대하여 입힌 피해보다 더 많은 피해를 입혔기에 정도무림은 사천당문에게서 또 하나의 희망을 찾는 듯했다.

하지만 그것으로 끝이었다. 압도적인 힘을 보여주는 듯하던 사천당문은 단 한 사람의 힘에 굴복하고 말았다.

당가주인 당연(唐硯)을 위시한 당문의 정예 삼백 중 살아남은 인원이 백 명이 채 되지 않았다. 당연 역시 큰 중상을 입고 패퇴할 수밖에 없었다.

그러한 결과를 가져온 사람은 마교의 제일장로인 오귀문이었다.

무슨 일이 있었는지 멀쩡하던 두 팔 중 왼팔 하나를 잃은 그는 예전보다 훨씬 더 포악한 모습으로 적들을 죽여 나가기 시작했다.

독과 암기로 마교 무리를 묶어놓고 그들을 사냥할 것이라 생각했던 당가주 당연은 오귀문 한 사람의 손에 백 명이 넘는 인원이 목숨을 잃자 그 반대였다는 것을 깨달았다.

처음에는 당문의 공격에 제대로 대비하지 못하고 큰 피해를 입었지만 오귀문은 당황하거나 좌절하지 않았다.

그것은 오히려 오귀문의 분노를 더욱더 끌어올려 그를 살귀(殺鬼)로 만드는 기폭제가 되었다.

오귀문의 무공은 굉장히 강했다. 왼팔을 잃기는 했지만 원래 오른손잡이였기에 별다른 문제가 되지 못했고, 그로 인하여 한층 더 심해진 그의 포악함은 당문의 무사들에게 공포로 다가왔다.

게다가 그의 움직임은 은밀하기 그지없었다. 그 어느 살수보다도 은밀하게 움직일 수 있었으며, 기척을 숨기는 것 역시 뛰어났다.

그런 그의 움직임을 아무리 당문의 정예라고 하더라도 실력이 떨어지는 그들이 알아차릴 수는 없었고, 반대로 오귀문이 당문의 무사들을 사냥하는 상황이 되어버린 것이다.

이번 일로 오귀문의 이름은 중원 전체에 공포로 각인되었다.

그와 동시에 수면으로 떠오른 것이 오귀문의 무위가 그 정도라면 도대체 마교 교주인 방일원의 무위는 어느 정도인가 하는 것이었다.

오귀문 정도 되는 사람을 장로로 부릴 수 있는 사람이라면 적어도 동급이거나 그보다 더 뛰어난 실력이어야 한다는 것이 그들의 생각이었다.

그렇게까지 이야기가 퍼져 나가자 마교라는 이름은 더욱 더 두려운 이름으로 바뀌어갔다.

그렇게 점차 자신들의 이름을 중원 전체에 강하게 새기고 있는 마교는 다시금 화산으로의 진격을 개시했다.

화산은 초긴장 상태로 변해 있었다. 파죽지세의 마교. 그들을 꺾을 수 있는 이는 아무도 없을 것 같았다.

하지만 화산파 제자들의 마음속에는 한줄기 믿음이 있었다. 바로 본산 장로 중 가장 강하다는 진무 도장(振武道長)이 있기 때문이었다.

장문인은 현양이 되었지만 무공의 고하로 따지면 진무 도장이 현재 화산에서 가장 강한 존재였다.

그런 진무의 존재가 화산파 제자들로 하여금 마교에 대한 두려움을 어느 정도 없애주고 있었다.

홍기의 단계에 들어선 운현은 하루하루가 기쁜 나날이었다. 황룡기가 자신의 마음대로 움직여 주고 있었으며, 검법 수련을 할 때면 황룡기와 진기가 한데 어우러져 검에 힘을 실어주고 있었다.

그 때문인지 검법 수련의 진척 속도가 전에 비해 훨씬 더 빨라진 듯했다.

오늘도 운현은 운기 이후에 검법 수련을 하고 있었다. 검을 한 번 내지를 때마다 힘을 주는 황룡기와 하단전의 진기에 운현은 만족스런 미소를 지었다.

"좋아……!"

마치 음식의 맛을 음미하듯 중얼거렸다. 아직까지 황룡의 의지를 완전히 굴복시키지는 못했지만, 그 도움을 이끌어내는 정도만으로도 그 위력에 놀라울 따름이었다.

"어떤가?"

수련을 하던 운현이 검을 멈추자 정 노인이 다가와 물었다. 묻는 그의 목소리에는 황룡기에 대한 은근한 자부심 같은 것이 묻어 있었다.

"좋습니다. 정말 좋습니다. 이런 기분일 줄은 정말 몰랐습니다."

대답을 하는 운현의 얼굴은 상기되어 있었다. 그런 운현의 표정에 정 노인의 자부심은 더욱더 커지고 있었다.

"그래, 언제 떠날 것인가?"

"예? 떠나다니요?"

갑자기 떠날 날짜를 묻는 정 노인의 말에 운현이 어리둥절한 표정으로 되물었다.

"아, 내가 이야기를 해주지 않았군."

정 노인은 자신의 실수라는 듯 이마를 한 번 탁, 치고는 운현을 바라보았다.

“홍기의 단계까지 왔다면 더 이상 이곳에 있을 필요가 없다네.”

“예? 세 번째 단계는 어찌하고요?”

“세 번째 단계는 굳이 이곳에서 하지 않아도 된다네.”

“자세히 좀 말씀해 주십시오.”

운현이 답답하다는 듯이 물었다. 그러자 정 노인은 고개를 끄덕이며 입을 열었다.

“홍기의 단계는 황룡기를 일반 진기처럼 다룰 수 있는 단계라네. 출기의 단계가 황룡기를 만들어내는 단계라면 홍기의 단계는 그것을 이용하는 단계라고 할 수 있지.”

“그것은 알겠습니다. 하지만 어째서 세 번째 단계는……”

“지금부터 말해줄 테니 보채지 말게나. 홍기의 단계에 들어서면 운기를 통해 일반 진기처럼 그 황룡기를 키울 수 있다네.”

“그렇습니까?”

“그렇지. 그렇게 황룡기를 키우다 보면 어느 순간 중단전이 꽉 차게 될 것이야. 나 같은 경우는 하단전이지만, 아무튼 중단전이 꽉 차게 되면 황룡기가 점점 옅어지면서 사라지는 것 같은 느낌을 받게 될 것이야.”

“황룡기가 사라진다고요?!”

운현은 깜짝 놀라 정 노인을 바라보았다. 하지만 정 노인은 고개를 저었다.

"황룡기가 사라지는 것이 아니네. 다만 그렇게 느껴질 뿐이지. 이는 사라지는 것이 아니라 황룡기 자체가 공간에 스며드는 것이네. 이것이 바로 공기(空氣)의 단계라네."

"그럼 공기의 단계가 되어도 황룡기를 쓸 수 있습니까?"

"아닐세. 사용하지 못하지. 사용할 수 있는 단계는 오로지 홍기의 단계뿐이야."

"예?!"

황룡기를 사용할 수 없다. 세 번째 단계라면 마지막 단계라는 말인데, 황룡기를 사용할 수 없다면 왜 세 번째 단계까지 익혀야 한단 말인가.

"의문이 생길 것이야. 세 번째 단계를 왜 익히는지에 대해서. 그래, 나와 미현이는 황룡기의 두 번째 단계까지 익히고 있다네. 세 번째 단계까지 익히게 되면 황룡기를 사용하지 못하니까. 하지만 자네는 익혀야 하네."

"그것은 또 무슨 말씀이십니까?"

"공기의 단계에 들어야만 나머지 두 개의 기운을 익힐 수 있다네."

운현은 점점 머리가 복잡해지는 것을 느꼈다. 하지만 정 노인은 그런 것에 상관없이 계속해서 말을 이어 나갔다.

"말 그대로일세. 공기의 단계에 들어서야만 나머지 두 개의 기운을 익힐 수 있다는 말일세. 즉, 공기의 단계는 나머지 두 개의 단계를 익히기 위한 과정이라는 말과 같네.”

“그렇군요.”

그제야 운현은 정 노인이 떠날 날짜에 대해서 언급한 것을 이해할 수 있었다. 황룡기는 더 이상 이곳에서 수련할 필요가 없는 것이었다.

“그럼 조금 더 시간이 지난 다음에 떠나도록 하겠습니다.”

운현의 대답에 정 노인이 고개를 끄덕였다. 그리고는 거처를 향해 몸을 돌리며 말했다.

“자네가 이곳에 있는 동안 중원은 엄청난 혼란에 빠져 있다네. 자세히는 모르지만 마교의 준동으로 정파가 심각하게 밀리고 있는 모양이야.”

“……!”

정 노인의 말에 운현은 충격을 받았다. 마교가 준동한 것은 이미 알고 있는 일이지만 정파가 밀릴 것이라고는 생각하지 않았다.

과거의 싸움이 끝나고, 마교와 구파일방 각각의 힘은 비슷하게 평준화되어 왔다.

그런데 마교 하나가 중원을 노린다고 해서 구파일방이 밀릴 것이라고는 생각할 수 없었다.

운현은 이곳에서 수련하는 동안 중원의 상황은 팽팽하게 돌아가거나 정파가 연합하여 마교를 몰아내었을 것이라 생각하고 조금은 마음을 편하게 가지고 있었다.

그런 상황에서 정 노인의 말은 운현에게 충격적이었다.

'이, 이럴 수가! 그럼 무당은?!'

운현은 갑자기 조급한 마음이 생겼다. 이곳에 오기 전에 눈 앞에서 사숙과 사제들, 사질들이 죽었다. 그런데 지금은?

몸을 돌려 거처로 돌아가려던 정 노인은 운현을 돌아보았다. 방금 전 자신의 말을 듣고 조금 충격을 받은 것 같은 운현의 모습에 다시금 입을 열었다.

"다행스럽게도 아직 무당에는 큰 피해가 없는 모양이더군. 큰 피해를 입은 곳은 아미와 청성… 그리고 당문이라고 하더군."

그 말을 끝으로 정 노인은 자신의 거처로 돌아갔다. 더 이상 해줄 말이 없었기에.

'당문? 오대세가도 나섰단 말인가?'

무당이 무사하다는 말과 당문의 등장에 운현은 마음이 조금 가라앉는 느낌이 들었다. 게다가 하단전의 진기와 황룡기가 온몸 구석구석을 돌며 운현을 진정시켜 주고 있었다.

'오대세가가 나섰다면 승산이 있다!'

비록 강호의 일에 참견하지 않고 조용하게 지냈다고는 하지만 오대세가에 속한 각 세가의 힘은 구파일방에 맞먹는다고 들었다.

그런 그들이 나섰다면 마교가 제아무리 강대한 힘을 가졌다 한들 충분히 막아낼 수 있을 것이라 생각되었다.

‘일단 무당에 피해가 없다면 다행이다. 나는 이곳에서 조금 더 수련을 한다. 내 자신의 무공을 완성시킨 다음, 세상으로 나간다. 금선도를 찾기 전에… 일단은 마교를 막아내는 것이 우선이다.’

황룡기의 효험인지 운현은 빠르게 냉정을 되찾았고, 짧은 계획도 세웠다. 금선도를 찾는 것도 중요하지만 일단은 마교를 막아내는 것이 먼저였다.

“또다시 수련을 해야겠구나.”

중얼거리며 다시금 검을 들어올리는 운현이었다.

정 노인이 거처로 돌아오자 정미현이 그에게 다가갔다.

“무슨 말씀을 하셨어요?”

“왜, 궁금하냐?”

“예.”

“전에는 별로 관심도 안 가지더니 이제는 관심이 과한 것 같구나.”

“저 사람이 제 반쪽이라고, 호감을 가지도록 해보라고 할 아버지께서 말씀하셨잖아요.”

정 노인의 말에 정미현이 눈을 흘기면서 대답했다. 그녀의 대답에 할 말이 없어진 정 노인은 고개를 돌려 버렸다.

“무슨 말씀을 하셨어요? 대답해 주지 않으실 거예요?”

정미현이 정 노인의 고개를 따라 움직이며 물었다. 어딘지 모르게 예전보다 끈질긴 성격으로 바뀐 그녀였다.

"그냥 언제 떠날 것이냐고 물었다. 어차피 이곳에서 더 이상 수련을 할 필요도 없고, 사문도 있는 몸이 아니더냐?"

"아……!"

정 노인의 말에 정미현의 표정이 살짝 굳었다. 운현에게 호감을 가지게 된 그녀였기에 운현이 떠나야 한다는 사실을 생각하지 못하고 있었던 것이다.

"왜, 아쉬우냐?"

"조금은요."

솔직하게 대답하는 정미현. 솔직한 말만큼이나 솔직한 표정이 그대로 얼굴에 떠올라 있었다.

그런 정미현의 얼굴을 보고 있는 정 노인의 마음도 편치 않았다.

아들 내외가 죽고 나서 홀로 애지중지하며 키워온 손녀딸이다. 정 노인에게 있어서 정미현은 이 세상 그 무엇보다 가장 소중한 하나밖에 남지 않은 혈육이었다.

그런 손녀의 마음이 아프니 그것을 지켜보는 정 노인의 마음은 두말할 필요가 없었다.

"뭐… 함께 가는 것도 좋겠지."

정 노인이 작게 중얼거렸다. 정미현이 듣지 못하기를 바라는 마음에서 작은 소리로 중얼거렸지만 정미현이 못 들을 정도로 작은 소리가 아니었다.

“정말요? 정말이에요?”

언제 그랬냐는 듯 기쁜 표정으로 정 노인에게 묻는 정미현이었다.

그런 그녀를 보며 정 노인은 약간은 씁쓸한 표정으로 고개를 끄덕였다.

“와! 고마워요, 할아버지!”

정미현이 정 노인에게 와락 안겼다. 그런 그녀를 안아 등을 두드려 주는 정 노인의 얼굴에는 진한 아쉬움이 있었다.

“아직 저 아이에게는 말하지 말거라.”

“왜요?”

“감히 내 손녀딸을 데리고 가려는 녀석인데 곱게 보일 리가 있느냐? 괘씸해서 그런다.”

“할아버지도…….”

정미현이 살짝 얼굴을 붉히며 중얼거렸다. 그리고는 창밖을 내다보았다.

창밖에서는 이런 사실을 모르는 운현이 열심히 검을 휘두르며 수련에 열중해 있었다.

요 며칠간 운현은 다른 생각은 하지 않고 수련에만 매달렸다. 운기를 통해서 황룡기를 키우고, 그런 황룡기의 도움을 받아 검법을 수련했다.

물론 하단전의 진기 수련도 게을리 하지 않았다. 이렇게 황룡기를 키우다가 어느 순간에 공기의 단계에 들어설지 알 수 없기에 하단전의 진기 역시 함께 수련해야 했다.

하단전의 진기와 황룡기가 늘어났기 때문일까. 검법 수련의 속도는 날이 갈수록 빨라졌다.

처음 운현이 이곳에 오기 전에 익혔던 태극혜검의 성취는 오성 정도였다. 십이성을 익혀야 대성하는 것인 것을 감안하면 적은 성취였지만, 비슷한 또래의 후지기수들에 비하면 확실히 뛰어난 수준이었다.

하지만 지금 운현은 칠성을 넘어 팔성을 바라보고 있었다. 오성에서 육성으로 올라갈 때와 육성에서 칠성으로 올라갈 때, 칠성에서 팔성으로 올라갈 때의 격차는 단순한 한 단계 차이를 뛰어넘는 것이었기에 운현의 성취 속도는 실로 엄청난 것이라 할 수 있었다.

스스로도 그런 것을 느끼고 있는 운현이었기에 더욱더 수련하는 것이 즐거웠으며, 그런 마음은 또다시 성취로 나타나 긍정적인 효과를 만들어내고 있었다.

그러다 보니 처음 중원의 소식에 조급해하던 운현의 모습은 이제 찾을 수 없었다.

오로지 수련하는 즐거움에 푹 빠져 생활하는 그였다.

그런 운현에게도 한 가지 고민이 있었다. 바로 정미현 때문이었다.

그녀를 좋아하지만 아직까지 고백도 하지 못했다. 그런데 그녀를 두고 이곳을 떠나야 한다는 생각에 절로 한숨이 나왔다.

그런 운현의 모습을 보며 즐거워하는 사람이 있었으니, 바로 정미현이었다.

정 노인으로부터 함께 떠나도 좋다는 허락을 받은 상황이었기에 아무것도 모르는 운현을 보며 정미현은 즐거워할 수밖에 없었다.

"무슨 일로 그렇게 한숨을 쉬어요?"

정미현이 다가가 물었다.

미소를 지으며 물어오는 정미현의 모습에 운현은 더욱더 마음이 심란할 수밖에 없었다.

"아니에요. 수련하는 게 힘들어서 그래요."

억지로 미소를 지으며 대답하는 운현. 그런 운현의 모습에 정미현은 속으로 더욱더 크게 웃고 있었다.

"좀 쉬엄쉬엄 하세요. 여기……."

정미현이 하얀 천 하나를 운현에게 건넸다. 그것을 받아 들고 땀을 닦는 운현은 자신을 향해 미소 짓고 있는 정미현을 보며 생각에 잠겼다.

'왜 이러지? 갑자기 너무 잘해주는데?'

예전보다 많이 부드러운 태도를 보이고는 있어도 이 정도로 친절한 모습은 처음이었다.

그도 그럴 것이, 운현에 대한 호감은 정 노인 앞에서만 보였지 운현의 앞에서는 보인 적이 없는 그녀였다.

"정 소저."

땀을 모두 닦은 운현이 정미현을 불렀다. 그에 정미현이 운현의 손에 들린 천을 다시금 받아 들며 그를 바라보았다.

"무슨 일 있어요?"

"왜요?"

"아니요. 평소와 조금 다른 것 같아서요."

"뭐가 다르죠?"

"그, 그것이……."

이렇게 물어오니 오히려 당황하는 운현이었다. 게다가 두 눈을 똑바로 뜨고 자신의 대답을 기다리는 정미현을 보니 더욱더 말을 할 수가 없었다.

"아, 아니에요."

결국 꼬리를 내리는 운현. 그런 운현의 모습에 미소를 지은 정미현은 몸을 돌려 거처로 돌아갔다.

그런 그녀의 뒷모습을 운현은 약간은 당혹스런 눈빛으로 바라보았다.

그렇게 또 시간이 지났다. 날이 갈수록, 성취가 늘어갈수록 운현의 입에서는 한숨이 자주 나왔다.

그럴 때마다 운현의 앞에 정미현이 나타났고, 그 때문에 운현의 마음은 더욱더 심란해져만 갔다.

그럴 의도는 아니었지만 본의 아니게 정미현은 운현의 속을 새까맣게 태우고 있는 중이었다.

"팔성인가?"

운현이 중얼거렸다. 느낄 수 있었다. 어느덧 자신이 칠성의 경지를 넘어 팔성의 경지에까지 이르렀다는 사실을. 위력 면에서나 마음으로 느껴지는 어떤 느낌 면에서나 칠성과 팔성은 확연하게 차이가 났다.

"하압!"

운현이 태극혜검의 첫 번째 초식을 펼쳐 보였다. 힘을 빼고 가볍게 휘두르는 모양이었다.

우우웅!

공기를 찢는 소리. 그 정도로 운현의 검에 실린 위력이 엄청나다는 것을 의미했다.

첫 번째 초식을 펼친 운현은 그 뒤로 순서없이 아무 초식이나 연결하여 펼쳐 보았다.

확실히 적은 힘으로 위력적인 공격이 가능한 상황이었다.

"그렇다면, 흡!"

운현은 내력을 끌어올려 검에 주입했다. 운현의 검에 은은한 황색의 검기가 만들어졌다. 하단전에 있는 진기와 황룡기가 어우러져 만들어진 검기이기에 황색보다는 금색에 더 가까운 것이었다.

“후읍!”

지이잉!

운현이 한 번 더 숨을 들이마시며 검에 내력을 주입했다. 많은 양의 내력이 들어갔는지 구룡검의 진동 소리가 마치 검명과 같이 들렸다.

“하아!”

한참 내력을 주입하던 운현이 거친 숨을 내쉬며 검을 내려놓았다. 그와 동시에 구룡검을 감싸고 있던 은은한 황색의 검기 역시 사라졌다.

“역시… 아직은 힘든 것인가?”

운현이 시도했던 것은 검강(劍罡)이었다. 쉽게 할 수 있는 것은 아니었지만 왠지 될 것 같은 느낌에 한번 시도해 본 것이었다.

“검강이 가능하긴 한 것일까?”

운현 역시도 검강에 대해서 듣기만 했지 한 번도 본 적이 없었기에 검강의 존재가 실재하는 것인지조차 알 수가 없었다.

다만 검기를 만들어내고 조금 더 나아가면 검기와는 다른 무언가가 가능할 것 같다는 느낌이 들었고, 그것이 말로만 듣던 검강일 것이라 생각한 것뿐이었다.

“대단하네요. 황색의 검기라니…….”

“아, 정 소저!”

언제부터 운현의 검기를 보고 있었는지 정미현이 다가오며 말했다. 검기를 만들어내는 것이 보기에는 쉬워 보여도 엄청난 내력의 소모와 집중력이 필요한 것이기에 정미현이 가까이 와 있어도 눈치를 채지 못한 운현이었다.

"이 정도로는 아직 멀었어요."

"뭐가요?"

"예?"

"방금 전에 그랬잖아요. 아직 멀었다고."

혼자 중얼거린 말이라 정미현이 들었을 것이라고는 생각하지 못한 운현이었기에 약간 당황스러운 표정을 지었지만 이내 그런 표정을 지웠다.

"사숙의 죽음을 생각하고 있었어요. 제가 이곳에 오기 전에 싸웠던 마교 장로를 생각하고 있었죠."

"복수할 생각이군요?"

"예, 물론이죠. 제 개인적인 원한도 있고, 사문인 무당의 원한이니까요."

"걱정 말아요. 아무리 그자가 강한 사람이라고 해도 황룡기의 위력이라면 충분히 이길 수 있을 거예요."

정미현의 말에 운현은 고개를 저었다.

"아니요. 물론 황룡기의 위력을 의심하는 것은 아니에요. 황룡기를 이용해서 펼친 검법의 위력이 훨씬 더 강하다는 것은 알고 있으니까요. 하지만 세상일은 모르는 거잖아요. 단순히 강한 무공으로 이길 수 있다면 강호의 질서는 크게 어지럽지 않을 거예요. 하지만 언제나 예측 불가능한 일들이 발생하기 때문에 세상이 혼란에 빠지기도 하고, 재미있기도 한 것이죠. 게다가 지금 제 실력으로 그자를 이길 수 있을 것인지도 장담할 수 없고요.”

운현의 말에 정미현은 고개를 끄덕였다. 그러고 보니 나이 스물이 넘었는 데도 세상에 제대로 나가보지 못한 정미현이었다.

오히려 어릴 적에는 정 노인이 그녀를 혼자 놔둘 수 없어 많이 데리고 다녔지만, 다 큰 이후에는 거의 밖으로 나가본 적이 없는 그녀였다.

“세상이라는 곳, 한번 나가보고 싶네요.”

정미현이 혼잣말로 중얼거렸다. 그 말을 들은 운현은 그녀를 가만히 바라보았다. 그리고는 무언가 결심한 듯한 표정으로 그녀를 바라보았다.

“그럼… 같이 갈래요?”

“예?”

“같이 가자고요. 바깥으로.”

운현이 살짝 얼굴을 붉히며 말했다. 그리고는 정미현을 똑바로 바라보았다.

두근두근.

운현의 심장이 터질 듯 뛰고 있었다. 운현을 마주 바라보는 정미현의 심장 역시 그에 못지않게 뛰고 있었다.

"싫어요?"

"예?"

이미 정 노인으로부터 함께 가라는 허락을 받아놓은 상황이었지만 운현의 입으로 함께 가자는 말을 직접 들으니 쉽게 대답을 못하는 그녀였다.

"싫은가 보네요."

정미현에게서 대답이 없자 운현이 풀이 죽은 목소리로 중얼거렸다. 그 모습에 정미현은 화들짝 놀라며 손사래를 쳤다.

"아, 아니에요! 같이 가요!"

"정말이에요?"

운현의 표정이 한순간에 밝아졌다.

풀이 죽어 실망하는 운현의 모습에 대답을 하긴 했지만 쑥스러운지 정미현의 얼굴도 새빨갛게 변해 있었다.

덥석!

"어머!"

"고마워요. 정말 고마워요."

운현이 정미현의 손을 덥석 잡으며 말했다. 태어나서 아버지와 할아버지 이외에 다른 남자의 손을 잡는 것이 처음인 정미현의 얼굴이 더욱더 빨갛게 변했다.

정미현이 쑥스러워하고 있다는 사실도 모른 채 운현은 계속해서 그녀의 손을 잡고 좋아하고만 있었다.

"좋을 때구나……."

그 모습을 멀리서 지켜보고 있던 정 노인이 몸을 돌리며 중얼거렸다. 실로 오랜만에 먼저 세상을 떠난 부인이 생각나는 정 노인이었다.

第九章
강호 출도

기대했던 화산파의 선전은 없었다.

화산에서 유일하게 오귀문의 기세를 꺾을 수 있을 것이라 생각했던 진무 도장 역시 오귀문의 상대가 되지 못했다.

화산파로 오고 있는 오귀문의 소식을 들은 진무 도장은 제자들 일백을 이끌고 화산 밑으로 내려갔다. 미리 예봉을 꺾어 본산으로 올라오지 못하도록 하기 위함이었다.

드디어 오귀문과 만난 진무 도장.

처음에는 기세 좋게 오귀문의 검에 맞서갔다. 그리고 실제로 초반에는 그의 무위를 압도하는 모습을 보여주기도 하였다.

하지만 그것은 딱 십 합까지였다. 그 이후부터는 점차 진무 도장이 밀리는 양상으로 흐름이 바뀌어갔다.

결국 그렇게 삼십 합이 지나고, 진무 도장은 오귀문의 검에 무릎을 꿇고 말았다.

진무 도장의 모습은 말이 아니었다.

앞섶에는 왼쪽에서 오른쪽으로 사선의 깊은 상처가 나 있었고, 그 상처에서 끊임없이 피가 흘러내리고 있었다.

게다가 얼굴의 오공에서는 심한 내상 탓에 검붉은 피가 흘러내리고 있었는데, 그 모습은 차마 볼 수 없을 정도로 처참했다.

반면 오귀문의 상처는 그다지 커 보이지 않았다.

오귀문의 역시 일반적인 상처에 비하면 엄청난 중상이었지만, 그보다 더한 진무 도장이 앞에 있기 때문인지 별것이 아닌 것같이 보였다.

게다가 그런 상처를 입고도 하얀 치아가 다 드러나 보이도록 미소를 짓는 그의 얼굴은 살귀(殺鬼)를 넘어 지옥의 악귀(惡鬼)와도 같았다.

결국 오귀문은 진무 도장의 목을 땅바닥에 떨어뜨렸다. 목이 잘린 부분에서 뿜어져 나온 핏물은 그 주변의 땅을 적셨으며, 그것은 그 싸움을 처음부터 끝까지 지켜보고 있던 화산파 제자들의 눈물과 뒤섞여 흘러내렸다.

그것이 오귀문의 마음을 흔들었을까. 지금까지 한 번도 물러섬이 없었던 오귀문이 화산파 본산으로 오르는 것을 미루고 뒤로 물러섰다.

그 역시도 심한 부상을 입은 상황이었고, 자신들의 앞을 가로막고 서 있는 화산파 제자들의 기세 역시 굉장히 강렬했기에 잠시 뒤로 물러선 것이었다.

결국 그 일로 화산은 당분간 무사하게 되었고, 오귀문의 발걸음은 일단 멈춰지게 되었다.

그렇게 오귀문이 발걸음을 멈추자 일순간 마교의 행보 역시 잠시 주춤하게 되었고, 구파일방은 속히 화산으로 지원 병력을 보내 마교의 공격에 대비하였다.

그에 지금의 상황은 화산을 사이에 두고 구파일방과 마교가 치열하게 대립하고 있는 상황이라 할 수 있었다.

감숙성의 작은 관도. 한 청년과 아리따운 여인이 함께 길을 걷고 있었다.

호남형의 청년과 중원 최고의 미녀라는 칭송이 아깝지 않을 정도의 여인이 만들어내는 모습에 그 길을 걷는 사람들은 한참 동안 시선을 뗄 줄 몰랐다.

하지만 청년과 여인은 그런 사람들의 시선에 별로 신경을 쓰지 않는 모습이었다.

그런데 청년의 모습 중에서 한 가지 눈에 띄는 것이 있었다. 바로 허리춤에 달린 용의 장식이 수려한 검이었다.

청년은 바로 운현이었고, 그 옆을 걷고 있는 여인은 정미현이었다. 운현이 정 노인과 함께 생활하던 곳에서 나오면서 정미현도 함께 나온 것이었다.

"정말로 갈 거예요?"

"그럼요."

"그 장로인가 하는 사람은 지금 감숙성에 없다고 하던데……."

"어차피 마교가 적으로 돌아선 상황이에요. 그 사람이 감숙에 있든 없든 상관없어요. 그들 역시 사숙과 사제, 사질들을 죽인 주범일 뿐. 그렇다면 응당 그 값을 치르게 해주어야지요."

"…그렇군요."

정미현은 왠지 탐탁지 않아하는 것 같았다. 하지만 운현의 발걸음에는 조금의 망설임도 없었다.

그렇게 몇 시진을 걸었을까. 운현과 정미현은 어느 건물 앞에 서 있었다.

운현과 정미현이 어느 한곳을 바라보자 그곳에는 '마(魔)'라는 글자가 떡하니 쓰여 있었다.

바로 운현이 죽을 위기에 처했던 곳, 바로 마교의 감숙지부였다.

"후우……!"

운현이 심호흡을 한 번 했다. 그리고는 감숙지부 안쪽을 향해서 크게 소리를 질렀다.

"내가 왔다! 여기 구룡검이 있다!"

자신을 기억하는 사람이 있을 수도 있고 없을 수도 있다. 그렇다면 적들을 끌어내기에 가장 좋은 방법은 역시 구룡검이었다.

"뭐냐?!"

역시나 반응이 왔다. 감숙지부 안에서 대략 열다섯 명 정도의 마교 무사가 우르르 몰려나왔다.

겉으로 드러나는 무위가 그다지 높지 않은 것으로 보아 정예는 모두 섬서성에 있는 모양이었다.

"이 인원이 다인가?"

"너는 뭐 하는 놈인데 이곳에 와서 행패를 부리는 것이냐?!"

운현의 물음에 대답하지 않고 한 마교 무사가 소리쳤다. 최근 마교의 기세가 하늘을 찌르니 말단 무사까지 하늘 무서운 줄 모르고 기세가 올라 있는 듯했다.

"내가 묻는 말에만 대답해라! 이곳에 있는 인원이 너희들이 다인가? 고작 이 정도라고?"

"고작? 네놈 하나 처리하는 데에는 이 정도 인원도 필요없다! 서둘러 처리하고, 네놈의 옆에 있는 계집은 우리가 알아서 예뻐해 주마! 흐흐흐흐!"

정미현의 미모를 보고 침을 흘리는 무사였다. 하지만 그것은 절대로 해서는 안 될 행동 중 하나였다.

"자고로……."

스르릉!

검집에서 구룡검이 모습을 드러내었다. 언제 보아도 눈이 부신 멋진 모습. 일순간 마교 무사들 역시 서서히 드러나는 구룡검의 나신에 시선을 빼앗겼다.

"입이 싼 놈이……."

운현이 구룡검을 들어올렸다. 그러자 구룡검에서 미약하게 진동이 울렸다. 내력이 주입되고 있다는 증거였다.

"가장 빨리 죽는다더군."

쐐애애액!

살짝 앞쪽으로 검을 들어올린 상태에서의 가속. 그것도 단 한 발자국도 움직이지 않은 상황에서였다.

단순히 팔 힘만을 가지고 그 짧은 거리에서 가속이 붙은 것이었다. 그럼에도 불구하고 일반 무사들이 뻗는 검의 속도보다 몇 배는 더 빨랐다.

"크헉!"

"네놈에게는 비명조차도 사치일 뿐이다."

단 한 번의 휘두름에 입을 잘못 놀린 마교 무사가 쓰러졌다. 단말마의 비명이 터져 나오기는 했지만 목의 한가운데를 뚫는 일격이었다.

"뭐, 뭐야?!"

너무나도 빠르면서도 예상치 못한 일격이었기에 나머지 열네 명의 무사가 당황했다.

그런 그들을 운현은 멍하니 바라볼 뿐이었다.

"무당파 장문제자 운현이 마교 감숙지부에 과거의 은원을 갚고자 한다!"

"헛소리! 쳐라!"

운현의 외침에 그제야 정신을 차린 열네 명의 무사가 한꺼번에 운현과 정미현에게 달려들었다.

몇몇은 정미현의 미모를 보고 그쪽으로 달려들었지만 대부분의 마교 무사들은 운현 쪽으로 달려들었다.

운현의 실력이 범상치 않다는 것을 느낄 수 있었기 때문이다.

스슥.

운현의 발이 살짝 움직였다.

조금씩 움직이고 있었지만 사방에서 날아드는 검을 피하는 데는 부족함이 없었다.

촤아악!

운현이 검을 뻗었다.

특별히 초식을 사용하고 있지는 않았지만 간결한 한 번의 뻗음에 어김없이 마교 무사들의 급소에 검이 찾아들었다.

일격필살(一擊必殺)!

그 말이 딱 어울리는 운현의 움직임이었다.

정미현의 움직임 역시 물 흐르듯 자연스러웠다.

실전이 처음인 데도 불구하고 당황하지 않고 침착하게 적을 향해 자신의 손을 뻗었다.

그녀의 손에서 뿜어져 나온 기운은 그녀에게 달려드는 무사들을 밀어내어 저 멀리 날려 보냈고, 그 기운을 채 감당하지 못한 무사들은 목숨을 잃거나 어딘가에 부딪친 충격을 이기지 못하고 쓰러져 버렸다.

"정말로 더 이상 없는 것인가?!"

피 한 방울 묻지 않은 모습의 운현이 마교 감숙지부 안쪽을 향해 소리쳤다. 하지만 정말로 없는 듯 안쪽에서는 아무런 대답도 들려오지 않았다.

"정말 이 인원이 다란 말인가!"

운현이 바닥에 쓰러져 있는 마교 무사들의 시체를 바라보며 한탄했다.

무당의 감숙지부에서 죽어 나간 제자들만 해도 최소 오십 이상은 되었다.

운현은 허탈감이 몰려왔다. 이것으로 복수가 끝이다? 절대 그럴 수는 없었다. 이것으로 끝이라면 죽어간 사제들과 사질들에게 얼굴을 들 수 없을 것이다.

게다가 자신의 손을 잡고 죽어간 사숙도 있지 않은가?

"괜찮아요?"

정미현이 다가왔다. 운현의 감정이 심하게 흔들리는 것을 느낀 때문이었다.

운현에게 다가간 정미현은 구룡검을 들고 있는 그의 손을 꼭 잡아주었다.

정미현의 손이 닿자 운현은 온몸에 온기가 생기는 것 같은 느낌을 받았다. 따뜻한 느낌. 결코 싫지 않은 느낌이었다.

그 온기에 운현은 마음이 조금은 진정되었다. 애초에 감숙지부 하나 가지고 복수를 끝낼 것이란 생각은 애초에 하지도 않았다.

"고마워요."

운현이 미소를 지으며 정미현을 바라보았다. 그에 정미현 역시 운현을 바라보며 미소 지었다.

"그런데 여기에 계속 있으면 속이 이상해질 것만 같아요."

사람 죽이는 모습도, 시체 역시도 처음 보는 정미현이었지만 황룡기 덕분인지 크게 동요하는 모습은 보이지 않고 있었다.

어찌 보면 다행이라고 할 수도 있을 것이고, 어찌 보면 살인에 대한 충격을 너무 쉽게 잊을 수 있어 불행이라고 할 수도 있었다.

"그래요. 일단은 가죠. 섬서성으로 가야겠어요."

운현의 말에 정미현은 고개를 끄덕였다. 그리고 둘은 마교 감숙지부를 뒤로하고 섬서성으로 발걸음을 옮겼다.

마교 감숙지부가 무너진 소식은 순식간에 그 근방으로 퍼졌다. 지금 무림에서 일어나는 일들에 비하면 작은 일에 불과했지만, 한껏 기세가 오른 마교의 지부를 박살 냈다는 것은 분명 사람들의 입에 오르내릴 만한 일이었다.

오귀문에 의해 마교가 공포의 대상으로 자리 잡으면서 마교의 지부 주변에는 사람들이 접근조차 하지 않게 되었다.

괜히 다가갔다가 목숨을 잃을 수도 있기 때문이었다. 그렇게 마교 총단은 물론 마교 지부에까지도 사람들이 접근하지 않은 지 몇 달 만에 처음으로 마교 감숙지부가 무너지는 일이 발생한 것이었다.

그 소식은 물론 마교 총단에까지 들어갔다. 비록 적은 수이기는 하지만 마교의 지부 하나가 당한 것은 결코 가벼운 일이 아니었다.

마교 총단에 있는 곡해성의 집무실. 수하로부터 감숙지부의 일을 보고받는 그의 표정은 딱딱하게 굳어 있었다.

“아직도 누구의 소행인지 파악하지 못하고 있단 말이지?”

“그렇습니다.”

“누구의 짓일까? 분명 구파의 움직임은 확실하게 파악하고 있었지?”

“물론입니다. 구파에서 은밀하게 빠져나온 사람은 없습니다. 게다가 당한 인원이 모두 열다섯입니다. 그들을 혼자서 처리할 정도의 고수라면 섬서성에서 빠져나와 혼자 움직일 수 있을 리가 없습니다. 팽팽한 국면이니까요."

"그렇지……."

곡해성은 자신의 턱을 매만졌다.

"흔적 같은 것을 살펴보아도 모르겠던가?"

"딱히 어떤 무공을 사용한 것처럼 보이지는 않았습니다. 마치 어린아이들을 상대하듯 그냥 가볍게 처리한 것 같았습니다."

"그 정도의 고수가 나타났다는 말인가!"

곡해성은 놀란 표정을 지었다.

아무리 일반 무사라고 하여도 마교 무사들의 수준은 결코 낮다고 할 수 없다. 그간 중원 정벌을 위해 준비를 철저하게 했기에 자신할 수 있었다.

그런 무사 열다섯을 가볍게 처리할 정도라면 결코 무시할 수 없는 고수였다.

물론 그것만 가지고는 정확히 판단하기는 어렵지만 분명한 것은 그자가 마교의 적이라는 것이었다.

"그렇다면 일단 구파는 제외해야겠고, 오대세가인가? 그럴 수도 있겠어. 검으로 유명한 곳이라면 남궁가일 수도 있겠군."

남궁세가, 오대세가 중에서도 검으로 이름 높은 세가다. 구파 중에서 검으로 최고라는 무당이나 화산과 겨루어도 결코 뒤지지 않는다는 그들이다.

게다가 예로부터 당문과 멀리 떨어져 있기는 해도 두 가문
은 친밀한 관계를 유지하고 있던 터라 당문이 당했다면 남궁
가가 나섰을 가능성이 높았다.

"남궁세가 쪽을 면밀히 주시하도록 하라. 그리고 약간의
움직임이라도 있으면 바로 보고하고."

"알겠습니다."

명령을 받은 수하가 즉시 밖으로 나갔다.

"남궁세가라……."

운현이 한 일이라고는 꿈에도 생각지 못하는 곡해성이었
다.

섬서성에서의 대치는 생각보다 오래가고 있었다. 오귀문
의 부상이 생각보다 깊기 때문인지, 총단에서 어떤 명령이 내
려왔기 때문인지 마교는 전혀 움직이지 않고 있었다.

이런 상황이 기회이기는 하지만 구파일방에서도 섣불리
움직임을 보이지 않고 있었다.

일단 오귀문의 부상이 어느 정도인지 알 수 없었을뿐더러
마교 측의 속셈이 무엇인지 정확히 파악할 수가 없기 때문이
었다.

마교 감숙지부가 무너진 것은 어찌 보면 작은 일에 불과했
지만, 당사자인 구파의 입장에서는 굉장히 반가운 소식이었
다.

적의 힘이 줄어든 것 때문이 아니라 자신들을 도와줄 사람
이 늘어났다는 것이 구파에게는 희소식이었다.

그에 마교에서와 마찬가지로 구파에서도 은밀하게 오귀문
의 상태와 감숙지부를 공격한 사람, 또는 무리에 대해서 조사
를 지시했다.

섬서성에 와 있는 무당파를 통솔하고 있는 사람은 청현 도
장이었다. 운현의 소재를 파악하는 일은 아직까지도 멈추지
않고 계속하고 있었으며, 이번 마교와의 대치까지도 책임지
게 되어 말 그대로 몸이 열 개라도 모자랄 지경이었다.

그런 상황에서 마교 감숙지부의 소식은 청현 도장의 귀를
확 트여주는 역할을 하였다.

"감숙지부라고?"

"예, 분명 감숙지부입니다."

"그곳에서 혹시 무당의 무공 흔적이 발견되지는 않았나?"

"그런 것은 없었다고 들었습니다."

"그런가?"

대답을 하는 청현 도장의 목소리에 약간의 실망감이 드러
났다. 혹시 운현이 나타난 것이 아닐까 하고 생각했던 것이
다.

"한 사람의 흔적이었다고 했는가?"

"예. 일단은 그렇다고 들었지만 정확하게 조사를 하지 못

한 상황이기에 확답을 드릴 수는 없습니다.”

분명 흔적 역시 무당의 것이 아니고 운현의 소재가 파악된 것도 아니었지만 청현 도장은 감숙지부의 일이 운현이 한 일일 것이라는 느낌을 지울 수가 없었다.

“만약 그 일을 벌인 사람이 운현이라면, 그는 분명 이곳으로 올 것이네. 그러니 섬서성 주변으로 들어오는 사람들을 주도면밀하게 관찰하게. 알겠나?”

“예, 알겠습니다.”

‘운현이다. 틀림없어!’

아무것도 명확하게 드러나지 않은 상황이지만 분명 운현일 것이라고 확신하는 청현이었다.

“뭐라고?! 그것이 확실한 것이냐?!”

무당에서 초조하게 섬서성의 소식을 기다리고 있던 청산 진인은 사제에게서 올라온 보고에 깜짝 놀라 자리를 박차고 일어났다.

‘운현? 정말 운현이란 말인가? 그 녀석이 나타났다고?!’

일 년이 넘었다. 그동안 어떻게 되었는지 소식조차 알 수 없었다. 한 달, 두 달이 지나면서 운현이 죽었다는 소문은 점차 사실이 되어가는 것 같았다.

그렇게 일 년이 지나고, 청산 진인 역시 운현이 죽은 것은 아닐까 하고 초조해하고 있던 찰나였다.

장문 사형!

찾은 것 같습니다! 운현의 소식 말입니다! 정확하게 파악된 것은 없지만 마교 감숙지부 사건의 장본인이 운현 같다는 소식입니다.

운현이 마지막으로 사라진 장소 역시 마교 감숙지부이고 그곳에 원한도 있으니, 만약 운현이 살아 다시 강호에 모습을 드러냈다면 가장 먼저 향한 곳이 그곳이 되지 않을까 하는 생각입니다.

조금 더 조사를 해보고 보고하겠습니다.

청현.

서찰을 들고 있는 청산의 두 손이 부들부들 떨리고 있었다. 가장 아끼는 제자, 그리고 그동안 자신의 속을 그렇게도 타게 했던 제자의 소식이 들어오기 시작한 것이다.

"섬서성으로 가겠다."

"장문인!"

청산의 말에 보고를 하기 위해 그의 집무실에 들어와 있던 사제가 소리쳤다.

장문인은 문파의 주인, 그리고 얼굴이다. 그런 장문인이 직접 나선다는 것은 체면이 깎이는 일이라 할 수 있었다.

"어서 준비하라 일러라!"

"냉정하게 생각하십시오! 사형께서 운현을 생각하시는 마음은 잘 알겠지만, 아직까지 그 사람이 운현인지 아닌지는 정확하게 알 수 없습니다! 그런데 장문인께서 직접 움직이시겠다니요?!"

"뭐라?!"

청산은 이미 냉정을 잃고 있었다. 청산에게 있어서 운현의 존재는 그 정도로 큰 것이었다.

"하나밖에 없는 제자가, 그것도 죽은 줄 알았던 제자가 살아 있을지도 모른다는 소식을 접했다. 게다가 일 년 사이에 무슨 일이 있었는지 엄청난 고수가 되어 나타났다. 그런데 내가 어찌 가만히 앉아 있을 수 있겠는가."

"하지만 운현이 아닐 수도 있습니다."

"아니, 운현이다. 느낌이 온다. 확실해!"

'진정 장문인이 맞단 말인가!'

청산을 바라보는 사제의 얼굴에는 당혹스러움이 묻어 있었다.

언제나 냉정을 유지하고 있어야 할 장문인의 자리. 하지만 지금 자신의 눈앞에 있는 사람은 대무당의 장문인이 아닌 한 청년의 사부만이 남아 있었다.

'언제 이렇게 늙으셨는가?'

새삼 주름이 많아 보이는 청산의 모습. 그동안 했을 마음고생이 이제야 보이는 것 같았다.

"…알겠습니다."

"고맙네."

사제가 밖으로 나가자 청산의 눈에서는 한줄기 눈물이 흘러내렸다. 그리고 그 입가에는 미소가 번지고 있었다.

운현과 정미현은 천천히 걷고 있었다. 이제 얼마 지나지 않으면 섬서성. 조금 빨리 걸을 법도 하건만 결코 서두르지 않았다.

일단 이곳까지 오면서 소문으로 마교와 구파 간의 대치 상황을 듣고 있었고, 오귀문의 상태가 의외로 심각할지도 모른다는 이야기를 들었기 때문이다.

'도대체 누가?'

오귀문은 운현이 원한을 갚아야 할 상대. 이렇게 죽어버리면 안 되었다. 조금이라도 시간을 더 벌어 오귀문의 상태가 호전되기만을 바랄 뿐이었다.

"너무 천천히 가는 것 아닌가요? 섬서성에는 무당파도 있다고 하던데……."

"빨리 가고 싶죠. 지금도 마음만은 이미 온 힘을 다해 달려 그곳에 가 있습니다. 하지만 실제로는 그럴 수 없죠."

"왜죠? 오귀문이라는 사람 때문인가요?"

끄덕.

정미현의 물음에 운현은 고개를 끄덕였다. 복수가 우선이고 해후는 그 다음이었다.

“하지만 소문으로 들어보면 오귀문의 상태도 꽤 심각한 것 같은데요.”

“그래서 더 천천히 가는 거예요. 회복할 시간을 주기 위해서.”

“빨리 가서 지금 상황에 싸워야 유리한 것 아닌가요?”

“아니요. 그럴 순 없어요. 그의 몸이 완벽할 때 꺾어야만 죽은 사숙의 복수를 할 수 있어요.”

운현의 옆에서 나란히 걸으며 정미현은 그의 옆얼굴을 바라보았다.

무언가 고집이 가득한 표정. 그런 표정은 처음 보는 것 같았다.

“그런 표정은 처음이네요.”

“예? 무슨 표정이요?”

“지금 그 표정 말이에요. 무언가 고집스러운 면이 보이는 것 같아요.”

“하하하!”

운현이 크게 웃었다. 고집스럽다는 말. 처음 들어보는 말이었다.

‘나한테 고집이라는 것이 있었나?’

운현은 곰곰이 생각해 보았다. 그러고 보니 어려서부터 고집이라는 것을 참 많이 부린 것도 같았다.

어느 정도 수련을 하고 나면 강호 경험을 하기 위해 하는 표행도 나가지 않았으며, 사부인 청산이 시키는 것들을 하지 않고 버틸 때도 많았다.

"사부……."

운현의 입에서 사부라는 말이 나왔다. 그동안 잊고 지냈지만 자신에게는 부모님과 같은 존재였다.

언제나 자신에게 잘해주고 모든 것을 주기 위해 노력했던 분들 중 한 분이셨다.

'그러고 보니… 도명을 받을 때에도 그랬었지.'

한 번 떠오르기 시작하자 봇물 터지듯이 떠오르는 생각들이었다.

"무슨 생각을 해요?"

운현이 생각에 빠져 있자 정미현이 넌지시 물었다.

"예? 아, 아니에요. 그냥 옛날 생각이 좀 나서……."

아직도 과거의 추억에 빠져 있는 듯한 모습으로 운현이 중얼거렸다. 그런 운현의 모습에 정미현은 미소를 지었다.

"아, 섬서성이에요."

"벌써요?"

정미현의 말에 운현은 앞쪽을 바라보았다. 멀지 않은 거리에 섬서성으로 들어가는 관문이 보였다.

이제 원한과 기쁨이 뒤섞여 있는 섬서성으로 들어가는 운현과 정미현이었다.

第十章
충돌

섬서성에 입성한 운현과 정미현은 일단 그간의 소식을 접하기 위해 섬서성의 성도인 서안(西安)으로 향했다.

어차피 구파와 마교가 대립하고 있는 화산으로 가는 길목이기에 부담없이 서안으로 들어갔다.

"역시 크긴 크군요."

정미현이 중얼거렸다. 섬서성으로 오기 전에 감숙성의 성도인 난주(蘭州)에 잠시 들렀지만 난주보다는 이곳 서안이 더 크게 느껴지는 정미현이었다.

"그렇죠. 아무래도 감숙성보다는 사람들이 살기 좋은 곳이니까요."

운현의 말에 정미현은 주변을 두리번거리며 고개를 끄덕였다.

"일단은 객점을 하나 잡죠. 거기서 요기를 좀 하고 쉬었다가 가요. 이곳에서 화산파까지는 그리 멀지 않으니까요."

"그렇게 해요."

정미현이 웃으며 대답하자 운현은 가까운 객점을 찾아 돌아다니기 시작했다.

"아! 저기 딱 좋은 객점이 하나 있네요."

운현이 발견한 객점은 사람들이 많은 번화가에 있는 것이라곤 믿기 어려울 정도의 객점이었다.

물론 상대적으로 그 크기가 작다는 말이지 중소 도시에 있다면 충분히 크다고 소문이 날 수 있는 객점이었다.

"좋겠네요. 어서 가요."

정미현이 앞장서서 객점으로 들어갔다.

서안에 들어오기 전까지 건량 같은 것만 먹었기 때문인지 정미현이 굉장히 기뻐했다.

운현도 조금은 들뜬 마음으로 객점으로 향했다.

객점 밖에서 보았을 때와는 달리 객점 안쪽은 굉장히 넓었다. 총 삼층으로 되어 있었으며, 일층의 면적만 해도 어마어마했다.

앞쪽에 드러난 부분 이외에도 뒤쪽으로 굉장히 넓은 부분이 숨어 있었던 것이다.

"생각보다 크네요. 그렇죠?"

입구에 들어선 운현이 중얼거렸다. 그에 운현과 마찬가지로 조금은 놀란 표정을 짓고 있던 정미현이 고개를 끄덕였다.

"그러네요. 비싸면 어쩌죠?"

"어쩔 수 없죠. 오래 머물 것은 아니니 싼 것으로 먹고 가요."

운현이 정미현의 팔을 잡고 안쪽으로 들어갔다. 사람이 꽤 많은 때문인지 아직까지 달려오는 점소이가 없었다.

"어서 옵쇼~! 죄송합니다!"

운현과 정미현이 적당한 곳에 자리를 잡아 앉고 나서야 점소이 한 명이 달려왔다. 방금 전까지 주문을 받고 빠르게 돌아다녀서인지 숨이 약간 거칠었다.

"무엇을 시키시겠습니까?"

"아, 간단하게 만두하고 소면 주세요."

"그것으로 하시겠습니까? 알겠습니다. 잠시만 기다리십시오."

운현의 주문을 받은 점소이는 즉시 주방 쪽으로 달려갔다. 이렇게 큰 도시에 있는 큰 객점이라면 이렇게 간단한 주문을 하는 사람들을 별로 좋아하지 않지만 워낙 장사가 잘되기 때문인지, 아니면 주인의 마음이 좋기 때문인지 별로 싫어하는 기색은 찾아볼 수가 없었다.

"활기찬 곳이네요."

"그렇군요."

운현과 정미현이 객점에서 식사를 하고 저마다 이야기를 나누고 있는 사람들을 둘러보며 중얼거렸다.

다시 세상에 나오고 사람들을 못 만나본 것은 아니지만 새삼스럽게 활기찬 모습이 신기한 정미현이었다.

"여기 만두와 소면 나왔습니다!"

운이 좋았는지 운현과 정미현이 시킨 음식은 생각보다 빨리 나왔다.

"감사합니다."

정미현이 웃으면서 점소이에게 인사를 하자 그녀의 미소에 점소이의 표정이 멍해졌다.

"이보게, 점소이."

운현이 점소이를 불렀다. 요즘 섬서성 돌아가는 형세를 좀 물어보려는 것이었다. 하지만 정미현의 미모에 넋이 나가 있는 점소이에게 운현의 목소리가 들릴 리 없었다.

"이보게, 점소이!"

"예? 아, 예! 죄송합니다!"

점소이가 당황한 표정으로 운현에게 고개를 숙였다. 대죄를 지은 것같이 행동하는 점소이의 태도에 오히려 운현이 더 당황스러워졌다.

"무엇을 좀 물어보려고 하는데……."

"무엇이든 물어보십시오!"

점소이가 크게 대답했다. 마치 죄를 용서받은 사람처럼 표정이 밝아졌다.

"요즘 섬서성 돌아가는 것이 심상치 않은 것 같은데… 혹시 무엇을 좀 아는 것이 있는가?"

"아니, 섬서성에 계시면서 그런 것도 모르신단 말입니까? 섬서성의 일은 이미 중원 전체에 퍼져 나갔을 텐데요?"

"아! 그것이……."

"대충은 알고 있지만 최근의 일은 아직 못 들었거든요. 그것을 좀 알고 싶어서 그래요."

운현이 순간적으로 당황하여 말을 못하자 정미현이 나서서 말을 받았다. 그에 운현은 정미현을 바라보며 살짝 고개를 끄덕였다.

"아… 그러시군요. 뭐, 그다지 달라진 것은 없습니다. 아직도 마교와 구파가 화산을 두고 팽팽하게 대립하고 있지요. 아, 한 가지 달라진 것이 있습니다. 바로 그 살귀(殺鬼) 오귀문 장로에 대한 소문입죠."

오귀문이라는 이름이 점소이의 입에서 나오자 눈이 번쩍 뜨이는 운현이었다. 그리고는 점소이를 똑바로 바라보며 물었다.

"오귀문? 어떻게 되었는가? 죽었는가?"

"예?"

“진정하세요.”

운현이 과도하게 흥분하는 모습을 보이자 당황한 점소이는 아무런 대답도 못하고 멀뚱하게 서 있었고, 그런 모습에 정미현이 운현의 팔을 잡고 그를 진정시켰다.

“후, 미안하네. 오귀문은 어떻게 되었는가?”

“아, 예. 정확한 사실인지는 잘 모르겠지만 그 사람의 부상이 완쾌되었다는 소문이 돌고 있습니다. 조만간 다시 움직이기 시작할 것이라는 소문도 돌고 있지요. 그 때문에 섬서성의 긴장은 그 어느 때보다도 더 심합니다.”

“그런가?”

운현은 다행이라고 해야 할지 아니면 불행이라고 해야 할지 마음이 복잡했다.

중원 전체로 보자면 오귀문 같은 적 한 명이 사라지는 것은 분명 좋은 일이다. 하지만 운현 개인의 복수를 위해서는 오귀문이 죽어서는 절대로 안 되었다.

“알겠네. 고맙네. 여기, 이것 받게.”

운현이 동전 몇 문을 점소이에게 건넸다. 그것을 받은 점소이는 만면에 미소를 지으며 몇 번이고 운현에게 고개를 숙였다.

“감사합니다!”

기쁘게 인사를 한 점소이는 곧바로 다시 다른 식탁으로 달려갔다.

"다행이라고 해야 하나요?"

"글쎄요……."

운현의 마음을 읽기라도 한 듯한 정미현의 물음에 운현 역시도 애매한 답변밖에 할 수가 없었다.

"일단은 먹어요. 먹고 화산으로 가보지요. 그때 가면 조금 더 정리가 될 거예요."

"그래요. 아, 그새 다 식었네."

운현이 식어서 미지근한 만두 하나를 집어 들며 중얼거렸다.

점소이가 말한 대로 오귀문의 상태가 호전되고, 조만간 마교가 다시 움직일 것이라는 소문은 섬서성 전체로 펴져 나가고 있었다.

그 소문이 사실인지 아닌지는 알 수 없었지만 그 소문으로 인하여 다시금 섬서성의 긴장감이 팽팽해졌다는 것은 분명했다.

특히 구파의 집결지에는 다른 곳보다 훨씬 더 차가운 기류가 흐르고 있었다.

오귀문의 부상으로 더 이상의 싸움이 벌어지지 않아 내심 안도하고 있던 일부 무사들은 오귀문의 회복 소식에 벌벌 떨기까지 했다.

그런 무사들의 반응을 구파에서 파견된 파견대의 수뇌들

은 알고 있었지만 어떻게 해소할 방법이 없었다.

오귀문이라는 이름은 그것만으로도 엄청난 파장을 일으킬 수 있는 존재로 변해 있었다.

"그 소문이 사실이란 말이오?"

소림 방장의 사제로 이번 파견대를 총괄하고 있는 옥기(玉器)가 약간 떨리는 음성으로 물었다.

하지만 그 소문의 진상은 아무도 알 수 없는 법. 그 누구도 속 시원하게 대답하지 못하고 있었다.

"이를 어찌해야 좋단 말이오. 그냥 그대로 나타나지 않기를 바랐건만… 아미타불……."

내심 오귀문이 그대로 죽어버리기를 바라고 있던 수뇌들이다. 부풀려진 면이 없지는 않겠지만 오귀문이라는 이름이 몰고 온 파장은 그들이 감당하기 어려운 것이었다.

"그래 봤자 회복된 지 얼마 지나지 않은 몸입니다. 그렇다면 최상의 실력을 발휘할 수 없을 겁니다."

"그렇습니다! 저희들이 절대로 질 리 없습니다!"

청현 도장의 말을 곤륜의 진구(瞋究) 도장이 받았다.

"제 생각도 그렇습니다. 분하기는 하지만 일 대 일이라면 이길 수 없을지는 모르나 일 대 다수라면 분명히 승산이 있습니다."

화산파 진무 도장을 대신하여 이 자리에 와 있는 장호(長虎) 도장이 말했다. 진무 도장의 패배로 오귀문의 실력을 인정하게 되었지만 그 원한만큼은 절대로 잊을 수 없는 그였다.

"하지만 비겁하지 않겠습니까? 한 사람을 상대로 여럿이 달려든다는 것이 말입니다."

옥기의 말에 장호 도장의 얼굴이 딱딱하게 굳어졌다. 그리고는 옥기를 향해 말했다.

"지금 그 말은 진무 사형을 무시하는 발언으로 보아도 되겠습니까?"

"아니, 본승이 언제 진무 도장을 무시했단 말씀이시오?"

옥기 역시 기분이 상했는지 조금은 굳은 표정으로 장호 도장을 바라보았다.

순식간에 싸늘하게 변한 분위기. 다른 사람들은 어떤 말도 꺼낼 수가 없었다.

"진무 사형은 화산 최고의 고수였습니다. 그런 사형이 목숨을 잃었습니다. 그것만 보아도 오귀문의 실력이 어느 정도인지 알 수 있지 않습니까? 그런 실력자와 싸우는데 비겁함을 따집니까!"

장호 도장의 목소리가 커졌다. 옥기는 결국 아무런 말도 하지 못하고 그저 장호 도장만 바라볼 뿐이었다.

"게다가 이것이 비무입니까, 아니면 대련입니까? 그것이 아닙니다. 싸움, 싸움이란 말입니다! 전쟁 중에는 암습도 합니다. 그런 것은 정당한 것이면서 전쟁 중에 여럿이서 한 사람을 공격하는 것이 그렇게 비겁한 것입니까?!"

장호 도장의 목소리는 처절하기까지 했다. 진무의 죽음. 화산 최고수의 죽음. 그로 인해 화산의 한줄기 빛이 사라졌다.

그것은 화산에 대한 깊은 애정과 자부심을 가지고 있는 장호 도장에게 있어서 엄청난 충격이었다.

그런 그에게 조금이라도 화산이 유약하게 느껴지는 말은 결코 그냥 듣고 넘길 수 없는 것이 되었다.

"미안합니다."

장호 도장의 마음을 느꼈기 때문인지 옥기가 곧바로 사과를 했다. 다른 사람들 역시 장호 도장의 마음에 동화된 듯한 모습이었다.

"아주 좋은 모습이군."

"누구… 아!"

회의장에 불쑥 모습을 드러낸 사람은 청산 진인이었다. 무당 장문 청산 진인. 호북성에 있어야 할 그가 섬서성에 와 있는 것이다.

"사, 사형!"

청현은 너무나 놀란 나머지 공식적인 자리에서 청산을 사형이라 부르고 말았다. 하지만 그것을 가지고 이상하게 생각하거나 안 좋게 보는 사람들은 한 명도 없었다.

다들 청산의 갑작스런 등장에 너무 놀란 까닭이었다.

"허허, 다들 왜 이렇게 놀라시는지 모르겠습니다."

청산이 어색한 미소를 지으며 안으로 들어섰다. 그리고는 청현 도장의 옆에 의자 하나를 놓고 앉았다.

"어떻게 이곳까지 오셨습니까?"

청현이 여전히 놀란 표정을 풀지 못하고 청산에게 물었다. 그에 청산은 그런 청현의 표정이 재미있다는 듯이 미소를 지으며 대답했다.

"도무지 무당에 가만히 있을 수가 없더구나."

"예?"

"감숙성의 일 말이다."

"아!"

청현은 그제야 알겠다는 듯이 고개를 끄덕였다. 운현일지도 모르는 흔적의 발견. 그 흔적이 운현이라고는 절대로 장담할 수 없지만 결코 무시할 수도 없었을 것이리라.

"그렇다고 이렇게 오신 겁니까? 장문인께서 직접?"

어느 정도 냉정을 되찾은 청현이 이번에는 청산을 장문인이라 불렀다.

"난 장문인으로서 이곳에 온 것이 아니네. 한 아이의 사부로서 온 것이야."

"잘 오셨습니다."

청현이 미소를 지으며 청산을 바라보았다. 그런 청현에게 고개를 끄덕여 보인 청산은 다른 문파의 장로들에게로 고개를 돌렸다.

“이렇게 아무런 말도 없이 찾아와 죄송합니다.”

“아닙니다. 지금과 같은 상황에 무당의 장문인께서 이렇게 친히 와주셨으니, 그것만으로도 저희에게는 엄청난 힘이 될 것입니다.”

“그렇습니다.”

청산의 말을 받은 옥기 이외에 다른 문파의 장로들 역시 청산을 반기는 눈치였다.

“허허, 제가 무슨 큰 힘이 되겠습니까. 저는 그저 집 나간 자식 놈 소식을 찾고자 이렇게 왔을 뿐입니다.”

진심이었지만 다른 사람들은 청산의 말을 그렇게 듣지 않았다. 그저 겸양을 떠는 말 정도로 생각했고, 청산이 오귀문을 상대해 주리라고 굳게 믿었다.

“저 때문에 회의가 중단이 된 모양입니다. 계속하시지요.”

“아닙니다. 장문인께서 오셨는데 응당 이 회의는 장문인의 주도로 다시 이어져야 할 것입니다.”

옥기가 상석에서 일어나려 하자 청산도 자리에서 일어나 그런 옥기를 만류했다.

“아니외다. 엄연히 이번 소집의 총괄자는 옥기 대사이십니다. 그런데 어찌 굴러온 돌이 박힌 돌을 빼낼 수 있겠습니까? 저는 그냥 이 자리에서 듣고 있을 테니 계속하시지요.”

“그, 그래도…….”

중원무림에서 배분이라는 것은 결코 가볍게 여길 수 없는 것이다. 하물며 이검(二劍)의 일인인 청산이 나타났다. 그런 중원의 예법이 몸에 배어 있는 옥기로서는 그런 청산의 말이 부담스러울 수밖에 없었다.

하지만 청산의 태도는 완강했고, 결국 옥기는 계속 상석에 앉아 회의를 주도할 수밖에 없었다.

"문제는 마교가 다시 움직이기 시작했을 때 오귀문을 누가 상대하느냐는 것입니다."

"아까 말씀드렸듯이 오귀문은 일 대 일로 붙어서 이길 수 있는 상대가 아닙니다. 적어도 두 명 이상이 함께 상대해야 할 상대입니다."

장호 도장이 청산 진인의 눈치를 보면서 말했다. 아까보다 기세도 많이 누그러진 목소리였다.

그런 장호 도장의 의도를 눈치 못 챌 청산이 아니었다.

"제가 비록 무당의 장문인이기는 하지만 진무 도장보다 제가 낫다고는 생각지 않습니다."

그런 청산의 말에 장호 도장은 조금 마음이 편안해졌다. 사실 그의 말은 조금 억지스러운 면이 없지 않았다.

그의 말을 간단히 바꿔보면 '진무가 졌으니 아무도 그를 일 대 일로 이길 수 없다. 그러니 협공을 해야 한다'는 것이었다.

청산이 오기 전까지만 해도 그것은 사실이었고, 다들 그것을 수긍하는 분위기였다. 하지만 청산이 있다면 이야기는 달라져야 했다.

무당은 검으로 따지면 화산보다 한 보 정도 더 위에 있다고 할 수 있다.

화산 스스로는 중원 최고의 검파라고 하지만 무당의 앞에서는 어느 정도 조심스러워질 수밖에 없었다.

그 정도로 무당의 힘이라는 것은 무시할 수 없는 것이었다.

그런 무당의 장문인 앞에서 그런 말을 한다면 자칫 실례가 될 수도 있는 상황이었다.

그런데 청산이 자신을 낮추고 진무를 높임으로써 그것이 겸손의 말일지라도 장호 도장의 마음이 한결 가벼워진 것이었다.

"그렇지요. 문제는 누가 나서느냐는 것입니다."

옥기의 말이 끝나기가 무섭게 장호 도장이 손을 들었다.

"일단 한 자리는 제가 차지하겠습니다."

옥기를 비롯한 다른 문파의 장로들도 고개를 끄덕였다. 화산 진무 도장의 원수인 오귀문을 상대하는 데 장호 도장을 빼놓기는 어려웠다.

"그럼 다른 한 자리는 제가 차지하고 싶습니다만."

청현의 목소리였다. 죽은 사제인 청명의 복수와 행방불명된 운현의 복수를 하고자 함이었다.

하지만 오귀문에게 원한이 있는 곳은 화산과 무당뿐만이 아니었다. 감숙성과 사천성 등에 지부를 두었던 모든 문파가 오귀문에게 원한이 깊었다.

그에 순식간에 두 자리를 차지하기 위한 지원자들로 넘쳐 나기 시작했다.

그에 회의장은 순식간에 혼란스러워졌고, 옥기로서는 그 상황을 정리하기가 힘들었다.

"진정하시는 것이 좋을 듯합니다."

가만히 있던 청산이 나섰다. 그에 소란스럽던 장내가 조용해졌다.

아무래도 장로 급이 아닌 한 문파의 장문인이라는 존재는 무시할 수 없는 무언가를 가지고 있었다.

"오귀문을 상대하는 것은 그때의 상황을 보아가며 결정해야 하지 않을까 합니다. 오귀문이 항상 선두에 서서 싸움을 주도한 것도 아니고, 어떤 때에는 선두에 나오기도 했지만 대부분은 후미에 있다가 앞으로 튀어나오곤 했습니다. 그러니 그 상황에 맞추어 오귀문과 가장 가까이에 있는 분들이 그를 상대해 주시는 것이 어떨까 싶습니다."

청산의 말에 다들 고개를 끄덕였다. 일리있는 말. 토를 달 이유가 없었다.

"하지만 그가 선두에 나왔을 경우도 생각해 보아야 하지 않겠습니까? 그가 선두로 나왔는데 우리는 제자들을 앞세워

나갈 수는 없지요."

장호 도장이었다. 어떻게 해서든 오귀문과 붙고 싶은 모양이었다.

결국 장호 도장의 말로 인해 다시금 장내가 소란스러워지고 말았고, 이번에는 청산의 말로도 쉽게 그 소란이 가라앉지 않았다.

나흘이 지났다. 마교가 움직일 것이라는 소문은 사그라지지 않고 있었다. 처음에는 근거없는 소문으로 시작되었지만 시간이 흐를수록 점차 사실화되어 가고 있었다.

그것을 뒷받침해 주는 것이 바로 마교의 진지였다. 그간 쥐 죽은 듯이 조용하고 아무런 움직임도 포착되지 않았던 곳에서 점차 움직임이 보이고 있는 것이었다.

그것은 오귀문이 부상에서 회복되었다는 반증이기도 했다.

그런 움직임은 구파 쪽에도 빠르게 전달되었다. 마교 진지 근처에 거지들을 심어놓았던 개방을 통해서 들어온 정보는 구파의 장로들을 긴장시키기에 충분한 것들이었다.

다들 긴장하고 대책을 논의하고 있는 와중에 청산의 생각은 다른 곳에 있었다.

금방이라도 찾을 수 있고, 또 다른 소식이 들어올 것이라 생각했던 운현의 행방은 아직도 오리무중이었다.

‘분명 이곳으로 올 것이야, 이곳으로……’

청산은 마교 감숙지부 사건의 주인공이 운현이라면 반드시 섬서성으로 올 것이라 확신했다. 이곳은 청명의 목숨을 앗아간 오귀문이 있는 곳. 그가 이곳을 그냥 지나쳐 간다는 것은 말이 안 되는 일이었다.

청산의 생각처럼 운현과 정미현은 화산으로 향하고 있었다.

다만 하루만 지내려 했던 객점에서 나흘을 생활했던 것이 계획에 어긋난 것이라면 어긋난 것이었다.

하루만 쉬면 오귀문이나 마교에 관한 다른 정보를 얻을 수 있을 것이라 생각했던 운현은 지금까지 자신이 알고 있는 내용과 별반 다른 소문을 듣지 못하자 하루 더 묵고 가기로 마음먹었다.

그렇게 하루만 더 하루만 더 하다가 결국 그 객점에서 사흘을 묵었고, 나흘째 되는 날 오귀문에 관한 소문을 듣고는 바로 화산으로 향하고 있는 것이었다.

“바로 마교로 갈 것인가요, 아니면 구파 쪽으로 가실 건가요?”

“글쎄요. 지금 그것 때문에 고민이네요. 복수가 먼저냐 사문이 먼저냐 그것이 고민이에요.”

“마음이 끌리는 대로, 발길이 가는 대로 하세요. 자유는 길지 않아요."

"자유가 길지 않다니요? 전 언제까지고 자유롭게 살 겁니다. 청룡과 적룡의 무공을 익히기 위해 몇 년간 어딘가에 숨어 살아야 한다 하더라도 그것은 제 자유에 의한 것이지 강압에 의한 것이 아니에요."

"그건 그렇죠. 제가 말한 것은 자유롭게 마음대로 돌아다닐 수 있는 날이 얼마 남지 않았다는 거예요. 운현의 말대로 청룡기와 적룡기를 얻는 과정에서는 마음대로 돌아다닐 수 없으니까요."

운현은 고개를 끄덕였다. 하지만 지금은 그런 것을 생각할 때가 아니었다. 얼마 멀지 않은 곳에 오귀문이 있다.

운현이 정미현과 화산으로 향하고 있을 그때에 마교 진지는 출전 준비에 한창이었다. 소문대로 꽤 심각한 부상을 입고, 그간에 고통과 피로가 누적되어 오랫동안 누워 있던 오귀문이 병석을 박차고 다시 일어선 것이다.

의식을 되찾은 오귀문은 언제 아팠냐는 듯 바로 일어나 거동을 하고 그간 지연된 일들을 바로바로 처리해 나가기 시작했다.

처리할 일이라고 해봤자 구파와의 싸움 준비였지만 오귀문은 그 어느 때보다도 분주하게 움직였다.

일단 자신이 쓰러져 있는 동안 구파 역시 만반의 준비를 다

해놓은 상황인지라 지금까지와 같이 무작정 밀고 들어갈 수
는 없었다.

게다가 자신도 사람인 이상 한꺼번에 고수 몇 명을 상대하
는 데에는 무리가 있었다.

그렇게 이틀이 지나고 마교 측 진영에서는 만반의 준비가
다 끝났다. 오귀문 역시 출전 준비를 마쳤으며, 준비하는 기
간 동안 틈틈이 운공을 하여 내상을 완벽하게 치료해 놓은 상
태였다.

물론 외상이 조금 덜 낫기는 했지만 거의 완벽한 몸 상태로
돌아왔다고 할 수 있었다.

“가자.”

오귀문의 그 말을 시작으로 엄청난 인원의 마교 무리가 화
산을 향해 움직이기 시작했다.

그들이 있는 곳에서 화산까지는 하루 반나절 거리. 이제 결
전의 시간도 얼마 남지 않은 것이었다.

은밀하게 움직이는 것도 아닌 데다가 엄청난 인원이 대놓
고 움직이는 것이기에 이 소식이 섬서성 전체에 퍼지지 않을
수가 없었다.

사람들은 마교의 움직임에 다시 공포감을 느꼈으며, 구파
와의 싸움이 어떻게 진행될 것인지 귀추를 주목하고 있었다.

구파 역시 마교의 움직임에 맞추어 화산으로 향하고 있었

다. 격전지가 화산이 되는 것이 조금 유감이었지만 지금으로
서는 어쩔 수 없는 상황이었다.

"화산까지의 거리가 얼마나 되지요?"

"하루 조금 못 되는 거리입니다. 저들이 속도를 높이지 않
는 이상 일단은 저희가 화산에 먼저 입성할 수 있습니다."

장호 도장의 물음에 청산이 고개를 끄덕였다. 화산 수성이
일차 목표인만큼 화산을 먼저 차지하는 것도 중요한 일이었
다.

"하지만 그렇게 되면 도리어 더 위험해질 수가 있습니다."

"예? 무슨 말씀이십니까?"

"우리가 먼저 화산에 입성하여 저들을 기다리면 분명 지리
적 이점은 생깁니다. 함부로 화산을 오르지 못하겠지요. 하지
만……."

"하지만?"

장호 도장이 청산을 재촉했다. 왠지 모르게 밀려드는 불길
한 마음을 금치 못하는 그였다.

"예를 들어, 마을 하나를 공격한다고 칩시다. 그러면 마을
사람들은 도망가겠지요. 가장 안전하고 큰 건물에 들어가서
문을 걸어 잠그고 숨어 있을 수도 있습니다. 그러면 어쩌겠습
니까? 마을 사람들은 죽여야 하는데 문은 잠겨서 열지 못한다
면."

"설마?"

"예, 그렇습니다. 그 건물 전체를 태우든 부숴 버리든 할 겁니다. 이번에도 그런 일이 벌어질 수 있지요. 아예 화산 전체를 태워 버리든, 아니면 사방에서 화산을 무너뜨리기 위해 일제히 달려들 겁니다."

"그, 그런!"

장호 도장의 눈이 평소의 열 배 정도는 커진 것 같았다. 그렇게 된다면 적들은 아무런 힘도 들이지 않고 이길 수 있으리라.

"화산의 크기를 생각해 볼 때 태우는 것은 쉽지 않겠지만 둘러싸고 일제히 공격해 올라가는 것은 쉽습니다. 화산파 내에 들어가서 방어를 하는 것이라면 모르지만 아래에서 올라오는 적을 뒷걸음질치면서 막아내기는 어려운 법이지요."

"그럼 어떻게 해야 하겠습니까?"

"평지에서 싸워야 합니다. 미리 저들을 기다리고 있다가 말입니다. 이야기를 듣기로는 지금 속도라면 저들이 화산에 도착하는 것은 우리들보다 반나절 정도 늦습니다. 그렇지요?"

"예, 그렇습니다."

"그럼 지금 우리의 목적지는 화산이 아니라 적이 오는 길목이 되어야 할 겁니다."

"그렇군요."

장호 도장이 감탄을 하며 고개를 끄덕였다. 무당 장문인의 무위는 익히 들어 알고 있지만 이 정도로 머리가 좋다는 말은 듣지 못한 장호 도장이었다.

"그럼 일단 저는 이 이야기를 다른 분들께 전달하고 오겠습니다."

선두에 있던 장호 도장은 서둘러 뒤쪽으로 달려갔다. 멀어져 가는 그의 뒷모습을 바라보던 청현 도장이 놀란 눈으로 청산을 바라보았다.

무당에서 오랜 시간을 함께 생활한 청현도 이런 청산의 모습은 처음 보는 까닭이었다.

"왜 그런 눈으로 보느냐?"

"신기해서 그렇습니다."

"뭐가 그리 신기해?"

"사형이 말입니다."

"그것이 그리도 신기할 일이더냐?"

"그럼요. 이렇게 머리가 좋은 줄은 오늘 처음 알았습니다."

"흘흘, 그간 사용할 필요가 없었기 때문이지. 나도 머리는 좋다, 이 녀석아."

"못 믿겠습니다."

청현이 고개를 설레설레 저으며 말했다.그런 모습에 실소를 머금은 청산이 이내 얼굴을 굳히며 물었다.

"아직도 소식이 없느냐?"

운현의 소식을 묻는 것이리라. 요즘 들어 운현의 소식을 더욱더 간절히 기다리는 청산이었다.

"아쉽지만 아직 없습니다. 야속한 놈, 살아 있으면 연락이 라도 줄 것이지……."

안타까워하는 청산의 모습을 보며 청현이 중얼거렸다. 하 지만 청산은 고개를 저었다.

"아니야. 그 녀석도 괴로웠겠지. 큰 부상을 당했다가 회복 했을 것이고, 정신을 차리고 나자마자 눈앞에 떠오르는 것은 죽어간 사제, 사질들의 모습과 사숙의 얼굴이니……. 정신적 으로 공황 상태가 길었을 것이야. 그리고 그런 것을 모두 털 고 다시 모습을 드러낸 것도 얼마 되지 않았을 테고, 만약 감 숙지부의 일이 운현이 한 일이라면 그 과정에서 기연도 얻었 을 것이고."

청산의 말에 청현은 고개를 저었다. 운현의 이야기만 나오 면 감상적으로 변하는 그였다. 게다가 운현의 모든 것을 좋게 만 보려고 했다.

"도대체… 운현의 무엇이 사형을 그리 만들었습니까?"

"음? 무슨 소리더냐?"

"지금 사형의 모습은 적어도 어려서부터 함께 지내면서 보 아온 사형의 모습이 아닙니다."

"그런가? 후후."

청산이 미소를 지었다. 자신이 생각하기에도 과거와는 다 른 모습이었다.

"글쎄다. 무엇 때문인지는 모르겠지만 내가 바뀌긴 한 것 같구나."

"확실히 바뀌셨습니다, 사형은."

청현의 말에 청산은 고개를 끄덕였다.

"안 좋은 느낌이 드는구나, 안 좋은 느낌이. 강하게 몰려오고 있어."

"사형?"

화산 쪽을 바라보는 청산의 눈빛은 마치 등선하기 직전의 도인과 같은 그것이었다.

그런 청산의 눈빛을 보고 청현은 아무런 말도 할 수가 없었다.

운현의 발걸음은 점차 빨라지고 있었다. 마을에 들른 적은 없었지만 지나가는 사람들끼리 나눈 대화에 따르면 마교가 움직이기 시작했다는 것이다.

그 말을 듣고 운현은 이대로 천천히 걸을 수 없었고, 급기야 지금은 정미현이 따라가기 벅차할 정도로 빠르게 걷고 있었다.

"운현, 좀 천천히 걸으면 안 되나요?!"

묵묵히 운현의 발걸음에 따라 걷던 정미현이 결국에는 크게 소리쳤다. 그제야 자신의 발걸음이 빨랐다는 것을 눈치 챈 운현이 천천히 걸으며 정미현을 돌아보았다.

"아, 미안해요. 급한 일이 있으면 나도 모르게 발걸음이 빨라져서……."

"그래도 그렇지, 같이 가는 사람도 생각을 좀 해줘야 하잖아요!"

이번에는 정말로 토라졌는지 정미현이 고개를 홱 돌렸다. 그 모습에 운현은 당황하는 모습이 역력했다.

"미안해요. 그러니까 화 풀어요. 예?"

이럴 때는 정말 어떻게 해야 할지 모르는 운현이었다. 여자가 울 때와 토라졌을 때가 가장 난감한 순간 중의 하나였다.

"알았어요. 알았으니까 화 풀어요. 네?"

운현이 식은땀까지 흘리며 그녀에게 말했다. 그런 모습에 이미 화가 풀렸음에도 정미현은 계속 토라진 척했다.

"그럼 맛있는 것 사줘야 돼요?"

"예?"

"맛있는 것 사달라고요."

"지금 놀러 가는 것이 아니잖아요. 싸우러 가는 거라고요. 목숨이 걸린 일이에요."

운현이 당황한 표정을 지으면서도 진지하게 말했다. 그런 운현의 말에 정미현이 작게 한숨을 쉬며 고개를 끄덕였다.

"알아요. 그냥 한번 해본 소리예요. 운현의 마음은 잘 알고 있어요."

"또 삐쳤죠?"

"아니에요."

"정말 아니에요? 아닌 것 같은데? 삐쳤죠?"

"아니라니까요!"

쌀쌀맞은 정미현의 목소리다. 삐친 것이 확실했다. 그런 상태로 운현은 계속해서 정미현에게 끌려갈 수밖에 없었다.

구파의 예상과 달리 마교의 이동 속도는 무척이나 빨랐다. 정상적으로 이동한다면 하루 반나절이 걸릴 거리를 하루 만에 주파한 것이었다.

그 소식에 먼저 도착하여 준비하고 있어야 할 구파의 계획은 수포로 돌아가게 되었다.

마교 일행이 화산에 도착하기도 전에 마주치기는 했지만 구파로서는 충분히 당황할 만한 상황이었다.

"이왕 이렇게 된 것, 전면전밖에는 방법이 없습니다. 저들 역시 이곳에서 다른 어떤 것도 할 수 없을 겁니다. 차라리 이곳에서 저들을 막아내고 화산으로 진격하지 못하도록 막는 것이 최선일 것입니다."

청현의 말에 다들 고개를 끄덕였다. 양측 다 생각지 못한 시기에 생각지 못한 곳에서 마주친 상황이었다. 이런 상황이라면 다른 것은 생각할 것도 없이 그냥 맞붙는 것이 최선이었다.

“큰일입니다!”

수뇌부가 심각한 표정을 지으며 회의를 하고 있을 때, 바깥에서 무당파 제자 한 명이 달려왔다. 미리 앞쪽으로 보냈던 척후병 중 한 명이었다.

“무슨 일이냐?!”

“저들이 공격을 시작했습니다! 좌측이 앞장을 서고, 우측이 후미로 처져 진격해 오고 있습니다!”

“좌측? 그럼 우리의 우측을 치고 들어온단 말인가? 우측에 있는 문파가 어느 문파인가?”

“화산입니다!”

“역시 화산인가?!”

장호 도장이 자리에서 벌떡 일어나며 소리쳤다. 처음부터 마교의 목표는 화산. 화산 본산으로 진격하지 못한다면 화산의 전력부터 까부수겠다는 생각인 듯했다.

“서둘러야겠습니다. 속히 각 문파의 전력을 준비시키고 저들과 맞서야 합니다.”

“알겠습니다.”

구파의 장로들은 속히 자리에서 일어났다. 지금 당장은 화산을 우선으로 공격하겠지만 언제 상황이 돌변할지 알 수 없었다.

“장호 도장, 일단 우리 무당이 가장 가까우니 지원하도록 하겠습니다! 그전까지만 버텨주십시오!”

"알겠습니다!"

청현의 말에 장호 도장이 서둘러 달려가며 대답했다. 무당의 도움에 제대로 예를 갖추어 답을 해야 옳은 것이지만 워낙 급한 상황이라 달려가며 대답하는 장호 도장이었다.

그런 것을 이해하는 청현이기에 그 역시도 별로 마음에 두지 않고 서둘러 무당으로 향했다.

준비는 빨랐다. 일각도 채 되지 않아 공격해 들어오는 마교 무리를 향해 진격을 개시했다.

마교와 구파 간의 제대로 된 격돌이 시작되고 있었다.

第十一章
복수

魔刀神器

“방금 들었어요?”

길을 걷던 운현이 정미현에게 물었다. 무엇을 들었는지 모르겠지만 정미현은 아무런 소리도 듣지 못했다.

“글쎄요. 무슨 소리가 들리나요?”

“잠깐만요.”

정미현의 질문을 뒤로하고 운현은 귀를 쫑긋거렸다. 그런 운현의 모습에 정미현은 고개를 갸웃거렸다.

자신도 무슨 소리가 들리는지 안간힘을 써보았지만 아무런 소리도 들을 수 없었다.

그런데 운현은 들리지도 않는 소리를 듣기 위해 여간 애를 쓰고 있는 것이 아니었다.

"아무것도 안 들리잖아요. 어서 가요."

정미현이 그런 운현을 잡아끌었다. 하지만 운현은 몇 걸음 따라 걷다가 다시 멈추어 서서 한곳을 바라보았다.

"도대체 무슨 소리가 들린다는 거예요?"

"병장기 부딪치는 소리와 비명 소리."

답답하다는 듯 되묻는 정미현에게 운현이 짧게 대답했다. 그러면서도 운현은 계속해서 그 소리를 듣기 위해 정신을 집중하고 있었다.

"하……."

정미현이 짧게 한숨을 쉬었다. 병장기 소리와 비명 소리가 제아무리 크다고 해도 퍼지는 데에는 거리상의 한계가 있기 마련이다.

지금 운현이 있는 곳에서 그 소리가 들릴 정도라면 그 소리가 태산이 무너지는 소리만큼이나 크거나 얼마 멀지 않은 곳에서 벌어지고 있는 일이라야 가능했다.

"안 갈… 어마!"

"가요!"

안 갈 거냐고 물으려던 정미현은 갑자기 운현이 자신의 손목을 잡아채자 깜짝 놀라 그를 따라갔다.

운현에게 손목이 잡혀 있어 어쩔 수 없이 그의 속도에 맞춰 달리고는 있었지만 정미현이 따라가기에 조금 벅찬 속도였다.

"운현! 속도를 좀 줄여요!"

정미현이 소리쳤다. 하지만 그런 그녀의 목소리가 안 들리는지 운현은 계속해서 같은 속도로 달릴 뿐이었다.

이 상황에서 정미현이 할 수 있는 것은 그저 넘어지지 않도록 바닥을 잘 보면서 달리는 일밖에는 없었다.

게다가 달려나가는 운현의 표정이 너무나도 진지했기 때문에 더 이상 뭐라 말을 할 수도 없었다.

"멀지 않은 곳이에요! 다 왔어요!"

"세상에……!"

멀지 않았다는 운현의 말에 정미현은 기가 막힌다는 표정을 지었다.

지금까지 달려온 거리만 해도 꽤나 먼 거리였다. 지금 이 위치에서 싸움이 벌어졌다고 해도 아까 그곳에서 듣기에는 무리가 있었다.

그런데 더 가야 한다니. 도대체 얼마나 멀리에서 들려오는 소리를 들었는지 감을 잡을 수조차 없었다.

아니, 그것은 둘째 치고라도 이렇게 멀리서 들려오는 소리를 들을 수 있을 정도의 경지가 된 운현이 새삼 괴물같이 보이는 정미현이었다.

"아!"

운현의 말대로 조금 더 달리자 넓은 공터가 나왔다. 공터라

기보다는 평원이라고 불러야 할 정도로 넓은 곳이었다.

화산과 얼마 떨어지지 않은 그곳에서 두 집단이 싸우고 있었다.

마교와 구파의 충돌이었다.

운현의 뒤를 따라 달려온 정미현은 숨을 헐떡이며 눈앞에서 펼쳐지는 광경을 바라보았다.

엄청나게 많은 수의 사람들. 그들이 적아로 나뉘어 검을 들고 싸우고 있었다.

많은 사람이 있는 모습은 본 적이 있지만 이렇게 많은 사람들이 병장기를 들고 싸우는 모습은 본 적이 없었기에 정미현은 살육에 대한 잔인한 감정보다는 호기심이 먼저 피어올랐다.

하지만 운현의 표정은 딱딱하게 굳어 있었다. 이미 많은 수의 사람이 죽어 있었다. 그것으로 보아 싸움이 시작된 지 어느 정도 된 것 같았다.

'어디냐?!'

운현의 눈은 그 많은 사람들 속에서 오직 한 사람, 오귀문만을 찾고 있었다. 아직 거리가 좀 멀어 사람들의 얼굴을 자세히 볼 수는 없었지만 오귀문의 얼굴만은 또렷하게 알아볼 자신이 있는 운현이었다.

"저기다!"

"운현!"

갑자기 운현이 쏜살같이 앞으로 뛰쳐나갔다. 그에 멍하게 두 집단의 싸움을 보고 있던 정미현이 다급하게 운현을 불렀지만 그의 신형은 이미 저만치 앞에 나가 있었다.

"절대로 오지 말고 그곳에 있어요. 위험해요."

운현의 뒤를 따라 움직이려던 정미현의 귓가에 운현의 전음이 들렸다. 그에 발걸음을 멈춘 정미현은 운현의 등을 걱정스러운 눈길로 바라볼 뿐이었다.

"절대로 무너져서는 안 된다! 우리는 대화산의 무사들이다!"

장호 도장이 목이 터져라 외치고 있었다. 싸움이 시작된 지 반 시진. 아직 무너지지는 않고 있었지만 화산은 힘겨운 싸움을 계속하고 있었다.

곁에서 무당이 지원을 해주고는 있었지만 확실히 작정을 하고 밀고 들어오는 적들에게는 어쩔 수가 없었다.

화산이 있는 쪽으로 구파의 전력이 집중되면 다른 쪽이 위험할 것이라는 그들의 예상과는 달리 점점 구파의 전력이 화산 쪽으로 집중되고 있음에도 마교는 집요하리만치 화산만 공격하고 있었다.

그 때문에 화산의 힘은 눈에 띄게 약해지고 있었고, 무당을 비롯한 다른 문파들이 지원을 해주는 데에도 한계가 있었다.

그런 구파에게 더욱더 암울한 것은 아직 오귀문이 참전하지 않고 있다는 사실이었다.

물론 오귀문이 뛰어든다면 그를 상대할 사람이 많기는 하지만 점차 떨어져 가는 체력은 그들에게 부담으로 작용하고 있었다.

"이제……."

가만히 서서 지켜보고만 있던 오귀문이 입을 열었다. 그의 입가에 점차 미소가 서리기 시작했고, 부상을 입기 전에 보이던 악귀와 같은 표정으로 바뀌어갔다.

"사냥을 시작해 볼까?"

오싹!

그의 곁에 있던 수하 몇 명은 그의 표정을 보고 엄청난 한기와 함께 공포를 느꼈다.

살육을 하기 위해 나가려는 사람의 표정이 어쩌면 저리 밝을 수 있을까 하는 생각이 들 정도로 오귀문은 밝은 미소를 짓고 있었다.

그 때문에 다른 사람들이 느끼는 공포감은 몇 배 더 강했다.

파앗!

오귀문이 힘차게 땅을 박찼다. 그리고는 정사가 뒤얽혀 싸우고 있는 전장 한가운데로 떨어져 내렸다.

"캬악!"

오귀문이 이상한 소리를 내며 착지했다. 그리고는 주변으로 시선을 돌렸다.

갑작스런 그의 등장에 순간적으로 그 주변에서 벌어지고

있던 싸움이 멈추었다. 하지만 이내 상황을 인지한 구파의 제
자들이 상대하던 마교 무사들을 제쳐 두고 오귀문을 공격하
기 시작했다.

"훗!"

자신을 향해 찔러 들어오는 다섯 개의 검에 오귀문은 짧게
실소를 흘렸다.

그 정도로는 자신을 어쩌지 못한다는 비웃음 같은 것이었
다.

까가강!

검을 뽑지도 않았다. 그저 팔만 한 번 휘둘렀을 뿐이다.

팔을 휘두르며 밖으로 모습을 드러낸 오귀문의 팔과 다섯
자루의 검이 부딪쳐 금속성이 흘러나왔다.

일반적인 상황이라면 팔이 잘려 나가야 정상이지만 오히
려 금속성을 내었다.

씨익.

잠시 굳어졌던 오귀문의 입가에 다시금 미소가 지어졌다.

살육의 욕구를 느낄 때에는 언제나 미소를 짓는 오귀문이
었다.

한데 오귀문의 오른팔에 막힌 다섯 개의 검이 그대로 그의
팔에 붙어 있었다. 그의 팔에 끈적끈적한 무엇이라도 묻어 있
는 양 그대로 들러붙어 버린 것이다.

구파의 무사들이 그의 팔에서 검을 떼어내려고 안간힘을

쓰는 사이, 그의 오른팔이 기묘하게 움직였다.

여전히 그의 팔에는 검이 붙어 있었지만 작은 자상 하나도 생기지 않고 있었다.

퍼억!

"끄아악!"

순간 오귀문이 팔은 자신의 정면에 있는 무사의 왼 가슴을 관통했다.

정확히 심장이 있는 쪽.

오귀문은 그 무사의 심장 뛰는 감촉을 음미라도 하는 듯 지그시 눈을 감았다.

반면 심장을 잡힌 무사는 죽기 일보 직전이었다.

뛰어야 할 심장이 오귀문의 심장에 잡혀 제대로 뛰지 못하면서 혈액순환이 제대로 되지 않고 있었다.

게다가 많은 양의 피를 흘린 까닭에 정신도 점점 혼미해져 갔다.

그때, 오귀문이 눈을 번쩍 떴다. 그리고는 정면에 있는 무사를 바라보았다.

"끄아아아아아아아!"

엄청난 비명 소리. 그 비명을 마지막으로 무사는 고개를 떨어뜨렸다. 죽은 것이었다.

"크하하하하하!"

오귀문이 광소를 터뜨렸다. 살육으로 인한 쾌감이 온몸으로 퍼지는 듯 얼굴에 활기마저 돌았다.

그런 오귀문의 모습에 나머지 넷은 두려움에 떨고만 있었다.

오귀문의 팔에 붙은 검이 떨어지지 않으면 그냥 놔버리고 도망칠 법도 하건만, 그들은 그 자리에서 한 발자국도 움직이지 못하고 있었다.

마치 사나운 맹수의 앞에서 공포에 질려 움직이지 못하고 있는 것과 같았다.

"음?"

광소를 터뜨리던 오귀문이 갑자기 웃음을 멈추고는 이상한 표정을 지었다.

그러더니 갑자기 한 발자국 뒤로 물러섰다.

그와 동시에 오귀문의 팔에 붙어 있던 다섯 자루의 검이 바닥으로 떨어져 내렸다.

차악!

그때, 오귀문과 나머지 네 명의 무사들 사이에 착지하는 한 인영.

"너는……!"

그는 구파의 장로도, 그 누구도 아닌 운현이었다. 운현을 기억하는지 오귀문이 입을 열었다.

그런 오귀문을 운현은 사나운 눈초리로 노려보았다.

"기억하는가?"

운현의 물음에 오귀문이 고개를 끄덕였다. 그리고는 펄럭이는 자신의 왼편 옷자락을 바라보았다.

"네가 한 짓은 아니지만 네놈과의 싸움 이후 한 팔을 잃었다. 그 노인네는 누구지? 복수를 해야겠어."

오귀문의 눈이 빛나는 것 같았다. 지금까지는 무엇인가에 홀린 듯 살행만 일삼았지만 지금 보이는 그의 눈빛에서는 그런 것을 찾을 수가 없었다.

게다가 그의 몸에서는 살기가 아닌 투기가 피어오르고 있었다.

"그분은 이곳에 안 계신다. 복수를 하겠다고? 나야말로 너에게 복수를 해야겠다."

운현의 말에 오귀문은 운현의 두 눈을 바라보았다. 굳은 의지가 서린 눈빛. 마치 자신을 잡아먹을 듯이 노려보고 있다.

"구룡검도 가지고 있군. 운이 좋아. 이곳에서 구룡검을 얻을 수 있게 되다니."

운현의 말을 무시하는 것인지 그의 입에서 구룡검 이야기가 나왔다.

그에 운현은 구룡검을 들어올리며 그에게 소리쳤다.

"이것이 그리도 탐나는가?! 그렇다면 가져가 봐라! 절대로 네놈같이 더러운 살귀에게는 이 검을 빼앗길 수 없다!"

분노가 가득 담긴 운현의 목소리가 터져 나왔다. 죽어간 사제들과 사질들, 그리고 사숙을 생각하면 구룡검은 절대로 빼앗길 수 없었다.

구룡검을 빼앗긴다 함은 곧 패배를 의미하기 때문이었다.

"하하하하하하!"

오귀문이 크게 웃어젖혔다. 아까의 광소와는 다른 웃음이었다. 진정으로 기뻐하여 터뜨리는 웃음이었다.

"나를 상대로 그런 소리를 할 수 있는 실력이 되는가? 일 년이 조금 넘었군. 내가 팔을 잃은 지도. 그리고 네가 나에게 패한 것도 일 년이 조금 넘었다. 그사이에 네깟 놈이 무엇을 할 수 있었단 말인가? 부상을 치료하고 정신적 공황에 시달리며 일 년을 보냈겠지. 조금 강해진 정신력 가지고는 나에게 이길 수 없다!"

오귀문이 지난 일 년 중에서 가장 길게 이야기하는 순간이었다. 그 정도로 팔을 잃었을 때의 고통과 굴욕은 그에게 잊을 수 없는 기억이 되어 있었다.

그 때문에 더욱더 살인을 저지르고 다녔는지도 몰랐다.

"일 년이면 성장하기 아주 좋은 시간이지. 특히 죽음을 한 번 경험한 사람이라면 그 성장의 폭이 더 크다. 이번에 그것을 깨달았지."

오귀문의 표정이 굳었다. 말을 하는 운현의 몸에서 흘러나오는 기도가 확실히 달라져 있었기 때문이다.

"그 기운……."

그것 말고도 오귀문의 표정이 굳은 이유는 하나가 더 있었

다. 바로 운현의 몸에서 흘러나오는 기도의 익숙함 때문이었
다.

"기억하겠지? 그래, 네놈의 팔을 잘랐던 그 기운이다. 어
때? 이제 해볼 마음이 생기는가?"

오귀문은 대답 대신 행동으로 말했다. 처음으로 제대로 자
세를 잡은 것이었다.

화산파 진무 도장과 싸울 때 이후로 처음이었다.

운현의 실력이 그 정도까지일 것이라 생각하지는 않고 있
었지만 지금 운현의 몸에서 흘러나오는 그 기운은 결코 가볍
게 볼 수 있는 것이 아니었다.

"잘린 왼쪽 어깻죽지가 저리는군. 기억하고 있어. 몸이 기
억하고 있다. 이거 아주 흥분되는군."

오귀문의 입꼬리가 점차 말려 올라갔다. 점점 잔인하게 번
지는 그의 미소. 살귀로의 변신이었다.

스릉.

운현이 왼손에는 검집을, 오른손에는 구룡검을 뽑아 들었
다.

쌍검에 능숙하지는 못하지만 한 손만으로는 오귀문의 파
상 공세를 이겨낼 수 없을 것 같았다.

'처음부터 공세로 나간다!'

생각과 동시에 움직이는 운현. 빠른 속도로 오귀문을 향해
구룡검을 휘둘렀다.

스윽.

그날과 마찬가지로 가볍게 피해내는 오귀문. 그의 실력은 여전했다.

어떤 결과를 바라고 휘두른 것이 아닌 스멀스멀 올라오는 상대에 대한 공포감을 억누르기 위해 휘두른 일격이었지만, 오귀문이 너무나도 간단하게 피해내자 왠지 허탈감이 밀려드는 운현이었다.

하지만 효과는 있었다. 마음속에 자리 잡고 있던 긴장감이 조금은 수그러든 것 같았다.

"후우……."

운현이 심호흡을 했다. 그리고는 천천히 황룡기를 움직이기 시작했다.

황룡기 역시 운현의 마음을 알고 있는지 그의 의도대로 순순히 움직여 주었다.

운현은 황룡기를 몸 전체에 한 번 돌렸다. 그러자 황룡기의 효능대로 마음이 차분하게 가라앉고 자신감이 충만해졌다.

"그럼… 어디 한번 해볼까?"

운현이 살짝 미소를 지으며 중얼거렸다. 그리고는 곧바로 태극혜검의 초식대로 구룡검을 휘둘렀다.

마교와 구파의 싸움은 난타전이라고 할 수 있을 정도로 치열했다.

양측이 한 치의 물러섬없이 정면으로 맞붙고 있었고, 죽음을 불사하고 공격만 감행하고 있었다.

오귀문을 빼면 별 볼일 없을 것 같던 마교는 결코 별 볼일 없지가 않았다.

구파의 장로들이 이끄는 정도 측에 조금도 밀리지 않았으며, 오귀문 이외에 마교를 이끄는 다른 이들의 실력 역시 구파의 장로에 밀리지 않을 정도였다.

그에 장로들은 오귀문만 막으면 된다는 생각을 머리에서 지워 버렸다.

그 와중에서도 빛을 발하는 사람이 한 명 있었으니, 바로 무당의 청산 진인이었다.

이검의 일익(一翼)답게 좌중을 압도하는 무위로 적들을 몰아쳐 가고 있었다.

그의 검에 솟아난 검기는 감히 적이 그의 근처에 범접하지 못하도록 하고 있었으며, 그의 흠잡을 곳 없는 초식은 그에게 있어서 최상의 공격이자 방어였다.

그런 그의 모습에 다른 장로들은 혀를 내두르겨 감탄했고, 마교 무사들은 감히 접근하지 못했다.

'오귀문은 어디에 있는가?'

하지만 그런 청산도 인간인지라 한계라는 것이 존재했다. 지금까지 자신이 베어 넘긴 인원만 해도 서른 명 가까이 되었다.

그런데도 아직 싸움은 끝나지 않고 있었으며, 어느 한쪽으로도 기울지 않는 백중세를 이루고 있었다.

그에 청산은 자신이라도 오귀문을 맞아 시간을 벌어야 한다고 생각하곤 계속해서 자신에게 덤벼드는 마교 무사들을 제압하며 오귀문을 찾아 나섰다.

"아!"

그렇게 잠시 전장을 헤매던 청산은 오귀문의 것으로 보이는 등짝을 발견할 수 있었다.

누군가와 싸우고 있었고, 쉽게 제압하지 못하고 싸움을 계속하고 있었다.

'다행이라고 해야 하나? 그런데 누구인가, 오귀문을 맞아 이 정도로 싸울 수 있는 사람이?'

청산은 오귀문 대신 그 주변에 있는 마교 무사들을 처리하면서도 오귀문의 싸움에서 시선을 뗄 수가 없었다.

하지만 청산이 움직이는 방향과 맞물려 오귀문이 기가 막히게 자신의 상대를 가리고 있었다.

그에 청산의 궁금증은 더욱 커져만 갔다.

'누구… 아!'

그렇게 이각 정도 흘렀을까? 청산은 드디어 오귀문을 상대하고 있는 사람의 얼굴을 볼 수 있었다.

너무나도 보고 싶었고 소식을 듣고 싶었던 사람.

바로 운현이었다.

청산은 그대로 멈추어 섰다. 다행스럽게도 그 순간만큼은 청산에게 달려드는 사람이 없었다.

그의 압도적인 무위에 불나방처럼 달려들던 적들도 그의 눈치만 볼 뿐이었다.

청산은 눈시울이 붉어졌다.

그렇게 만나고 싶은 제자였다.

일 년 동안 소식도 없이 자신의 애간장을 타게 했던 제자.

그런 제자가 일 년 동안 어디서 무엇을 하고 왔는지 이곳에 있는 모든 사람들이 상대하기를 두려워하는 오귀문과 대등하게 싸우고 있었다.

'장하구나!'

청산은 정신을 차렸다.

제자 녀석도 목숨을 걸고 위험한 상대와 싸움을 하고 있는데 사부라는 사람이 힘이 되어주지는 못할망정 짐은 되지 말아야 했다.

"덤벼라! 무당의 진정한 힘을 보여주겠다!"

청산이 크게 소리치며 적을 향해 달려들었다.

지금까지 쉬지 않고 싸웠기 때문에 많이 지쳤을 법도 하건만 검을 휘두르는 그의 몸짓에는 지금까지보다 더 큰 힘이 담겨져 있었다.

청산의 외침을 들었다면 운현은 아마도 청산에게로 고개

를 돌렸을 것이다.

오귀문과 같이 강한 상대와 호각세로 싸우면서 시선을 돌렸다면 그는 이미 이승의 사람이 아니었을 것이다.

하지만 그와의 싸움에 집중하고 있었기 때문인지 운현은 청산의 목소리를 듣지 못했다.

아니, 듣기는 했지만 그의 의식은 그 소리를 운현이 자각하는 것을 막고 있었다.

오로지 지금 눈앞에서 사납게 공격해 대고 있는 적에게만 집중하도록 만들고 있었다.

운현은 자신이 오귀문과 호각세를 이루고 있다는 사실조차도 인지하지 못하고 있었다. 아니, 정확하게 말하면 점차 자신의 눈앞에 있는 적이 누구인지도 잊어갔다.

그저 자신의 목숨을 노리는 검을 피하고 막을 뿐이며, 자신의 목숨을 위해 자신을 공격하는 누군가에게 검을 찌를 뿐이었다.

상대의 공격도 느렸고, 운현의 방어와 공격도 느렸다.

주변의 모든 것이 느리게 보였다. 마치 물속에서 움직이는 것처럼 몸을 움직이는 것이 힘겹게 느껴졌다.

하지만 그러면서도 운현은 스스로가 그것을 자각하지 못하고 있었다.

우우웅!

운현의 검이 낮게 울렸다.

검명. 확실하게 검명이었다.

순수한 운현의 힘. 그것이 구룡검을 울게 만든 것이었다.

운현 스스로가 그런 자신의 경지를 자각하고 있는지는 모르겠지만, 그것은 분명 운현의 힘이 만들어낸 울음이었다.

콰앙!

한참을 싸우던 오귀문이 운현의 검을 강하게 쳐냈다. 그리고는 약간의 틈을 타서 운현과의 거리를 벌렸다.

거리를 벌리고 거친 숨을 내쉬는 오귀문의 얼굴에는 미소가 싹 사라지고 오직 당황하는 기색만이 역력했다.

"너는 도대체 일 년 동안 무엇을 한 것이냐?! 어떻게 일 년만에 이렇게 변할 수가 있지?!"

"그런 것은 알 것 없다. 아까도 말했지. 일 년이면 성장하기 아주 좋은 시간이라고. 그리고 나를 다른 사람들과 같이 보지 마. 이래 봬도 괴물이라는 소리를 듣고 자랐으니까. 차앗!"

운현이 힘찬 기합을 내지르며 앞으로 튀어나갔다.

황룡기는 운현의 전신을 빠르게 한 바퀴 돈 다음 구룡검으로 흘러들어 갔고, 이어 구룡검에 황색의 검기가 씌워졌다.

'그렇게 오랜 시간 검기를 유지하고도 아직도 팔팔하단 말인가!'

오귀문은 혀를 내둘렀다. 사실 운현과 오귀문이 싸운 시간은 그리 길지 않았다.

지금까지 그가 해왔던 싸움이 단시간에 끝났기에 지금 운현과의 싸움이 길게 느껴지는 것이었다.

벌써 백오십 합이 넘었다.

죽을 위기까지 넘겼던 진무와의 싸움도 삼십 합을 넘기지 않았는데 눈앞의 어린 적에게 백오십 합을 내주고 만 것이다.

운현은 미소를 짓고 있었다.

온몸을 돌고 있는 황룡기의 느낌과 그런 황룡기에 호응하여 자신이 힘을 낼 수 있는 원천이 되는 하단전의 진기 때문이었다.

지금까지와는 달리 그 어느 때보다 더 활기차게 움직이며 운현에게 힘을 북돋워 주고 있었다.

그러다 보니 운현의 검법은 현재 팔성 정도의 수준이지만 구성, 십성 못지않은 위력을 보이고 있었다.

게다가 초식 하나하나에서 느껴지는 기운들 역시 결코 무시할 수 없는 것이었다.

오귀문이 거리를 두고 말을 걸기 전까지만 해도 자신이 오귀문과 호각세를 보이고 있다는 사실을 인식하지 못하고 있던 운현은 지금에 와서야 자신이 오귀문과 대등하게 싸우고 있고, 자신으로 인해 그가 당황해하고 있다는 사실을 알게 되었다.

그 때문에 자심감이 무럭무럭 자라났고, 그것에 맞추어 황룡기도 더욱더 활기를 띠며 움직이기 시작했다.

콰쾅!

"큭!"

처음으로 오귀문이 신음을 내뱉었다. 부상을 입은 것은 아니었지만 운현과의 충돌로 인해 손에 적지 않은 충격을 받은 때문이었다.

힘으로 진 것이었다.

오귀문의 얼굴이 사납게 구겨졌다.

'어린놈에게 힘으로 지다니……!'

오귀문의 자존심에 금이 가기 시작했다. 자신은 평생을 무공을 익히며 살아온 사람이었다.

자신의 성취에 있어서는 누구에게도 자신있게 말할 수 있을 정도까지 올라 그 자부심이 굉장했다.

그런데 자신이 살아온 세월의 반도 채 살지 않은 어린놈에게 밀렸으니 자존심이 상하는 것은 물론이고 치욕과 분노까지 치밀어 올랐다.

"이이이!"

오귀문의 얼굴이 점점 벌겋게 달아오르기 시작했다. 지금까지와는 다르게 평정심을 잃은 모습이었다.

반면 살짝 달아오른 운현은 현재 그 어느 때보다도 좋은 상태를 유지하고 있었다.

몸도 달아올랐고, 체내의 진기 역시 활발하게 움직이고 있었으며, 검법의 숙련도 역시 실전을 통해 다져지는 것 같은 느낌이 들었다.

'이길 수 있다!'

운현의 머릿속에 떠오른 생각이었다. 이것이 득이 될지 독이 될지는 아무도 알 수 없는 것이었다.

『마도신기』 2권에 계속…

다세포 소녀 원작 만화 출간!!

2006 부천 국제만화상 일반부문 수상!!

전국 서점가 최고의 화제작!

OCN 슈퍼액션 드라마 시리즈 방영!

왜? 사람들은 다세포 소녀에 주목하는가! 상식을 뒤엎는 기발하고 엉뚱한 상상력!

『다세포 소녀』의 숨겨진 힘!!

다세포 소녀 원작만화 (전 5권 예정)
B급 달궁 글·그림 | 값 9,000원 / 부록 예이츠 시집

몇 페이지만 읽어도 좌중을 휘어잡을 이야깃거리가 넘쳐난다!
둔감해진 머리에 영감을 주는 아이디어가 마구마구 솟구친다!
원작을 더욱더 빛내주는 기발한 댓글 퍼레이드!
300만 다세포 폐인을 열광시킨 상식을 뒤엎는 엉뚱한 상상력!

또 하나의 이야기! 또 하나의 재미!

소설 『다세포 소녀』

초우 장편소설 | 값 9,000원 / 원작자 B급 달궁

"그건 모르겠고, 나는 외눈의 사랑이야. 사랑을 줄 수는 있어도 마주 할 수 없는 사랑이지. 두 눈을 가진 사람은 주고받을 수 있지만, 나는 주는 것만 할 수 있어. 나는 주는 사랑으로 족해. 외사랑이지."
−외눈박이

초등학생이 반드시 읽어야 할 좋은 책 49권

각 학년별로 초등학생이 반드시 읽어야할 좋은 책을 선정하여 통합논술의 기본이 되는 '올바른 독서법'을 일깨워 줍니다.

교과서와 함께하는 초등학교 통합논술

초등1학년 | 값 12,000원 / 초등2학년 | 값 9,500원 / 초등3학년 | 값 11,000원 / 초등4학년 | 값 9,500원 / 초등5학년 | 값 9,500원 / 초등6학년 | 값 11,000원

♣ 혼자 할 수 있어요.

엄마가 책 읽는 방법을 가르쳐 주어도 좋아요.
독서지도하는 선생님이 가르쳐 주어도 좋답니다.
"초등 교과서와 함께하는 **통합논술 시리즈**"는
아이 스스로 독서할 수 있도록 꾸며진 책이에요.
엄마와 선생님은 요령만 가르쳐 주시면 된답니다.

♣ 교과서의 중요한 내용이 총정리되어 있어요.

각 학년별로 중요한 교과 내용이 함께 수록되어 있어요.
초등학생은 교과서 내용을 충실하게 공부해야합니다.
아울러 그와 병행한 독서가 대단히 중요하지요.
"초등 교과서와 함께하는 **통합논술 시리즈**"는
두가지 방법 모두 알려준답니다.

♣ 이 책은 훌륭하신 선생님들이 함께 쓰신 책이랍니다.

동화작가 선생님들이 쓰셨어요. 소설가 선생님도 쓰셨답니다.
국어 논술독서지도 선생님들도 함께 쓰셨지요.
"초등 교과서와 함께하는 **통합논술 시리즈**"는
엄마의 마음으로 모든 선생님들이 함께 꾸민 책이랍니다.

입소문을 통해 아는 분은 다 알고 계십니다!
올 한해 공인중개사 최고의 화제작!

1~2권 합본 | 이용훈 지음
3~4권 합본 | 이용훈 지음
5~6권 합본 | 이용훈 지음
용 어 해 설 | 이용훈 지음
1~2차 문제풀이집 | 이용훈 지음

수험생 기본 필독서
만화 공인중개사

제목 : 만화공인중개사 쓰신 분에게 감사드립니다.

학원을 두달 다녔어요. 근데 과연 그 숫자 와우기 그렇게 몇 문제나 나올까 생각을 했어요. 아니라는 생각이 드네요. 학원강의를 뒤로 하고 서점을 갔어요. 내 머리에 가장 이해될 수 있는 책이 없나 하구요. 거기서 만화를 발견했어요. 무조건 세번 봤어요. 3개월 걸렸어요. 문제 집을 보라고 했는데 그건 시행을 못했어요. 근데 합격을 했네요.

어떻게 감사의 말을 해야 될지…

도서관에서 만화책 들고 다니까 사람들이 비웃더라구요. 만화책으로 공인중개사를 공부한다고 미친사람처럼 보더라구요. 근데 그거 다 감수하고 했던 내가 자랑스럽습니다.

어떻게 감사의 말을 해야 할지 정말 감사합니다.

부디 행복하세요. 제 나이 41살에 좋은 스승을 만난 거 같습니다.

엎드려 감사드립니다.

－본사 홈페이지에 독자분이 올린 메일 中 에서 발췌－

잘나가고 싶은 사람은 읽어라!

그에게 한눈에 반했다! 그것은 분위기 탓?
애인과 나란히 걸어갈 때 당신은 좌, 우 어느 쪽에 서는가?
이성은 왜 서로 끌리는 걸까? 그 심층 심리를 해명한다!

30초의 심리학

■ **30초의 심리학**
아사노 하치로우 지음 / 계일 옮김 | 값 8,500원

처음 본 사람인데 와 닿는 느낌이
너무나도 강렬한 사람이 있다.
흔히 하는 말로 '필이 꽂힌 사람',
그래서 잊혀지지 않는 사람,
한눈에 반했다고 하는 것이 바로 그것이다.
이런 인간의 감정을 논하는 데
남녀의 구분이 있을 수 없다.
사랑하는 그, 혹은 그녀를
생각하는 것만으로도 가슴이 두근거린다.
이상할 것 없다. 당연히 그럴 수 있는 것이다.
그렇기에 인간을 감정의 동물이라 하지 않는가.
그러나 그렇게 좋아하는 그 사람이
어느 날 갑자기 싫어지는 경우는 왜일까?

Psychology